吞噬星空

典藏版 14

我吃西红柿 著

时代出版传媒股份有限公司
安徽文艺出版社

图书在版编目（CIP）数据

吞噬星空：典藏版. 14 / 我吃西红柿著. — 合肥：安徽文艺出版社，2022.3（2025.6重印）

ISBN 978-7-5396-6806-2

Ⅰ. ①吞… Ⅱ. ①我… Ⅲ. ①幻想小说－中国－当代 Ⅳ. ①I247.5

中国版本图书馆CIP数据核字(2022)第037643号

TUNSHI XINGKONG DIANCANG BAN 14

吞噬星空　典藏版14

我吃西红柿 著

出 版 人：姚　巍

责任编辑：李　芳　胡　莉

装帧设计：周艳芳

出版发行：安徽文艺出版社　www.awpub.com

地　　址：合肥市翡翠路1118号　邮政编码：230071

营 销 部：(0551)63533889

印　　制：湖南天闻新华印务有限公司　电话：(0731)88387856

开本：710 mm × 1000 mm　1/16　印张：18　字数：290千字

版次：2022年3月第1版

印次：2025年6月第6次印刷

定价：32.00元

目录
CONTENTS

第641章

衍神兵创造者

“看，罗峰殿下要赢了。”寺番祁长老笑着看向空间牢狱。

空间牢狱内，雷德的脸被刺穿，凌厉的剑气灌入他的体内，他的身体撞击在无形的空间壁障上，而后跌落在地。

“呼！”脚踏暗云梭的罗峰缓缓降落在地，盯着雷德的尸身，“这雷德仅仅达到界主级三阶，没想到我击杀他竟然这么吃力。单单论力量，他应该比我强数十倍。”

域主级九阶到界主级一阶属于大层次的跨越，一旦达到界主级一阶，便拥有世界之力和一方世界，实力直接提升十几倍。

论能量，界主级三阶强者是界主级一阶强者的4倍。

整体算来，界主级三阶强者的能量是域主级九阶强者的数十倍，而雷德在法则感悟方面差不多达到了闯过通天桥第六层的地步。罗峰完全是仗着法则感悟比雷德强，还有惊人的念力振幅，才压制住了雷德，最终得以将其击杀。

“我已经全力以赴施展法则攻击，没想到他逼得我施展出了极强的念力振幅。”罗峰默默地道，“一个小小的界主级三阶强者对于法则的感悟都能达到闯过通天桥第六层的地步。他的名声不大，属于普通的界主级强者。界主级强者感悟法则的速度果然快。”

“轰！”空间牢狱直接崩溃。

“恭喜殿下，获得大胜。”寺番祁长老当先走过来，笑着说道，“殿下是域主级九阶强者，竟然正面击杀了界主级三阶精神念师，真是让人佩服啊！人族有殿下此等绝世天才，会越发强盛。”

罗峰淡淡一笑，同时用意识下令：“巴巴塔，关闭同步传送。”

“你战斗结束，我就关闭了。”巴巴塔连忙说道。

罗峰无奈地笑了。

智能生命和智能光脑是有区别的，智能生命会自作主张，当然前提是不违背主人的命令。

“罗峰殿下，”卡什那问道，“击杀这个界主级三阶的家伙，你使出了几成实力？”

“卡什那，”寺番祁长老低喝一声，“给我闭嘴！”

卡什那顿时低下头，不敢再说话。

作为一个界主级强者，卡什那看到罗峰这个域主级九阶强者竟然击杀了界主级三阶强者，自然很好奇。

“寺番祁长老，卡什那这样问也没什么。”罗峰微微一笑，又道，“这个雷德逼得我使出了大半实力。”

“大半实力?!”

寺番祁长老、卡什那以及在场的其他人，都大吃一惊。

罗峰刚才可是施展出了衍神兵剑之世界的无所不在的境界，还没达到其极限吗?

罗峰暗自一笑。

刚才他念力振幅仅仅施展到1200，离他的极限还差一大半，而他最强的飞行兵器是洛夫鹦盘。一旦使用洛夫鹦盘，飞行速度会飙升，诡异程度会加大。不过，洛夫鹦盘实在太珍贵，一般是封侯级不朽神灵的标准配备，他当然不至于为了要赢这一战就使出洛夫鹦盘。

其实此战罗峰只使出了三分之一的实力，仅仅展现了他那地球人本尊的实力。

片刻后。

宴会厅内摆满了丰盛的菜肴。

罗峰、迪伦、五名界主级护卫、第九军主面前摆放了人类的食物，主要是一些奇异的瓜果、美味的肉食。而另外一边的寺番祁长老、七名封侯级不朽神灵、卡什那面前摆放的是一些特质的合金、特殊材料等。这就跟金角巨兽主要吞噬金属一样，不同的生命爱好的食物也会天差地别。

“寺番祁长老，这次多亏你们帮忙。如果不是你们，还有隆赤尔先生相助，击杀曜亥和杰弗里斯绝非易事。”罗峰端起酒杯，笑着说道，“我敬各位一杯。”

“殿下客气了。”

寺番祁长老等人共同举杯，就连卡什那也举杯。

“这次隆赤尔先生的功劳很大，可惜他早早就回去了。”寺番祁长老笑着说道。

罗峰点点头。

“殿下，”寺番祁长老放下酒杯，又道，“吃完后，我等就要回归家乡，回归族群了。在这之前我诚挚地邀请殿下去金角族群的生存之地做客。”

罗峰一怔：“去金角族群的生存之地做客？”

“殿下，我们金角族群也是宇宙中的一个庞大族群。”寺番祁长老骄傲地说道，“金角族群拥有和人族同样悠久的历史，也有独特的底蕴。不谈别的，就拿殿下使用的衍神兵来说说吧。”

“衍神兵？”罗峰有些疑惑。

“衍神兵是精神念师的九大神兵之一。”寺番祁长老缓缓地道，“不单单人类会使用衍神兵，宇宙中的很多族群，只要是走精神念师修炼路线的，很多都是使用衍神兵。真正的好发明，宇宙中的诸多族群都会使用的。”

罗峰点点头。

“殿下可知道，衍神兵的创造者乃我们金角族群最伟大的元老？”寺番祁长老说道。

“元老？”罗峰疑惑，“元老在金角族群内是什么职位？”

“哦，殿下可能还不清楚。”寺番祁长老笑道，“我们金角族群和人族不一样，人族由宇宙国度统治，而金角族群有十万个部落，部落相互竞争，统领十万个部落的是高高在上的元老院。而只有成为元老，才能进入元老院。”

“元老拥有什么实力？”罗峰追问。

“在金角族群中，必须先成为宇宙尊者，才能成为元老。”寺番祁长老的眼中有一丝渴望，“元老院中的元老都是宇宙尊者。”

罗峰倒吸一口凉气。

乾巫宇宙国仅有一个宇宙尊者——乾巫国主。没想到，金角族群中拥有巅峰武力的竟然是一群元老，而且都是宇宙尊者。

“金角族群有多少元老？”罗峰好奇地问道。

“抱歉。”寺番祁长老摇摇头，“对于任何一个族群而言，这都是秘密。金角族群到底有多少元老，就连我也不知道，这是族内的机密之一。”

罗峰微微点头。

这很正常。若底牌完全被摸清，该族群假使不够强大，那离被灭族也就不远了。

“创造衍神兵的是金角族群最伟大的元老——希罗多！”寺番祁长老说着，声音变得高亢。

其他七名封侯级不朽神灵和卡什那听着，眼中流露出崇拜之情。

“希罗多，伟大的希罗多！他是我们金角族群永远的骄傲！”

寺番祁长老等九人都很激动。

“在伟大的希罗多的带领下，我们金角族群在宇宙中才有了立足之地。”寺番祁长老的眼神忽然暗淡下来，“不过，自从希罗多元老进入了一个可怕的宇宙秘境，再也没有回来后，我们金角族群的地位急剧下降。”

罗峰闻言一怔。

一个族群竟然因为一位伟大领袖失踪而地位下降，这说明此人实力太强，而族群的整体实力和领袖的实力差距较大。

“之后我们金角族群就成了人族的附属族群。”寺番祁长老接着说道，“在人类的帮助下，我们才有足够的领地供更多族人生存。”

罗峰叹息一声。

希罗多失踪了，的确很可惜。

看来这是一个纵横宇宙的超级存在，比乾巫国主都要强得多，否则怎么能领导一个族群？

“希罗多元老当年留下了一尊圣碑。”寺番祁长老自豪地道，“那尊圣碑类似你们人族的混沌碑。”

罗峰再次一怔：“混沌城内共有52尊混沌碑，那52尊混沌碑培养了人族一代代绝世强者。没想到，金角族群内竟然有一尊类似混沌碑的圣碑，还是希罗多留下来的。”

“在我们族群中，唯有最优秀的天才才有资格参悟圣碑。”寺番祁长老感叹道，“亿万年来，我们族群内大量的不朽神灵都是通过参悟圣碑最终成为不朽神灵的。即使希罗多元老失踪了，他依旧是我们族群最伟大的存在。”

罗峰点点头：“如果没有希罗多留下的圣碑，金角族群培养强者的速度恐怕要慢很多。”

“殿下，衍神兵是希罗多元老当年创造的神兵，非常适合界主级强者使用。”寺番祁长老说道，“而希罗多元老的传承是衍神兵的一种深化。亿万年来，我们金角族群的无数精英参悟圣碑，大多却只能领悟一鳞半爪。”

“如果殿下前往我们金角族群，我会亲自去向元老提出申请，只要得到元老的同意，殿下就能去观看圣碑、参悟圣碑。”寺番祁长老笑着看向罗峰，“殿下，你是使用衍神兵的，是走感悟空间法则、金之法则这两大本源法则的修炼路线。我相信，参悟圣碑对你的益处极大。当然，必须得到元老的同意，才能让殿下进入我们族群的最高圣地，我现在不敢说有十足把握。”

罗峰期待起来。

混沌城的52尊混沌碑是两种法则混合的，有专门描述时间法则的，有专门描述空间法则的，甚至有同时描述时空法则的，然而，并没有描述空间法则、金之法则这两大本源法则结合的混沌碑。没想到，金角族群最伟大的存在留下了这么一尊圣碑。

“不知殿下是否愿意去我们金角族群的生存之地做客？”寺番祁长老笑眯眯地看着罗峰。

“哈哈，既然有这样的机会，当然得好好去看看。”罗峰朗声笑道，“而且我使用衍神兵这么久，之前还真不知道到底是谁创造了它。对于希罗多元老，我很钦佩。”

听罗峰这么一说，寺番祁长老、七名封侯级不朽神灵、卡什那顿时都露出了笑容。

在他们看来，希罗多是整个金角族群最受尊敬的存在。

第642章

拉斯奥世界

宴会结束。

“寺番祁长老，请容我安排一下，等会儿和你们一起出发。”罗峰起身说道。

“哈哈，不急，殿下你先忙。”寺番祁长老笑道。

罗峰点点头。

而后，他就带着人类阵营的一群人先离开了。

一行人缓步走在走廊上。

“第九军主，”罗峰边走边道，“这次任务差不多已经完成，只需解决那十二条漏网之鱼了。所以，到时候还要烦请第九军主安排部分宇宙级战士和情报部门配合，继续追杀那十二个人，希望在一年的期限内成功击杀他们。”

“一定。”第九军主点点头，“如果没有其他事，我就先回军队了。”

“行。”罗峰笑道，“这次多谢第九军主率领军团鼎力相助。”

“应该的，只是我麾下的30军损失惨重。”第九军主叹息一声，“幸好不朽神灵只死了两名，根基未损，否则我的麻烦就大了。”

整个宇宙军队最重要的反而是人数最少的不朽神灵，而人数最多的宇宙级战士在战场上就是炮灰。

这也难怪，宇宙级战士即使在战场上活了下来，一般也就十万年左右的寿命。

只有永恒的不朽神灵才能经得住岁月的流逝。只是，成为不朽神灵之路太过坎坷，成为不朽神灵太难了。

这次有两名不朽神灵殒身，损失算小，如果死了十几名不朽神灵，第九军主恐怕会直接丢掉官位。

目送第九军主离开后，罗峰对迪伦说道："迪伦，得麻烦你随我去一趟金角族群。"

"哈哈，殿下，我可从来没有去过那种地方。"迪伦很兴奋，"那可是和人类族群完全不一样的一个族群，它能够在宇宙中传承无数年，绝对拥有独特的文明、传统，值得期待。而且，希罗多之名我也听说过，他是一个名震宇宙的伟大存在。"

罗峰点点头。

宇宙族群数以亿万计，创造出的精神念师兵器更是不计其数，最终被人类选中，并且被称为九大神兵的，都并非一般人能创造出来的。这九大神兵威力极大，而且适合很多人使用。当然，最适合自身的念力兵器，无疑是给自己贴身打造的兵器。

……

罗峰将琐事安排一下，还将魔杀族分身收回体内世界，原核留在地球人本尊体内，而后便带着迪伦、五大界主级护卫、金角族群塔文部不朽神灵一起乘坐陨墨星号宇宙飞船，前往金角族群居住地。

暗宇宙中。

陨墨星号宇宙飞船正以50倍光速的恒定速度不断前进。

"没想到，你们的家乡竟然在乾巫宇宙国内。"罗峰无比惊诧。

坐在他对面的寺番祁长老喝了一口特制饮料，说道："宇宙中，人族是巅峰族群之一。很多族群依附人族而生存，而且这些族群为了安全起见，生活在人族的疆域范围内。在人族疆域中的某个宇宙秘境，随便划出一片区域，即可成为生存之地。”

罗峰点点头。

寺番祁长老之前说过，金角族群的居住地处于乾巫宇宙国疆域边缘的一个颇为危险的宇宙秘境中。

“嗯。”罗峰嘀咕道，“不知道生活在宇宙秘境中的族群到底有多少。”

“这可是机密。”寺番祁长老笑道，“依附人族的族群有很多，至于到底有多少，恐怕只有人族的一些高层才知道。大战的时候，附属族群也是有力的武器。”

罗峰点点头。

人族可能让那些族群去做许多苦活和累活，比如让他们去杀曜亥、杰弗里斯。曜亥和杰弗里斯背后可是隐藏着堪比人族的巅峰族群——虫族，这说不定会引起虫族的入侵，为了谨慎起见，人族高层直接让金角族群的人出动。

“他们干苦活、累活，我不一样如此？”罗峰暗叹。

他虽是绝世天才，但依旧要经受各种危险任务的磨砺。这是虚拟宇宙公司数年来的传统，不会因为他一个人而改变。

红晨星和乾巫宇宙国边缘的金角族群居住地之间的距离遥远，即使是乘坐陨墨星号宇宙飞船，以50倍光速的速度在暗宇宙中前行，也得花费近三个月的时间。

一个月后。

陨墨星号宇宙飞船的主休息舱内，罗峰盘膝而坐，将意识和虚拟宇宙网络连接，进入雨相山原始区自己的庄园内。

“特使，那逃亡的十二个人中已经有七个人被击杀，还有五个人在逃。”屏幕上显示出来的第九军主正在汇报情况。

“还有五个人在逃？”罗峰脸色一变，“那十二个人是从同一个星球逃出来的，当时追杀是最容易的，现在已经过去一个多月了，还没抓住，以后想要抓住那五个人就很难了。”

“我也明白。”第九军主继续汇报，“不过，特使，情报部门是虚拟宇宙公司非常强势的部门，事务繁多，最多在监察诸多生命星球时，帮忙留意一下我们追杀的目标人物，能派出几个调查员就算不错了，根本不可能去仔细追查，更不可能去一些荒芜的矿物星球追查。”

罗峰点点头。

“我只能尽力。”第九军主一顿，又道，“现在离截止时间还有很长一段时间，希望那五个人忍受不住寂寞回到人类居住的生命星球，那样的话，情报部门的监察系统会很快发现他们。”

“只能这样了。”罗峰叹息一声，“这次任务进行得还算顺利，其他任务全部完成，仅仅猎杀普通成员的目标出现了纰漏，这样一来，任务完成度恐怕只有85%了。”

“现在只能看运气了。”罗峰不再多想，让意识退出虚拟宇宙网络，开始默默修炼。

转眼，三个月过去了。

“罗峰，已经抵达目的地，一分钟后进行宇宙穿梭。”巴巴塔的声音在休息室内回荡。

盘膝静坐的罗峰直接睁开眼睛。

“还是没成！”罗峰嘀咕一声。

早在接受任务前，他的体内世界就已经成长到域主级九阶巅峰状态。在这种状态下，他随时可能突破，可是巅峰状态下突破所需的时间会因人而异。快者达到巅峰后很快就会突破，而慢者可能拖个十年八年。

“一旦跨入界主级，我就能修炼万心控魂秘法，修炼有成后即可真正控制虫族母巢。

“一旦跨入界主级，我的意识可直接进入宇宙本源，感悟本源法则的速度会大大加快。

“一旦跨入界主级，我就能拥有孕育第三个分身的机会。

“一旦跨入界主级，我的体内世界也会有根本性的变化，特殊能力将会展现出来。”

罗峰心里很急。

能不急吗？金角巨兽成年巅峰的标志就是界主级，只有达到界主级，才能算是真正的成年金角巨兽。可是，金角巨兽看似随时都可能突破，却硬是没突破，让罗峰无可奈何。

“心急吃不了热豆腐。”罗峰忽地起身，“一旦我踏入界主级，很多方面会有根本性的变化，不管是控制虫族母巢，还是孕育出第三分身，都将对我的发展有很大的影响。”

虫族是巅峰族群之一，若是能够控制虫族母巢，绝对不亚于拥有一个强大的分身。因此，最后一个分身席位在罗峰看来更重要。

罗峰尝过拥有分身的甜头，心里很清楚，这三大分身若使用得不好，就是浪费机会；可若是用得好，完全可以成为逆天的人物。

……

“哗！”金属门打开了。

罗峰朝外走，一扇扇门自动打开。很快，他就来到了控制室。

控制室内已经聚集了一群人。

“殿下，宇宙飞船已经进行宇宙穿梭。”寺番祁长老遥指外界，“你看，那就是我们金角族群的家乡。”

罗峰抬头看去，看到一片大陆，陆地极大。他站在陨墨星号宇宙飞船中看去，一眼看不到尽头。

“数亿万年前，我们金角族群迁移到这里。当时，族群内的无数界主级强者运用制造世界的能力，制造出了大片世界。十万个部落的无数界主级强者合力，瞬间即可建造方圆上亿千米的大地。大量不朽神灵在各自的神国内建造陆地，而后直接转移到宇宙中，把所有陆地聚在一起。而元老们将周围的星辰尘埃直接轰散，让周围的大片虚空中没有任何障碍物。”寺番祁长老双眸泛着奇异的色彩，“于是便有了这个让我族群生存亿万年的庞大的世界——拉斯奥。”

第643章

十万个部落

罗峰沉默了。

看着宇宙飞船外面的世界，他的心中很震撼。

“寺番祁长老，拉斯奥世界有多大？”罗峰问道。

“大地厚3000亿千米，世界陆地的直径有2.1光年。”寺番祁长老颇为骄傲地道。

“这个世界不会散掉？”罗峰又问道。

在他看来，并非足够多的陆地聚在一起就能形成庞大且稳定的世界，就好像巨大的星球会塌陷，可能形成黑洞。虽然宇宙秘境中的宇宙规则限制不强，可世界也不是说想要建造就能建造的。

“拉斯奥世界其实也是一件兵器。”寺番祁长老笑道，“在一些宇宙内，你应该看到过一些庞大的陆地，比如你们虚拟宇宙公司的大本营。”

罗峰点点头。

“这些超级陆地，特别是正常宇宙中的广阔陆地，都是制造出来的，并非宇宙正常演变形成的。至于宇宙秘境中的陆地，宇宙秘境无奇不有，偶尔会形成一些庞大的陆地，可如果要建造庞大的陆地，很麻烦。

“所以宇宙中有一个很普遍的方式，就是以制造兵器的方法来制造大陆，以此令大陆的结构平衡、稳定，得以永久存在。按理说，当年十万个部落的无数界主级强者联手完全可以制造出庞大的陆地，可最后为什么还是要不朽神灵出手呢？正是因为只有用制造兵器的方法来制造大陆，大陆的结构才会平衡、稳定。”

罗峰点点头。

陨墨星号宇宙飞船不断飞近拉斯奥世界。

“嘀！确认权限。”一道信号直接传送到陨墨星号宇宙飞船内。

罗峰看着控制台显示的信号内容，转头看向寺番祁长老。

寺番祁长老微微一笑，道：“没事，我来。”

“唰！”寺番祁长老凭空消失在陨墨星号宇宙飞船中，而后出现在外面的虚空中，直接释放不朽之力，将其传入拉斯奥世界的大陆内。

“瞬移！真厉害！完全无视宇宙飞船的阻碍啊！”罗峰感慨道，“就算是防御力再强的宇宙飞船，在瞬移面前也没用。”

“除非这宇宙飞船能阻碍空间波动。”迪伦轻声道。

“唰！”寺番祁长老又出现在控制室内。

“现在已经进入拉斯奥世界了，而且不会受到攻击。”寺番祁长老笑道，“如果乘坐之前的那艘宇宙飞船，就没有这么麻烦，因为那艘宇宙飞船是在警戒系统备过案的。不过，那艘宇宙飞船的速度远不如殿下的陨墨星号宇宙飞船。当初任务下派，我们乘坐那艘宇宙飞船在暗宇宙中可是飞行了近一年的时间。”

罗峰也笑了。

当年，呼延博的陨墨星号宇宙飞船的速度也没这么快，陨墨星号宇宙飞船被虚拟宇宙公司改造后，速度才达到这么快。

这种技术在人类内部都是受到限制的，更别说这些附属族群了。

陨墨星号宇宙飞船进入拉斯奥世界后，不断飞行着。

透过宇宙飞船往下看，可以看到草地、森林、山脉、河流、海洋，当然更多的是冰雪世界。这里的绝大多数区域的温度都很低，就算是陆地也有厚厚的积雪。

“我们金角族群喜欢的温度比正常人类习惯的温度低很多，当时建造世界考虑到了这一点。”寺番祁长老站在控制室中，遥指下方，透过外景虚拟，仿佛站在虚空中俯瞰。

“那是羟烟部落，此乃中等部落，有数十名不朽神灵。”寺番祁长老指着下方的一片区域说道。

“中等部落？”罗峰疑惑地问，“那塔文部落是……”

“上等部落！”站在罗峰后面的卡什那骄傲地道，“殿下，我们塔文部落是强大的上等部落，比羟烟部落强多了。我们塔文部落中有两名封王级不朽神灵，而羟烟部落恐怕一名封王级不朽神灵都没有。”

罗峰听了，倒吸一口凉气。

他之前听说金角族群有十万个部落，一个部落就这么强了，十万个部落得有多强啊？

“请问金角族群到底有多少部落，等级是怎么划分的？”罗峰追问道。

“亿万年前，金角族群搬迁到这里时，总共有十万个部落。”寺番祁长老笑着说道，“至于现在，有些部落衰败了，又有新部落崛起，而拉斯奥世界太大，还真不清楚到底有多少部落。至于等级之分，部落分为下等部落、中等部落、上等部落以及最高等级的元老部落。”

“元老部落？”罗峰眼睛一亮，“还有元老的部落吗？”

“不是。”寺番祁长老解释道，“排名前十的部落才有资格得到‘元老部落’这一光荣称号。正因如此，亿万年来，元老部落一直都是十个，而且每个都会有元老院的一位元老坐镇，这也是元老部落的特权。”

罗峰心中暗惊。

迪伦也大吃一惊：“这么一算，金角族群的元老至少有十位。”

“没想到乾巫宇宙国内的最强势力并不在乾巫国主那边，反而隐藏在其疆域内的一个异族族群中。”罗峰心中暗道。

“哈哈，殿下很惊讶？”寺番祁长老摇头，“这没什么。人族的五大势力分别是虚拟宇宙公司、巨斧斗武场、宇宙第一银行、宇宙星河银行、宇宙佣兵联盟。至于1008个宇宙国，不过是统治普通人的国度。人族之所以是巅峰族群，是因为拥有无比强大的武力。”

罗峰点点头。

这一点他毫不怀疑，能占领一个初始宇宙的族群岂会弱小?

能有那么多附属族群，人族自然有能震慑住附属族群的实力。

陨墨星号宇宙飞船一直在飞行，飞过一座座大山，飞过一片片冰海，飞行了十余天，终于降落了。

塔文部落到了。

当天晚上，塔文部落为罗峰举行了一场欢迎宴会，专门准备了人类喜欢的食物。

“罗峰殿下，我敬你一杯。”

“谢谢。”

罗峰举杯，和一大群不朽神灵干杯。

看到周围有很多人，罗峰暗暗吃惊。

由交谈得知，塔文部落一共有两名封王级不朽神灵（族长和寺番祁）、十二名封侯级不朽神灵、数百名其他级别的不朽神灵、数万名界主级强者、百万名域主级强者、上千万名宇宙级强者。总人口仅仅十亿，还不及地球C国的人口。

一个部落仅仅有十亿人，却有上千万名宇宙级强者。

“异族和人族的区别果然很大。”罗峰心中暗道。

“殿下对我们这里强者和普通人的比例感到惊讶吗？”寺番祁长老坐在罗峰的对面，笑着说道，“来到我们这里的人类朋友大多都会惊叹这一点。宇宙是公平的，人口极多的族群，强者比重小；人口极少的族群，强者比重大。就拿那些上等星空巨兽来说，它们成年就达到了界主级，而且还拥有一些逆天的天赋秘法；又如虫族母巢，它们数量少得可怜，却都很强大。不过，你们人类占据的疆域很庞大，虽然强者比重小，但是产生的天才、强者远超我族。”

“疆域？”罗峰疑惑。

“罗峰。”一道高亢的声音响起。

一个全身泛青、无比壮硕的男子走了过来。

“族长。”罗峰连忙站起身来。

“我写了一封亲笔信，待会儿让寺番祁长老带着它和你一道前往圣城。”族长双眸炯炯有神，声音高亢，“你有了我们族群的申请，还有寺番祁长老的亲自带领，驻扎在圣城的元老应该会给你面子，让你参悟圣碑。”

“那实在是太感谢了。”罗峰笑道。

“哈哈，你是我们塔文部落的朋友，道什么谢啊！”族长朗声笑道。

塔文部落对于来到这里的人类都无比热情、尊敬，因为普通人是没资格来这里的。凡是被邀请过来的，不是绝世天才，便是一些有强大背景的，或是真正身居高位的大人物。

在塔文部落待了两天，罗峰、迪伦、五名界主级护卫、寺番祁长老以及族长之子卡什那，一道乘坐陨墨星号宇宙飞船前往圣城。

“圣城是我们金角族群的核心，也是圣地。”寺番祁长老解释道，“那里聚集着整个金角族群极其优秀的天才，还聚集了很多强者。那些天才在那里彼此竞争，强者在那里开辟宗派。圣碑就在圣城的核心之地，圣城的宗派都属于伟大的希罗多一脉。”

“嗖！”陨墨星号宇宙飞船迅速朝金角族群的圣城飞去。

第644章

星空巨兽

离开塔文部落后，宇宙飞船一直以接近光速的速度飞行着。

陨墨星号宇宙飞船技术先进，能轻易地将路途上发生的事情全部记录下来，并且呈现在屏幕上，让罗峰、迪伦等人观看，以便他们更加深刻地了解这个异族的文明。

第十八天，他们即将抵达圣城。

“我们这一路乘坐陨墨星号宇宙飞船过来，经常看到下面发生战斗、厮杀，这是怎么回事？”罗峰从休息舱出来后，观看了一些视频，疑惑地询问寺番祁长老。

“我们金角族群有族规，族人只要达到宇宙级就得离开部落，开始闯荡，必须在外面闯荡千年，或是达到域主级，才能回归部落。”寺番祁长老耐心地解释道，“而在外面闯荡时，战斗、厮杀是很正常的事。”

“不禁止吗？”罗峰追问，“金角族群的人本来就不算多，战斗如此频繁，容易发生死伤惨重的情况吧？”

“为什么要禁止？强者一般是从战斗中磨砺出来的。”寺番祁长老淡淡地道，“更何况，不朽神灵才算是族群的根基。寿命短暂的普通族人成不了强者，对整个族群的发展根本没用。”

“殿下，你看，前面就是圣城了。”寺番祁长老说道。

陨墨星号宇宙飞船正在减速。

罗峰俯瞰，只见一座巍峨的古老城池屹立在无尽的荒野上，这座城池直径数十万千米，最耀眼的是城中一座上万千米高的纯金色雕像。

陨墨星号宇宙飞船缓缓下降。

舱门开启，罗峰、迪伦、五大界主级强者、卡什那、寺番祁长老全部走了下去，随即罗峰收了陨墨星号宇宙飞船。

“看到那尊纯金色雕像了吗？”寺番祁长老遥指圣城中最高的纯金色雕像，“那就是希罗多的雕像！伟大的希罗多！每时每刻都有无数强者从拉斯奥世界各地赶来朝圣，圣像高12319千米，一双大脚就有1622千米长。”

罗峰点点头，心中有些激动。

那可是能让一个族群的人祭拜无数年的存在啊！

“走，我们进城吧！”寺番祁长老淡淡地笑道，“殿下要记住一点，圣城地位特殊，加上我们金角族群的无数天才聚集在这里，这里是我们金角族群的未来，因此在圣城内是禁止厮杀的。要厮杀的话，必须去圣城外面一座巨大的斗武场。”

罗峰一行人进入了这座繁华且古老的圣城，圣城内的居民极多。

“希罗多！”罗峰站在圣像所在的广场上，仰头看着巨大的金色雕像。

它有一双仿佛能够容纳无限宇宙的眼睛，眼中没有丝毫凌厉、凶悍，有的只是平静、淡然。就算来这里的人心情再浮躁，只要看一眼圣像，一切烦恼便消失了。

“虽然没看到希罗多真人，可单单看这圣像，就感觉不简单，难怪他能引领一个族群立足浩瀚宇宙。”罗峰暗自感慨。

正当罗峰缅怀金角族群的这位伟大先驱时，圣像广场上的金角族群的很多族人都惊讶地看着罗峰一行人。

“快看，那是人类！”

“天哪，真的是人类！”

“我都闻到血肉类生命的气息了，而且他们没有生命印记！”

人群骚动起来。

越来越多的金角族人发现了罗峰等人。

在拉斯奥世界，人类是很罕见的，但是在圣城还是偶尔能够看到一些被邀请来的人类，但凡能来到这里的都不是一般人。

“嗯？”罗峰发现他们被围观了。

“我们走！”罗峰下令。

“是，殿下。”一群人应道。

忽然——

“人类，你只有区区域主级九阶实力，竟敢来到我们金角族群的圣城，你是人族的绝世天才吧？我是卡诺恩勒，我想要挑战你。”一个背着暗金色长棍，全身皮肤呈暗红色，整个人好似金属雕刻而成的少年大声说道。

“挑战？”罗峰看了少年一眼。

这少年也拥有域主级九阶的实力。

“殿下不必理会。”站在罗峰身侧的寺番祁长老连忙说道，“的确有不少人类来过圣城，其中就有一些绝世天才，也有一些绝世天才和我们金角族群的天才进行过比试，有些还被传为佳话，因此很多年轻小辈一看到人类的绝世天才就想挑战。殿下不理会就行，他们不敢纠缠的。”

寺番祁长老说完，一股无形的不朽法则波动向四周蔓延，令周围的金角族人连忙避开。

“哼！”寺番祁长老冷哼一声，再无人敢阻拦，“走吧，我们去元老神宫拜见元老。”

于是，罗峰一群人在圣像广场上的金角族人的注视下离去。

“人类！”

“有人类来到圣城了，为首的还是域主级九阶强者！”

“他一定是人族的绝世天才！”

“人族的绝世天才来到圣城了！”

这个消息在圣城迅速传播开来。

圣城中聚集了十万个部落的无数天才，这些天才都有变强的信念。当知道人族的绝世天才来到圣城时，一个个都想要去找绝世天才决斗。

罗峰一群人来到了元老神宫外。

“这……这……”罗峰瞪大眼睛看着远处。

“这是？这怎么？不可能！”

来到金角族群的家乡拉斯奥世界后，罗峰第一次这么惊讶。

“殿下？”寺番祁长老、卡什那都大吃一惊。

他们感到惊讶的是，一直比较淡定的罗峰殿下竟然如此失态。

远处连绵的高山上建造了一座巍峨的神宫，神宫通体呈暗金色，有上千千米高，占地面积近万平方千米。

以罗峰的见识，他见过比这座神宫更加奢华的宫殿，自然不会因此惊讶。让他震惊的是，神宫的门口延伸出了一条约1000米粗的黑色星辰锁链。

这黑色星辰锁链约1万千米长，贯穿了一头通体呈青色、类似猩猩的奇异巨兽。巨兽蹲在那里，仿佛一座巍峨的高山，竟然比那座神宫矮不了多少。

“星……星……”罗峰瞪大眼睛，声音发颤，“星空巨兽！”

自从夺舍金角巨兽肉身后，他虽然也算见识广博、历练不凡，但是没有见过第二头星空巨兽，就连标本都没见过。

这是罗峰第一次见到其他星空巨兽。

此时，这头星空巨兽被那黑色星辰锁链完全捆住了。

“哈哈……”寺番祁长老笑了起来，“殿下原来是对星空巨兽感到惊讶呀。这是星空巨兽中拥有十二大巅峰血统之一的毁婆巨兽，实力达到了界主级巅峰。虽然它仅仅达到界主级巅峰，但是它真正的战斗力极强，连很多不朽神灵都不是它的对手，很可怕。”

罗峰打量着毁婆巨兽，他能够清晰地感觉到它身上散发的那股悲凉。

“多久了？”罗峰问道。

“什么多久了？”寺番祁长老一愣。

“这头星空巨兽被抓来这里多久了？”罗峰又问道。

“应该有两千万年了。”寺番祁长老感慨道，“星空巨兽的寿命很长，我们金角族群和人族的界主级强者的寿命都有1000纪元，而星空巨兽的寿命是我们的10倍。”

“为什么要这样捆着它？”罗峰沉声问道。

寺番祁长老发现罗峰的语气不太对劲，郑重地解释道：“这头星空巨兽当年被元老抓到这里，却硬是不肯臣服。元老是何等身份？一头界主级巅峰的星空巨兽对他而言根本没什么用，只是因为星空巨兽太过珍稀，所以他才抓来这里的。”

“是啊，元老是宇宙尊者，当然不会在乎一头星空巨兽。”罗峰喃喃道。

“这头星空巨兽非常倔强，死活不肯臣服，当年曾疯狂地挣扎、号叫，挣扎时全身流血、毛发受损，还挺可怜的。”寺番祁长老感慨道，“可是，周围的陆地早被元老改造过了，它根本破坏不了，而那锁链更是直接捆住了它的命核和身体，它怎么挣扎都没用。时间长了，它也就心灰意冷，放弃了，可一直不肯低头。元老当初说它什么时候低头，就什么时候解开锁链。”

罗峰的心一颤。

星空巨兽很骄傲。即便是当初被他夺舍的金角巨兽幼崽也是无比骄傲的，它们生来就是如此，想要让它们臣服实在是太难了。

“殿下是第一次见到星空巨兽？”寺番祁长老问道，“这头毁婆巨兽能耐非凡，达到了界主级巅峰，可击败普通的不朽神灵。我给殿下介绍一下它的来历吧。”

罗峰没有说话。

他知道的可比寺番祁要多得多。

毁婆巨兽是拥有星空巨兽十二大巅峰血统之一的巨兽，和金角巨兽并列，不过并非吞噬类巨兽，属于雷电、时间类巨兽。它生性狡猾、凶残，虽然只拥有一种天赋秘法——时间静止，但威力是很大的。

毁娑巨兽凭借狡猾、凶残的秉性和天赋秘法，战斗力极为惊人，逃命能力也极强，完全能和金角巨兽、炎星巨兽等并列。

第645章

神宫外

罗峰看着毁娑巨兽，脑海中浮现出之前帝都星上的无数人，包括宇宙级战士，瞬间灰飞烟灭的场景。

“命运，这就是命运！弱者注定被奴役，即使再有傲骨也无用，只有成为强者，才能掌控命运！”

罗峰死死地盯着毁娑巨兽，想要将这一幕牢牢地记住。

假使有一天他以金角巨兽的形态出现，如果被某个超级存在抓住，恐怕也会是这个下场吧。

“决不允许！”罗峰默默地道。

“殿下，你先在这里等一会儿，我带着族长的亲笔信去见元老，向元老详细禀明此事。假使元老同意，殿下你就能进入圣地观摩、参悟圣碑了。”寺番祁长老笑着说道。

罗峰深吸一口气，微微一笑，道：“寺番祁长老，麻烦了。”

“哈哈，殿下不用客气。”寺番祁长老笑着说道，而后回头看了一眼卡什那，“卡什那，跟在殿下身边，别乱跑。”

“是，老师。”卡什那嘴上这么说着，眼睛却滴溜溜地转着，不时看向毁娑巨兽。

寺番祁长老无奈地摇摇头，随即化作一道金光，飞向元老神宫。

他很快就到了元老神宫外，仅仅在宫门外站了片刻，便进入了神宫。

罗峰等人则在山脚下等候。

“你对毁娑巨兽很感兴趣？”罗峰看着卡什那。

“嗯。”卡什那连连点头，嘿嘿笑道，“毁娑巨兽能够以界主级巅峰实力击败普通的不朽神灵，很厉害。这是我们整个拉斯奥世界唯一的一头星空巨兽，不多观察观察，等将来它老死了，可就没得看了。”

“那就走近一点去看。”罗峰说道。

“啊？”卡什那闻言一愣。

罗峰带着迪伦等人朝毁娑巨兽的方向走去。

片刻后——

罗峰站在一片空地上，只见前方的一些守卫将毁娑巨兽所在的区域团团围住了。

“人类，请不要再往前，否则你会遭到困锁秘阵的攻击。”一个穿着标志性的暗金色战铠的男子说道。

因为罗峰的人类身份，那守卫的态度很友好。

“困锁秘阵？”罗峰遥看过去。

毁娑巨兽周围近千千米范围内有很多近乎圆形的奇异秘纹，复杂的秘纹刻在边缘区域，给他一种画地为牢的感觉。

“好复杂的空间类秘纹。”罗峰眉头微皱。

毁娑巨兽身体庞大，却被束缚在近千千米范围内，就仿佛人被困在直径两三米的牢笼内，当然憋屈得很。可是，因为有黑色星辰锁链、困锁秘阵，它一直逃不出去。

“鲜血、毛发。”罗峰看到困锁秘阵内早已经干了的黑色血迹和一些散落的毛发，这显然是毁娑巨兽挣扎时留下的。

罗峰心中一动。

“这头毁娑巨兽达到了界主级巅峰，假使我得到它的毛发，等我达到界主级巅峰，不就可以培育出一个毁婆巨兽分身？”罗峰的大脑快速运转，思考这个想法的可行性和价值。

“自己只有一个体内世界，而天赋秘法‘分身’是通过体内世界孕育的，注定了自己最多拥有三个分身。即使自己再弄出一个金角巨兽分身，只要没有另外的体内世界，也不会多出三个分身来。其实稍微想想也能明白，假使多一个金角巨兽分身，就能多三个分身名额的话，如此循环下去，岂不是分身无数？不过，这是不可能实现的。”

毁婆巨兽只有时间静止这一种天赋秘法，这种天赋秘法类似于金角巨兽的天赋秘法“强化”，都是体表秘纹被驱动后能够自然施展出的天赋秘法。这种天赋秘法和体内世界没有关系，所以一旦孕育一个毁婆巨兽分身，就能够施展出时间静止这种逆天的天赋秘法。

“很逆天，时间静止绝对是一种非常可怕的秘法，不管是用来攻击还是用来逃命，都非常好。”

罗峰越想越心动。

假使对战时，他突然施展出这一招，然后就能趁机击杀对手。

这是何等逆天的秘法？

当然，天赋秘法不可能无敌，就像宇宙级的毁婆巨兽施展时间静止，不可能让界主级强者的时间静止一样。这只是很强悍的秘法，比罗峰的天赋秘法“强化”还要强。

“我现在实力还不够强大，而且经历不够多，或许将来我能够拥有更好的选择。”罗峰暗自思忖，“不过，如果能得到它的毛发，至少可以当作备选方案，待将来实力足够强大，就从中选择最适合的。可是，我没法进入阵中。”

罗峰眉头一皱。

现在他才达到域主级九阶，自然不会草率地做决定。假使他早早就选了毁婆巨兽，将来若是得到逆天生命的基因，恰好又能培育，岂不会悔青肠子？

他当年在血洛世界见过兽神后便清楚这一点。宇宙中存在一些奇特的生命，而且他的传承记忆中记载了一些奇特的生命，这些奇特的生命数量极少，有的或许自宇宙诞生以来就只有一个，都算不上族群。但它们实力强悍，比如兽神，实力远远超过界主级强者。

“而我孕育分身有限制，那就是孕育的分身的实力不可能超过本尊，也就是说，我孕育出的分身最多达到界主级巅峰。现在，我的分身名额只剩下最后一个， 一旦浪费，就再也没有其他机会，我自然要慎重。等我达到界主级巅峰或者发现让我无比惊喜的奇特生命，再做出不会让自己后悔的选择。”罗峰暗自想着。

“嗯？”这时，罗峰听到后方传来了嘈杂声，不由得转头看去。

只见后方的山道上走来数百个金角族群的青年。

以罗峰的感应能力，他很快就感应出他们大半都是域主级九阶强者。

“人族绝世天才就在那里！”

“域主级九阶的绝世天才?!”

“九千万年前，司瞳就击败过来访的绝世天才！”

青年们议论纷纷。

他们心里都有击败人族绝世天才的愿望。

来过这里的人族绝世天才几乎都很彪悍，与金角族群天才的战斗，几乎都是人族绝世天才取胜。不过，有几次战斗是金角族群的天才获胜。他们一旦获胜，必定会被传颂很久。

金角族群是人族的附属族群，数亿万年来都是如此，以至金角族人面对人类时，天生气势就弱得多。这种心理上的自卑困扰着他们，因此族群内但凡出现一个能够击败人族绝世天才的天才，他们自然倍感骄傲。

他们有强烈的族群荣誉感，为了维护本族的荣誉，甚至不怕死。

只要成功，他们就算是功成名就了，比成为不朽神灵的名气还要大。

“人族绝世天才，我，伽埃，向你发出挑战！你若是勇者，那就接受我的挑战！”

"人族绝世天才，我，布康朵，正式向你发出挑战！"

……

金角族群的青年争着向罗峰发出挑战，甚至他们彼此之间也有一股浓浓的火药味。

这些来自不同部落的青年皮肤颜色不一：有的是青色，有的是红色，有的是白色，有的是紫色。但是，他们的额头上有统一的金色印记。

此刻，这数百个青年都看向罗峰，渴望和罗峰一战。

在他们看来，能够和人族绝世天才一战是可遇不可求的。首先，来到这里的人族绝世天才本来就不多，一般是界主级天才居多，域主级九阶天才是很少的。其次，即便人族的域主级天才来了，若是自认实力不够的话，是不会接受挑战的。

想通过挑战，从而获得无上荣耀，战斗就必须公平。

心理上的自卑，让金角族群的人更加看重公平。

人族的绝世天才是域主级九阶强者，那么挑战他的最好也是域主级九阶强者，或者是实力达到域主级七阶的强者。

若是出现界主级一阶强者来挑战的情况，便是对他们的侮辱！

"殿下。"迪伦笑着看向罗峰。

"这么多来挑战的。"罗峰无奈一笑。

这情况的确出乎意料。

"请接受我的挑战！"

"人族绝世天才，请接受我的挑战！"

这群青年都能说标准的宇宙通用语，毕竟意识达到了这个程度，只需片刻就能学会宇宙通用语。

随着时间的推移，越来越多的青年赶来。他们少部分是来挑战的，还有不少是来观战的。

很快，聚集的人就有数千个了。

“你们聚集在我族元老神宫外面干什么？”一道浑厚的怒喝声响起。

罗峰转头看去。

数千名青年也转头看去。

远处，暗金色神宫外面的宽阔通道上，一个身高3米多、背着一根暗金色长棍、穿着青色铠甲的黑皮肤青年带着一大群神宫护卫直接冲了过来。

“这是神宫重地，竟敢在这里喧闹，全部给我打出去！”

“是！”一群达到界主级巅峰的神宫守卫齐声应命。

“统领，那几个是人类。”一名神宫守卫在黑皮肤青年的耳边低声说道。

第646章

机遇

“人类？”黑皮肤青年的目光瞬间落在罗峰几人身上。

“你就是为首之人？”黑皮肤青年惊讶地看着罗峰。

从这一群人站的位置就能看出罗峰是老大。罗峰站在最前面，迪伦这名不朽神灵站在罗峰一侧，其他五个界主级强者和卡什那都站在罗峰后面。

“你好。”罗峰笑着打招呼。

“哈哈……”刚才还盛气凌人的黑皮肤青年当即露出笑容，看了那群青年一眼，“难怪你们都聚集在此处。哦，伽埃，你也来了，看来都是想挑战人族的绝世天才啊。”

“人族的绝世天才，我是元老神宫一脉的卑休，正式向你发起挑战！”黑皮肤青年又道。

“这个卑休真恶心。”

“卑休受到元老们的教导，实力的确很强。”

数千名金角族青年议论纷纷。

“卑休？”

罗峰一眼就看出黑皮肤青年是域主级九阶强者。

“请接受我的挑战！”卑休死死地盯着罗峰。

罗峰摇头一笑，正要拒绝，目光扫过远处数千名金角族群的青年，心中一动："这卑休是元老神宫一脉的，看样子我的人类身份吸引了金角族群很多天才的注意，他们都想要挑战我。既然如此，我还不如接受卑休的挑战，展露一下实力，至少可以让一些实力差的天才别来招惹我。"

"请接受我的挑战！"卑休再度说道。

"我可以接受你的挑战，不过你要答应我一个条件。"罗峰看着他。

卑休一怔，随即露出狂喜之色，盯着罗峰："什么条件，你说。"

"我听那些神宫守卫称你为统领，说明你在元老神宫也算是有些地位的。"罗峰指着远处比神宫矮不了多少的毁娑巨兽，"我从来没有见过星空巨兽，所以想近距离看看，接触一下，不知道是否可以？"

"近距离？"卑休眉头微皱，"你要进去看看是小事，可是那头毁娑巨兽拥有可以打败普通不朽神灵的实力，你靠近它可不安全啊。"

人族的绝世天才如果死在金角族群的地盘，后果将非常严重。

"放心。"罗峰看向身侧的迪伦。

迪伦点点头。

迪伦的实力接近封侯级不朽神灵，甚至可以算是封侯级不朽神灵。

"既然你能保证自己的安全，近距离观看毁娑巨兽是小事，我可以做主。"卑休看了困锁秘阵内的守卫一眼，"让这几个人进去看看，让他们从安全通道进去。"

"是，统领。"一群守卫恭敬应允。

近距离观看毁娑巨兽，的确只是小事。金角族群中一些有背景的大人物经常会近距离观看毁娑巨兽，这毕竟是整个拉斯奥世界唯一的一头星空巨兽。

金属门开启。

"这是唯一能进去又避开了困锁秘阵的通道。"卑休说道。

罗峰微微一笑，带着迪伦等人沿着通道进入了方圆上千千米的区域，这片区域就是毁娑巨兽平常生存的地方。

在这片区域内，罗峰闻到了毁娑巨兽身上隐隐散发出来的略带腥味的特殊味道。

地面上依稀可见黑色的血迹，还有一些凌乱的毛发。

“罗峰，那血迹干了太久，估计已经不能再用来提取生命基因、孕育分身，而那些未完全腐烂的毛发肯定是可以的。”巴巴塔的声音在罗峰的脑海中响起。

“嗯。”罗峰蹲下，捡起一根毛发。

说是毛发，实际上比大树还粗，足足有数米粗、数千米长，远观却显得很纤细，好似猩猩身上的毛。不过，相比站立起来就有上千千米高的毁婆巨兽而言，这很正常。

一眼看去，地上有些凌乱的毛发缠绕在一起，随便一处就有数百根毛发。

“卑休，我可以取一根毛发留作纪念吗？”罗峰转头看去。

在困锁秘阵外面的卑休不由得暗自疑惑：那东西纯粹是垃圾，只有极少数族人近距离观察毁婆巨兽时才会带走一两根毛发作为纪念，实际上根本无用。

“当然可以。”卑休高声说道。

“谢谢。”

罗峰随即将毁婆巨兽的一根毛发直接收入空间戒指。

“搞定，有了这根毛发，就能通过金角巨兽的‘分身’天赋孕育出胚胎，从而培育一头毁婆巨兽。”罗峰心中暗道，随即朝那头毁婆巨兽走去。

他慢慢地靠近。

他看着蹲在那里的毁婆巨兽。

这可是本该纵横宇宙的星空巨兽，此刻却被捆住了，让人心中生出一种悲凉感。

罗峰对金角巨兽夺舍过，看到毁婆巨兽这个落魄的样子，心有戚戚。

“嗷——”一道低沉的吼声在山中回荡。

毁婆巨兽睁开青金色的眼眸，低头看着罗峰。

罗峰仰头看着它。

迪伦则站在一旁，小心地戒备着。

“人类？”毁婆巨兽发出低沉的声音。

“你好。”罗峰点点头。

一人一星空巨兽对视着，一个抬头望去，一个低头看着，隐隐感觉到彼此之间的相同之处，同样心性冷酷，同样收敛了杀意。

罗峰因为自己的人类身份，所以将对金角巨兽的杀意收敛了，而毁婆巨兽因为一直被捆住，同样将杀意压制住了。

“人类，”毁婆巨兽的声音直接传入罗峰的脑海中，“你给我的感觉很亲切，你和我好像有一些相似的地方。”

罗峰暗叹一声。

从一定程度上来说，他也是一头星空巨兽啊！如果他有能力，一定会将这头毁婆巨兽救走。可是他只是人族的绝世天才，金角族群的元老可是宇宙尊者般的存在，就算金角族群依附人族，可宇宙尊者般的存在不是他能招惹的。

“我有什么能帮你的吗？”罗峰用意识询问。

“不用。”毁婆巨兽用意念传音回道，“你帮不了我。旁边神宫的那位元老在束缚了我三百万年后，给了我一个承诺，只要我能突破成为不朽神灵，他就给我自由。”

“什么?! 竟然还有这么一个约定！”罗峰大吃一惊。

那位元老将毁婆巨兽束缚了三百万年后，就给出了这么一个约定，估计是看毁婆巨兽如此倔强，对它有一丝欣赏，可是高高在上的元老绝对不会轻易放走它，所以给出了一个条件——毁婆巨兽必须成为不朽神灵。

“你要成为不朽神灵很难吗？”罗峰问道。

“比你们要难千倍乃至万倍。”毁婆巨兽回道，“我已经能击败普通的不朽神灵，可还是无法迈过最后的门槛。两千万年，我都熬过来了，我相信我一定能够突破成为不朽神灵，一定能！”

“人类，我难得看到你这个让我感觉亲切的生命，我和你说的话够多了，你走吧。”毁娑巨兽缓缓闭上眼睛。

罗峰叹息一声。

他的确帮不了它，连去观摩、参悟圣碑都得提出申请，要得到元老的同意，他根本没资格提出要求。

“罗峰殿下，你怎么在里面？”

“嗯？”罗峰转头看去。

困锁秘阵外面站着一名身穿金色战铠的老者，正是寺番祁长老。

罗峰连忙带着迪伦等人迅速沿着通道出去。

“我去近距离看了一下毁娑巨兽。”罗峰看着寺番祁长老，“长老，你那边情况怎么样？”

寺番祁长老朗声笑道：“元老和我交谈一番后，同意殿下去观摩、参悟圣碑，并且特准你独自一人观摩、参悟圣碑一个月，而且待观摩、参悟圣碑结束后，殿下可以任意选择圣地中储存的一份秘法。”

“真的吗？”罗峰很惊讶。

“嗯，圣碑毕竟只是让人参悟，并没有提供系统的秘法，而圣地内储存的秘法是我们金角族群历代强者留下的系统秘法，都是空间法则、金之法则这两大本源法则结合的秘法，属于希罗多一脉的秘法。”寺番祁长老微微一笑，又道，“殿下可以任选一份秘法，当然，也只能选择一份秘法。”

罗峰眼睛一亮，当即点点头。

“你叫罗峰？你已经近距离观看了毁娑巨兽，总不会想将这一场对战拖到参悟完圣碑之后吧？”站在不远处的卑休冷冷地道，“我们还是现在就去斗武场决斗吧。”

罗峰看向他。

“罗峰殿下，你要跟他决斗？”寺番祁长老大吃一惊，连忙传音，“殿下，别答应，你突破到域主级九阶没多久，卑休可是旁边神宫那位元老培养的卑氏兄弟之一。按照你们人类对于法则感悟的划分，他应该算是拥有能够闯过通天桥第九层的能耐。”

罗峰闻言一怔。

金角族群中达到域主级的天才也很可怕啊!

第647章

罗峰和卑休

“罗峰殿下，”寺番祁急忙传音，“虽然我们金角族群的绝世天才普遍要比人族的绝世天才弱得多，但是金角族群毕竟有十万个部落，域主级强者的数量远超人族一个宇宙国的人数，而且族内的顶尖天才得到了元老们的指点，实力自然不弱。”

罗峰点点头。

正因为时刻感觉到威胁，所以金角族群对于培养天才的重视程度超过人类，就连宇宙尊者级的元老们都会来指点天才。

“这一代域主级天才排名前十的就有卑氏兄弟。”寺番祁再次传音，“前十名中，其他九人大概都达到了能够闯过通天桥第九层的法则感悟程度，而卑氏兄弟中的兄长卑虬，是唯一一个拥有能闯过通天桥第十层实力的。”

“看，之前要挑战你的数千名青年几乎都是有些实力的，比如伽埃，他也是域主级天才的前十名之一。”寺番祁长老补充道。

罗峰看了看那群聚集的金角族青年，不由得有些惭愧。

他之前还没将这些人放在眼里。这可是一个族群的天才啊，就算比人族的绝世天才弱，也不会弱太多。

人族的域主级天才位列前十的都是原始秘境成员，其中有九个闯过了通天桥第十层，还有一个闯过了通天桥第十一层。

“第十层和第九层有本质的区别，因为每三层为一个大级别。域主级太初秘境的许多天才都停留在通天桥第九层，想闯过第十层非常难。”罗峰心中暗惊，“没想到，金角族群域主级天才中竟然有一人拥有能够闯过通天桥第十层的实力，看来他拥有堪比人族原始秘境成员的实力。”

卑虬是唯一可以和人族域主级原始秘境成员媲美的。

“幸好和我对战的不是卑虬，只是排名前十的卑休。”罗峰暗叹一声，“以我现在的实力，对战卑虬的话，几乎没有获胜的机会。即使对战卑休，也很危险。”

听到卑休有闯过通天桥第九层的实力，罗峰就明白自己麻烦大了。

“罗峰，你不会是怕了吧？”卑休盯着罗峰，冷冷地问道。

“哈哈，既然我答应了你，自然会出战，时间和地点由你选。”罗峰笑着说道。

“好！”卑休大喜，大声吼道，“那我们马上出发，对战时间就是今天，地点就是城外斗武场！”

“可以。”罗峰点头。

一番简简单单的对话，一场人族的绝世天才和金角族群的天才的对战就这样定下了。

聚集的数千号人和那些神宫守卫都激动地欢呼起来。

“卑休！”

“卑休！”

“卑休！”

金角族群的天才们无不激动，几乎各个都大呼卑休的名字。

作为排名前十的域主级天才卑休，的确有资格代表金角族群和人族绝世天才对战。

“大家放心。”卑休转头看着数千名族人，高声吼道，“我，卑休，一定会为我们金角族群取得这场胜利，一定会！”

“胜利！”

“胜利！”

“胜利！”

数千名青年激动地咆哮起来。

罗峰则是默默地看着这一幕，心中暗道：“是的，我必须取得这一战的胜利，我已经没有退路了！”

这一战他代表的不仅仅是自己，还是整个人族。一旦他输了，金角族群会传颂卑休的名字无数年，他们会一直记得有一个叫卑休的天才击败了人族的绝世天才罗峰。

金角族群越重视这事，罗峰就会越丢脸。事关人族的荣誉，他只有一条路——击败卑休！

卑休很激动，道：“斗武场就在城外，我们出发吧！”

“那就走吧。”罗峰点点头。

“嗖——”罗峰一群人和卑休、金角族群的青年都朝斗武场飞去。

同时，不少青年连接虚拟宇宙网络，通过虚拟宇宙网络将这个消息迅速传送给他们的朋友。

金角族群是人族的附属族群，自然也获得了使用虚拟宇宙网络的资格，不过金角族人被局限在一个位面空间内，大多只能在族内相互传递消息，很多权限都受到了限制，比如，没有机会使用杀戮场，但最基本的通话还是可以的。

很快，人族的绝世天才罗峰和金角族群的天才卑休即将在斗武场进行对战的消息迅速在圣城传开了。

“人族绝世天才罗峰和我族的天才卑休即将对战！”

“是的，就在城外的斗武场！”

“马上就要开始了！”

“对，就是人族的绝世天才，你没听错！”

那些圣城居民都放下了手中的事情，迅速飞向城外。

如果从高空看，会发现整个圣城的人仿佛潮水般全部朝一个方向涌去。

……

圣城外的斗武场占地面积极广，在整个圣城具有特殊的地位。

其实，金角族群当年迁移前并没有设立斗武场，后来领袖希罗多失踪，令金角族群有了无比强烈的危机感，他们才有了各种各样的措施，比如禁止天才们彼此厮杀。但是，他们又怕天才们没了血性、斗志，于是设立了斗武场。

圣城内禁止战斗，唯有在斗武场内可以进行战斗，斗武场是模仿人族的巨斧斗武场打造的。

……

“主人，我们斗武场有一亿个观众席位，平常各种对战，这么多席位足够了，可今天是人族绝世天才罗峰和我族天才卑休的战斗，席位可能不够。”一个灰色皮肤少年遥指远方。

一个高大的金色皮肤男子抬头看去。

远处的天空中黑压压的一片，很多金角族人正朝这里飞来。

圣城是金角族群的圣地核心，这里的居民有数十亿，很多是修炼者、苦修者，平常很少有战斗能吸引他们，可是今天整个圣城超过一半的人都赶来了。

“席位的确不够。”金色皮肤男子低声说道，“传令下去，迅速撤掉所有席位，按照族内庆典的规格进行布置。”

“是。”灰色皮肤少年连忙应道。

圣城外的巨大斗武场正在迅速进行改动，原本的装饰、座位等全部拆卸，就连一些舒适的包间、豪华的顶层观景台也进行了拆卸、改造。

整个斗武场的一切布置以尽量容纳观众为主。

“好多人啊！”

罗峰在休息室内坐着，透过窗户看着外面天空中不断飞来的人，这种状况已经持续了十几分钟。

“估计都是来观战的。”迪伦抬头看着，“这场面让人惊叹啊！即便在我们人族的世界，也不可能弄出这么大的地盘，让人们来观战。超大规模的对战一般都是在虚拟宇宙中进行的，这样才不会引发混乱。”

“虚拟宇宙和现实世界还是不一样的。”罗峰摇头。

“殿下。”迪伦看着罗峰。

“嗯？”罗峰转头看来。

“有把握吗？”

“没有多大把握，但是这一战我只能赢！”

三个多小时后。

“罗峰殿下，可以进入斗武场了。”寺番祁长老走了进来。

罗峰当即站起身来。

“小心点。”寺番祁长老叮嘱道，“在斗武场中，一不小心，就会有一方殒身。”

“嗯。”罗峰点点头。

这一点他当然明白。

这是现实世界中的对战，并非虚拟宇宙中的对战，而且这可是关系到两个族群荣耀的生死对战，根本不容留情，战斗双方都会拼尽全力，一旦中招，很可能丧命。

罗峰走出休息室，在斗武场人员的指引下，他带着迪伦沿着一条通道直接走到广阔的斗武场的对战台上。

欢呼声仿佛要将整个对战台掀翻了。

罗峰朝四周看去，只见对战台外围的场地上站着许多人，不仅是倾斜的第二层观看台，就连顶层的观战台上都站满了人，甚至还有许多人在远处的天空中悬浮着。

“卑休！”

“卑休必胜！”

“你必须赢！”

“一定要赢！”

“胜利！”

整个斗武场仿佛沸腾了。

听到金角族人的吼叫声，罗峰心中一惊。

他看向对面的卑休。

此时，卑休额头的金色印记隐隐闪烁着红色的光。

罗峰，你必须赢！

即便拼上性命，也得赢！

第648章

对决

迪伦和寺番祁长老站在通往对战台的通道内。

“待会儿战斗就要开始了。”迪伦看向身侧的寺番祁长老，“无论如何，你和我必须保证殿下没有性命之忧。”

“我懂。”寺番祁长老沉声说道，“我会小心戒备，一旦能够判定胜负，我便立即中止战斗，保证罗峰殿下的安全。”

“嗯。”迪伦表情严肃，而后转头看向对战台上一脸平静的罗峰。

“师祖让我保护你，绝对不能出问题。”迪伦默默地道。

……

此战关系重大，金角族人的顾虑也很多。

“不管怎么样，最后必须保住卑休和人族绝世天才罗峰的性命。”

“嗯，不能因为这事和人族交恶。”

“大家打起精神来。”

围观的那些不朽神灵暗暗传音。

不过，在场没有一名不朽神灵敢说有十足的把握护住他们的性命。罗峰和卑休都是精神念师，战斗最终判定胜负时，自然是以念力兵器或者其他武器直接刺穿一方的身体为准。若是这样，有一方很可能丧命。

当然，罗峰只是人族绝世天才之一，如果在这种公开对战中殒身，人族虽然会不满，但是应该不会对金角族群怎么样。一个绝世天才的死对两个族群之间的关系应该不会有很大的影响。

“安静！”一道声音响彻天地。

在场的人都安静下来，紧紧地盯着斗武场内的对战台。

“此战很不一般，一方是我们金角族的天才卑休，另外一方则是人族的绝世天才罗峰。”那道洪亮的声音再次回荡在天地间，“战斗规则很简单，一方认输或者被击败，则决斗结束。现在我宣布，对战正式开始！”

“呼！呼！”

罗峰和卑休相距十余千米，同时缓缓向上升起，悬浮在半空中，背上都出现了暗金色长棍，脚下是飞行念力兵器。

“你用的也是衍神兵？”卑休盯着罗峰，“我们金角族的伟大的希罗多可是衍神兵的创造者。”

“那就要看谁使用衍神兵时发挥的威力更强了。”罗峰冷冷地说道。

“好！”卑休眼中锋芒一闪。

“轰——”他背上的暗金色长棍射出无数道金光。

罗峰盯着对手，背上的暗金色长棍也射出无数道金光。

一时间，无数剑影飘浮，金色丝线将宇宙本源空间法则、金之法则、念力结合法则串联在一起，凝聚成一方世界——剑之世界。

“那人族绝世天才使用的也是衍神兵。”

“他们都凝聚出了衍神兵第六重剑之世界。”

“卑休凝聚的剑之世界好像更大。”

观战的人低声议论，异常激动。

……

“轰！轰！”两大剑之世界撞击在一起。

地动山摇，无数剑气向四周荡开。

罗峰操控的剑之世界产生了裂缝，好像要碎了。

“要破了。”

“人族绝世天才处于劣势。”

“卑休要赢了。”

金角族人很兴奋。

“不愧是寺番祁长老认定的拥有闯过通天桥第九层实力的天才，他的剑之世界明显比我的强得多。”

罗峰一声低吼，顿时释放出超过3200的念力振幅，令原本摇摇欲坠的剑之世界瞬间变得稳定，从而变得更加真实。

“轰！轰！”两个剑之世界一次次碰撞，空间再次震颤起来。

“嗯？他也将剑之世界修炼到了完美的地步？”卑休脸色微变。

第六重剑之世界分为三个层次，随着感悟加深，修炼者的剑之世界会越来越稳定，最终达到极限。一般来说，修炼者要达到能够闯过通天桥第九层的法则感悟度，才能让剑之世界达到最稳定的状态。

罗峰即使经过五十年的潜修，对于法则感悟的程度也只是一般，大概达到能够闯过通天桥第七层的程度。

不过，当他释放出超过3200的念力振幅后，他的念力便是正常极限的32倍，从而令其在操控剑之世界时，一下子就达到了能够闯过通天桥第九层的地步。

“他可是人族绝世天才，如果做不到这一步，那才奇怪。”卑休暗自思忖，眼眸中迸发出前所未有的光，“那就看看谁的实力更强吧。”

“世界之剑，凝！”卑休大喝一声。

原本两个剑之世界彼此碰撞在一起，卑休操控的一方世界忽然迅速缩小，而剑气密度越来越大，最终变成了一把十余米长，好似水晶制造的巨剑，将卑休包容其中。

巨剑完全将剑之世界容纳其中，没有浪费丝毫能量，能量完全凝聚。

这正是剑之世界第三层的状态。

“凝！”罗峰也大喝一声。

他这一方巨大的剑之世界开始迅速缩小，瞬间就凝聚出了与卑休的剑一样长的水晶巨剑。

罗峰整个人就站在水晶巨剑内。

“你输定了！”卑休一声低吼。

“来吧！”罗峰的眼中只有对手。

“呼！呼！”

两人都在水晶巨剑内操控着各自的水晶巨剑，分别在半空中留下一道淡淡的金色光芒。接着，两把巨剑相撞。

卑休操控的水晶巨剑快如闪电、诡异莫测，罗峰操控的水晶巨剑仿佛挟天地之威，横冲直撞，完全是两种风格。

“轰——”

两把完全包容了剑之世界的水晶巨剑的速度快得可怕，一次次交击，仿佛两个绝世剑客在相互攻击。

罗峰猛地抬头，发现自己操控的水晶巨剑上已经有了裂痕，不由得一惊。

这般冲撞，他的剑之世界凝聚而成的水晶巨剑要崩溃了。

“卑休要赢了！”

“那个人族绝世天才的剑之世界要崩溃了！”

“哈哈，赢定了！”

“卑休还没有拿出他的最强绝技，他已经练成了剑之世界巨剑的特殊剑术——震空剑术。一旦他施展出震空剑术，人族那个绝世天才肯定得输！”

“哼，那还用说，我们金角族才是衍神兵的发源地，各种衍神兵施展的秘术数不胜数，那人族绝世天才竟然用衍神兵来对付卑休，他输定了！”

……

“‘刚不可久、柔不可守’，这么简单的道理，你都不懂吗？”卑休低吼着，“你真是让我失望啊，人族绝世天才竟然就这么一点实力，我不过拿出七成实力，接下来就要你尝尝我的震空剑术的厉害。”

话音刚落，卑休控制的水晶巨剑隐隐有了天地之威，速度变得更快，更加飘忽不定，瞬间便冲向罗峰。

“好精妙的操控之法！”罗峰大吃一惊。

他虽然得到了衍神兵，但是只知道一些基本的操控之法，每一重到底怎么才能发挥出最强的威力，全凭自己感悟。可是在金角族中，衍神兵每一重都有对应的秘术，这些秘术都是历代金角族的天才创造出来的，需要有一定的法则感悟才能施展出来。

一个人感悟出的战斗之法怎么比得上金角族历代天才创造的无数秘术？

“轰！”卑休操控的剑之世界水晶巨剑产生迷蒙的幻影，将周围的宇宙空间融入巨剑中，一剑之威简直强得可怕。

“天赋秘法——强化！”罗峰眼中锋芒一闪。

他的体内世界中，金角巨兽仰头大吼，其额头上的金角发出耀眼的金光，辐散全身，天赋秘法瞬间启动，意识强度瞬间提高一倍，其操控的水晶巨剑的威力飙升。

“血武者、血洛之力，驱动！”罗峰状若癫狂。

面对对方的衍神兵击出的一剑，罗峰瞬间就施展出了天赋秘法“强化”和地球人本尊拥有的血洛之力。

融合三颗血洛晶，令地球人本尊的法则契合度翻了一倍，导致蕴含法则攻击的水晶巨剑的威力飙升。

……

水晶巨剑已经连续两次提高威力，其带来的天地之威更加可怕，速度也更快，横冲直撞的势头也更明显。

“金，至阳至刚，锋利无匹。给我破！”罗峰双眸发红。

“震空剑术！”卑休控制的水晶巨剑穿过数千米的距离，瞬间就到了罗峰的前方。

“轰隆隆——”

仿佛火星撞地球！

卑休操控的水晶巨剑节节崩裂，砰的一声，剑之世界崩溃，大量的金色小剑四处乱飞。

而罗峰操控的水晶巨剑更加霸道、横冲直撞，在撞毁卑休的水晶巨剑后，继续袭向卑休。

卑休整个人被直接击飞数十千米，重重地撞在斗武场的墙壁上，而后跌落在地上。

“嗯？”罗峰透过半透明的水晶巨剑遥看卑休。

最后，水晶巨剑击到卑休的身上时，罗峰明显地感觉到了一股强劲力量的阻拦。

卑休看似飞得够远，实际上真正致命的冲击力早就被散掉了九成，否则他会当场丧命。

“最后时刻，应该是不朽神灵暗中救了卑休。”罗峰心中暗道。

这样也好，他刚才施展出了最强一击，根本来不及收手。

周围顿时安静下来。

金角族人都愣住了。

他们输了！

第649章

圣碑

这一场对战，金角族的卑休一开始就显露出了优势，甚至在战斗结束前一刻，他还信心十足地施展出了最强的绝招，凭借剑之世界水晶巨剑来施展震空剑术，想要干脆利落地击败罗峰。可局势突然逆转，人族绝世天才突然爆发，用压倒性的优势击败了卑休。

“怎么会这样？”

“怎么就输了，刚刚还……”

金角族人都无法接受这一结果。

主持这一场对战的人再次发出了声音：“此战，人族绝世天才罗峰，获得胜利。”

在听到最终结果时，罗峰顾不得去看吃力爬起来的卑休，而是迅速地进入通道。

“恭喜殿下。”迪伦笑着说道。

“罗峰殿下的确实力非凡，达到域主级九阶没多久，竟然击败了我族的天才卑休。”寺番祁长老贺喜。

可是从他的语气中能感觉出，他并没有多开心。

“我们赶紧走！”

罗峰清晰地听到了斗武场中金角族人的议论声、呵斥声，甚至还有各种挑战声。

“罗峰，我要挑战你！”

“罗峰，接受我的挑战！”

“接受我巴斯瓦的挑战吧！”

各种声音混在一起。

“嗯，我们得马上走。”迪伦连连点头。

“太热情了。”罗峰苦笑道。

“金角族的普通民众更加期盼获得一场胜利，卑休失败了，的确会激起很多族人的怒火。”寺番祁长老感叹一声说道，“不过他们都是普通民众，视野狭窄，根本看不到我们金角族和人族最大的区别。单单天才对战获得胜利，其实对整个族群并无好处，可是为了让族群的人更团结，明知道此事没多大意义，却还是得支持此事。”

罗峰点点头。

“罗峰殿下，我们从后面走。”寺番祁长老说道。

“嗯。”罗峰、寺番祁长老、卡什那、迪伦、五名界主级护卫沿着通道悄悄离开斗武场，可刚刚走出斗武场，便遭到了一群青年的阻拦。

“罗峰，请接受我的挑战！”

“人族绝世天才，我敕诺正式向你发出挑战！”

金角族青年们无比激愤。

“赶紧走！”罗峰皱眉。

“是。”迪伦点点头。

“放心吧，他们不敢怎么样的。”寺番祁长老凭借不朽之力直接压制住那群青年。

“嗖！”罗峰一群人迅速破空而去，飞向圣城。

圣城广阔，城内还有一座城中之城——圣地。

圣地是整个拉斯奥世界最耀眼、最神圣的地方，那里有一些可以潜修的居所，是专门为金角族的强者准备的，还有两座塔楼，一座叫“秘典塔”，一座叫“圣碑塔”。

论重要性，自然是圣碑塔更重要。

“看，”寺番祁长老指着远处一座上百千米高的白色塔楼，“那就是秘典塔，那里面有我们金角族历代强者留下的各种秘典的试读本。”

“试读本？”罗峰一怔。

“对。”寺番祁长老点点头，“族内的秘典无数，为了让后来者更好地选择秘法，我们就将每一种秘典都弄出一本试读本。试读本只有秘典前面的极少部分内容，这试读本纯粹是让阅读者明白这本秘典到底是修炼什么的，至于详细的修炼方法之类的，一律没有。”

罗峰微微点头。

“修炼者只有确定选择哪一本，而后发出申请，才会被赐予真正的秘典。”寺番祁长老淡淡一笑，“毕竟我们金角族数年积累的秘典价值无量，如果将所有秘典都放进去，恐怕很快会遭到很多强大族群的抢夺，而试读本没有修炼之法，很安全。”

罗峰理解这么做的原因。

“另外一座塔圣碑塔就是存放圣碑的地方。”寺番祁长老指着一座金色的高塔，“罗峰殿下，你拥有一个月独自参悟圣碑的机会，到时候，你就可以进入那座圣碑塔。

“你看，圣地乃城中之城。”

寺番祁长老指向周围，周围有一座座古朴的住宅，并没有什么华美装饰，一眼看去，能感受到它们散发出的特殊的古老韵味。

街道上随处可看到一些不修边幅的金角族修炼者，一个个若有所思。

整个圣地内没有任何用餐等享乐设施。

这里弥漫着一种沉静的修炼氛围！

"想要在圣地内建造一座住宅、安心潜修的人，或是成为受到无数族人尊敬的强者，或是成为让无数族人赞叹的绝世天才，或是成为元老们重视的人物。"寺番祁长老感叹，"在圣地内潜修的，都是我们金角族未来的希望。"

"殿下，我们金角族为你准备了居所。"寺番祁长老淡淡一笑，道，"请跟我来。"

片刻后，一座占地十余亩的修炼居所出现在他们的视野中。

寺番祁长老指着眼前的居所，道："这算是圣地内较大的修炼住宅。殿下，你可以安排护卫住在里面；在圣碑塔中参悟圣碑一个月后，你也可以住在这里，好好体会圣碑中的一些奥妙。"

"罗峰殿下，"修炼居所外的一个身穿黑色战铠的金角族人恭敬行礼，"从今天起，这就是殿下的居所，殿下想住多久就住多久。"

罗峰笑着点点头。

"你们五个先在这里休息。"罗峰吩咐五名界主级护卫。

"是，殿下。"五人恭敬应道。

"迪伦，陪我去圣碑塔中看看。"罗峰笑道。

于是，他带着迪伦、寺番祁长老、卡什那走了数百千米路，来到了巍峨的圣碑塔下。

罗峰仰头看着上百千米高的金色圣碑塔。

"人类罗峰，"一道低沉的声音在罗峰的识海中响起，"我是圣碑塔守护者，你拥有一个月独自在圣碑塔中参悟圣碑的机会，是否现在开始参悟？"

"嗯，就现在吧。"罗峰点点头。

"好。"

话音刚落，圣碑塔守护者直接打断了正在参悟圣碑的金角族人，然后将他们赶出了圣碑塔。这些金角族人的参悟时间还没用完，但因为罗峰的关系，只能一个月后再来继续参悟。

"人族绝世天才？"

“看，就是那个！”

“我参悟得好好的，竟然被打断了。我还有三天的参悟时间，现在只能等到一个月后再来这里参悟了！”

“真是讨厌！”

“谁让对方是人类呢！”

数十名金角族人从圣碑塔中走出，看了罗峰等人一眼，彼此传音。

可他们也不敢惹事，通过传音议论一番，便都离开了。

“迪伦，你们先回去吧，我去圣碑塔中参悟圣碑，一个月后出来。”罗峰说完，直接朝圣碑塔的入口走去。

他刚进入圣碑塔，就感到刺骨的寒冷。

“罗峰，我是圣碑塔的守护者，你可以称我为守护者。”一个男子身穿华丽的黑色战铠，仅仅露出一双紫色的眸子。

罗峰透过那头盔隐隐看到守护者的皮肤呈暗红色，整个人散发出一股无比可怕的气息。

守护者的旁边，一把约3米高的巨型刀插在地面上，让罗峰觉得其威压丝毫不亚于真衍王。

“守护者。”罗峰微微行礼。

“进去吧！”守护者沉声说道。

罗峰点点头。

他沿着黑漆漆的通道不断往里面走，很快便进入了一个宽阔的大厅，仰头往上看，看到了上百千米高的圣碑塔顶部的岩壁。显然，圣碑塔只有一层，大厅内立着一个高耸的晶体。

这晶体正是圣碑！

圣碑高约300米，宽约100米，厚约50米，通体由一种淡绿色的晶体构成，散发出一股让人崇敬的气息。此外，圣碑的中央有一个孔，孔的最大处直径大概0.3米，深约1米，是一个圆锥形孔洞。

“这和我们人族的52尊混沌碑的形状不一样，材质不一样，感觉也不一样。”罗峰站在圣碑的正前方，心中暗道。

而后，他看到淡绿色的圣碑上竟然有一幅非常诡异的恶魔图，上面画着一头咆哮的人形恶魔。

“《恶魔咆哮图》？整个圣碑上面就只有这么一幅图，而圣碑的中央有一个圆锥形孔洞？”罗峰暗自嘀咕。

随即他不再多想，开始仔细观察圣碑。

他刚凝神观看圣碑，就觉得意识受到了《恶魔咆哮图》的吸引。

“轰隆隆——”他的意识被《恶魔咆哮图》中人形恶魔的一只羽翼吸进去了，他仿佛看到了无垠星空，还有正在演变的宇宙星辰。

“嗯？”罗峰刚有所悟，忽然感觉这段时间一直卡在域主级巅峰的体内世界似乎受到影响，震动起来。

“啊！”罗峰一惊，立即从感悟圣碑的状态中脱离出来，同时也明白发生了什么事，“体内世界要突破了，要踏入界主级了。”

第650章

突破

罗峰站在巨大的圣碑前，闭上眼睛，让意识完全沉浸在体内世界中。

体内世界中，长宽都有90万千米的金属大陆开始疯狂地吞噬笼罩整个金属大陆的金色雾气。和之前的几次世界蜕变完全不同的是，吞噬了无尽金色雾气的金属大陆并没有扩大，反而缩小了。

“刺刺——”

吞噬金色雾气越多，金属大陆就越小，而体内世界的空间就越大。

仅仅片刻，体内世界空间的直径比之前长了数倍，而浩瀚的金属大陆吞噬无数年来积累的金属雾气之后越来越小，最终变成了金色山脉环绕而成的深渊。

“两界渊，成！”

两界渊悬浮在广阔的体内世界中，崖壁上满是复杂的秘纹，比罗峰见过的血洛之力《兽神头像咆哮图》上面的秘纹还要复杂。

上方的山脉凝聚着无数金色光点，这些金色光点乃之前的金属大陆吞噬无数金色雾气后形成的精华。此刻，密密麻麻的金色光点正在不断旋转，仿佛星云般缓缓凝聚。

“金角界石，凝！”罗峰意识强大，直接操控着这一进程。

“轰隆！”

金色光点瞬间凝聚成为一体，变成了一块金字塔形状的、只有手指头大小的金色石头。

这块金色石头悬浮在两界渊山脉内，令周围空间震荡，无形的波动令整个体内世界随之震颤。

“金角界石！一头金角巨兽一生只能凝聚一块金角界石，由金角巨兽庞大的体内世界的金之精华凝练出的金角界石蕴含了金、空间属性，堪称真正的至宝！”罗峰感叹道。

金角界石是金角巨兽最重要的财富！

从域主级突破到界主级后，金角巨兽的体内世界中不完全是金之能量了，会变成正常的可供生命居住的世界，其中有江河山水，而那股充满攻击性的金之能量凝聚成了两界渊。

两界渊的能量精华则在金角界石之中。

……

在体内世界发生剧变时，罗峰地球人本尊体内的原核同样发生了剧变。

“轰隆隆——”

灵魂晶体和原力晶体在一股力量的影响下，直接化为洪流，两股洪流开始触碰。当精神念力和原力触碰，意识和意志第一次融合时，第一道世界之力就出现了，罗峰的一丝意识仿佛共振般感应到了浩瀚宇宙的本源。

原始宇宙是最古老、最广袤、孕育族群生命最多的强大宇宙。初始宇宙虽然是独立于原始宇宙外的，其大小却不如原始宇宙的万分之一。

这是原始宇宙的真正本源之地。

当罗峰体内的第一丝世界之力产生时，他的一丝意识在世界之力的共振下，瞬间进入宇宙本源之地。

“这就是宇宙本源之地？”

那是一片无比广袤的大地，罗峰的意识根本感觉不到其他存在。

大地上的每一粒沙砾都仿佛一个空间，空间中存在无尽的宇宙晶。

“一沙砾一世界，一世界无尽宇宙晶？这就是宇宙本源之地的真面目？”罗峰震撼不已。

虽然他能感受到无尽大地恐怕只是宇宙本源之地的很小一部分，但是，这足够让他震撼。

“两界共振！”

……

当罗峰的意识真正接触宇宙本源之地时，他的原核和体内世界发生了惊人的变化。

他的体内世界中原本只剩下两界渊，而此刻仿佛在体内世界和原始宇宙本源之地之间打通了一条通道，无穷无尽的宇宙本源能量，也就是世界之力，涌入体内世界，几乎瞬间就将体内世界完全填满了。此刻体内世界比之前扩大了十倍，却依旧被填满了。

显然，对于原始宇宙本源之地而言，一粒沙砾中蕴含的宇宙晶能量即可充满罗峰的体内世界。

“好爽，瞬间就拥有了这么多宇宙能量！可惜，这样的机会只有在域主级突破到界主级时才有，这也是唯一的一次机会。”罗峰心中暗叹。

随即，他不再多想，用意识操控充斥于体内世界的宇宙本源能量。

“凝！中央大陆，金、木、水、火、土五个边缘大陆。”

片刻后，直径约500万千米的中央大陆形成，还有五个直径约100万千米的边缘大陆也形成了。那五个边缘大陆或是一片火热，或是一片冰冷，或是一片草木，或是覆盖金属，或是覆盖厚土。

“六个大陆之间是无边无际的海。”

“轰隆隆——”

天地间顿时出现了无穷无尽的海水，海水灌入，占据了大半个体内世界，海域面积瞬间远远超过陆地面积。

“中央大陆有内海。”

中央大陆最中央的区域顿时不断塌陷，那里的泥土化为虚无，无穷无尽的海水奔涌，刹那间便形成了一个直径约90万千米的广袤内海，这个内海完全处于中央大陆内部。

“内海之心为两界渊。”

海水翻涌，两界渊缓缓升起，仿佛一座内海孤岛，孤岛中央是无尽深渊，好似通往另外一个世界。

“无尽万物，生！”

罗峰将一切都交给体内世界的演变，中央大陆、五大边缘大陆、内海、无尽之海都自然而然演变出树木、花草、山脉等等。仅仅片刻，体内世界就跟真正的世界没有两样。

“体内世界，成！”

“哗哗——”还未用完的大量宇宙本源能量迅速化为宇宙晶，瞬间在大陆上凝聚出了一座宇宙晶山。

体内世界已经凝聚成功，那些未用完的宇宙本源能量自然也就凝聚成了宇宙晶山，一般来说，刚刚跨入界主级的修炼者都会有这样的际遇。不过，正常的界主级强者根本不可能得到这么大的宇宙晶山，因为那些界主级强者的体内世界比罗峰的体内世界小得多。

“据我所知，很多界主级强者的体内世界的直径一般只有上万千米，而我的体内世界直径就有上千万千米。”

越宽阔的体内世界，要承载的原核就越强大。

体内世界从长宽90万千米扩张到1000万千米，他体内的原核再度发生根本性的变化。在扩张的过程中，原核自然而然吸纳了体内世界排出的精华气息，也就是金角界石极少部分的能量。

“轰隆隆——”

原核内部，精神念力和原力完全融合，按照宇宙中的自然进化，演变成了一颗本源珠。

本源珠微微旋转，释放出的无尽丝线连接原核，原核因此发生了变化。

行星级至域主级的原核是半透明的，表层有复杂的金色秘纹，释放出金色光芒，显得很神秘。

可是，在界主级时，原核吸纳了体内世界的精华气息、本源珠的气息、宇宙本源之地的气息，变成了看似普通的原核，没有丝毫光芒，连金色秘纹也完全没有了。

“老天！”罗峰很震撼，“我现在的原核承载了庞大的体内世界，比很多界主级巅峰强者的原核要可怕得多，那等我达到界主级巅峰，这原核得强到什么程度啊？难怪金角巨兽拥有三大天赋秘法，又有传承记忆，还有长于人类十倍的寿命，可突破到不朽级的依旧极少。”

罗峰感应到原核的强大，就明白突破到不朽级是很难的。如今，他若撤掉防御，任由强者劈自己的原核，就算是界主级巅峰强者也劈不开。

当然，他也不会将自己的命根子给人家劈。

“踏入界主级后，体内世界已经是真正的世界了，不一定非得吞噬金属，普通的界主级强者们都是用宇宙晶推动世界演化的。之前，我的体内世界诞生并扩张时，也是靠无数宇宙晶演变的。

“现在我有两条路：第一条路，用宇宙晶来让体内世界扩张。这样一来，就算达到界主级巅峰，体内世界的直径也只超过3000万千米；第二条路，依旧让两界渊吞噬珍贵的金属物质。那些金属物质最适合金角巨兽，在被两界渊吞噬后，最精粹、最珍贵的金之能量会融入金角界石，其他能量则直接推动体内世界演变。

“金角界石蜕变之后也会有丝丝精华能量影响原核，令原核变得更强，能够承载更大的体内世界。这样一来，界主级巅峰极限是体内世界的直径超过9000万千米。”

罗峰很清楚。

第一条路稍微容易一点，很多金角巨兽会选择这条路。

第二条路无比艰难，因为桎梏更强，而好处是体内世界更大，实力更强，将来的神国也更强，不断吸纳精华的金角界石将堪称极品。

第651章

界主级的参悟速度

两条路，一条容易，一条艰难。

选择哪一条？

塔内，正在圣碑面前闭眼站着的罗峰露出了一丝笑容。

“我心如镜，看清一切魅惑；我心如刀，破除一切阻碍。”罗峰没有丝毫犹豫，淡定地做出了决定，“如果界主级巅峰的金角巨兽连突破成为不朽强者的勇气都没有，还谈什么成为宇宙中的超级存在，还谈什么成为人类族群的大人物？”

“我相信我能做到！一定能做到！”罗峰默默地道。

罗峰曾经受到雷神和洪的指点，因此更加重视修心方面。一个人如果连挑战难关的勇气都没有，那么注定将一事无成。假使面对超级难题，一个人依旧有十足的信心和勇气，一路拼搏，不断超越极限向目标靠拢，即使最后失败了，那也会有极大收获。

……

就这样，罗峰选择了第二条路，选择用吞噬大量金属来强化体内世界的方法。其实，界主级金角巨兽所需要的金属物质他早就购买了，由此可见，他早就对未来做出了准确的规划。

“当年我只是地球上的一个普通武者，有人想过我会成为银河领主吗？当我以地球最强者的身份进入宇宙时，有人想过我会成为天才战中排名前十的天才吗？有人想过我能通过第一次资格战就冲进原始秘境吗？现在，很多人都认为我有希望成为封侯级、封王级不朽神灵，可是又有几人敢想，我将来很可能成为宇宙尊者那等层次的伟大存在？”罗峰默默地道，眼中的光越发耀眼。

真正的强者都有很强的信念，首先要敢想，其次要不断地努力，才有可能成功。

一个人如果心中都不敢有目标，又怎么会成功呢？

体内世界。

中央大陆的一个草原上有一头庞大的星空巨兽，星空巨兽旁边站着罗峰的魔杀族分身。

“金角巨兽，突破到界主级！

“魔杀族分身，突破到界主级！”

随着意识的推动，原本形成的宇宙晶山顿时破裂，化为雄浑的世界之力，其中一股涌入金角巨兽体内，另外一股则涌入魔杀族分身的体内。

“咔嚓咔嚓——”金角巨兽全身发出各种声响。在修炼过《无名秘典》中的绝学后，它那更加强大的身体开始发生变化，并且开始吞噬大量的世界之力。它的身体逐渐变大，鳞甲变得更加紧密，甚至鳞甲表层隐隐有了透明层。

金角巨兽的额头上长出第五个尖角时，其他四个尖角在逐渐变长。

“轰隆隆——”

旁边的魔杀族分身完全化为一道黑色气流，而且黑色气流变得越发浓烈，中央隐隐有一颗蕴含着空间法则波动的生命晶核。

“轰！轰！”两股世界之力相撞。

金角巨兽的身长已经达到了惊人的100千米，羽翼一旦伸展开来，可以轻易遮蔽地球上任何一个超大的城市，飞行时，眨眼的工夫，即可绕地球一圈。

对于这等强大的存在而言，星球实在太渺小了，它们生存的地方在宇宙星空中。

“哗哗——”那滚动的黑色气流忽然凝结，直接化为黑衣罗峰。

界主级金角巨兽、界主级黑衣罗峰都站在大草原上。

“嗷——”金角巨兽仰起头，发出畅快的吼声，宣布它终于踏入界主级。

“哈哈……”黑衣罗峰朗声大笑。

“踏入界主级后，果然是不一样啊。”黑衣罗峰满脸喜色，“魔杀族分身的空间法则契合度本就有数十倍增幅，而界主级又是修炼最快的一个层次。现在踏入界主级，再配合魔杀族分身的增幅，简直……”

界主级的修炼速度极快，因为界主级是实力爆发期，连不朽级在这一方面都无法和界主级媲美，这也是很多强者宁可停留在界主级，并不急着突破成为不朽神灵的原因。

比如时光界主洛，在界主级停留了那么久，现在因大限将近，才不得不突破到不朽级，否则会很危险。

空旷的圣碑塔内，默默站在高耸的圣碑前的罗峰终于睁开了眼睛。

“嗯，突破到界主级了，有了两界渊，将来施展吞噬这种天赋秘法比过去要安全多了。”罗峰心中暗道，“金角巨兽和魔杀族分身都达到了界主级一阶，域主级到界主级是大级别的跨越，实力果然增加了很多。那‘万心控魂秘法’不急着修炼，待参悟圣碑后再修炼不迟，这一个月不能浪费。”

罗峰觉得时间过得很快，实际上，体内世界、金角巨兽、魔杀族分身突破，耗时不到半天。

罗峰随即凝神观看眼前的淡绿色圣碑。圣碑上面那巨大的《恶魔咆哮图》中，恶魔有两个弯角、一双羽翼，还有宛如火焰一般的眼睛。

乍一看，这只是一幅普通的《恶魔咆哮图》，可凝神一看便会发现这恶魔翅膀上的羽毛、眼睛周围环绕的火焰、每一根发丝、弯角上的纹理、铠甲上的秘纹皆极为玄妙。

“轰！”罗峰把部分意识沉浸在《恶魔咆哮图》中，而大半意识，也就是金角巨兽、魔杀族分身的意识，通过世界之力共振，瞬间进入宇宙本源之地。

神秘的宇宙本源之地。

没有人知道原始宇宙的核心是什么时候存在的，只知道在界主级时，意识才能进入宇宙本源之地。

“真的太爽了。”罗峰的大半意识直接被大地吸了过去，进入了一颗沙砾中，并且清晰地感应到金、木、水、火、土、风、雷电、光线、空间、时间法则的各种本源波动。

法则本源也藏于那神秘的宇宙本源之地。当意识降临宇宙本源之地，将会是无比接近法则本源的状态，因为无比接近，所以感应起来很清晰，连过去根本不懂的木、水、火、土、风、雷电、光线、时间法则感悟起来的清晰度都丝毫不亚于域主级时感悟金之法则的清晰度。

假设感悟木、水、火等法则本源的清晰度是100，那么感悟金之法则的清晰度大概是1万，而感悟空间法则的清晰度则是20万。

“界主级强者的提升速度能不快吗？单单感悟法则就容易得多。很多修炼者处于宇宙级、域主级时，根本没法感悟法则，达到界主级后，却能修炼到得到本源法则承认的地步。”罗峰感叹一声，“界主级强者的确有得天独厚的优势啊！”

世界之力是一种特殊的创造之力，界主级强者们创造一方世界靠的就是世界之力，而宇宙本源之地有无穷无尽的世界之力。

任何一颗沙砾都藏着无尽的宇宙晶。正因为世界之力特殊，所以才能让意识进入宇宙本源之地。

一旦达到不朽级，能量层次会再度发生变化，将拥有强大的不朽之力，却无法再将意识和大地融合。其实，并非强大的就是最好的，适合才是最好的。

修炼者拥有世界之力，便拥有了感悟各种法则的机会。然而，成为不朽神灵，很多人用了千万年乃至亿万年都无法悟透空间法则，原因有二：一是空间法则越往后越难感悟，二是不朽神灵参悟本源法则无法像界主级时那么轻松。

在界主级时，有些绝世天才仅仅修炼数万年，法则感悟就能媲美封王级不朽神灵。可是，普通不朽神灵不断突破，要修炼到封王级，即便花费亿万年都很难。

这就是优势！

界主级强者有优势，因此很多有野心的修炼者不愿意太快成为不朽神灵，他们想要在界主级时感悟更多法则，之后再成为不朽神灵。届时他们将拥有极强的基础，直接成为封侯级不朽神灵乃至封王级不朽神灵。

比如，超级天才科谛，在界主级时就能击杀封侯级不朽神灵。假设他没死，而是成为不朽神灵，会直接是封王级不朽神灵。

体内世界中。

罗峰的魔杀族分身盘膝坐着，生命晶核上复杂的空间秘纹不断波动，令其意识感应空间波动直接是振幅的数十倍。

“血洛之力！”金角巨兽驱动右蹄爪中的血洛之力，右蹄爪迅速蜕变，四周浮现出一幅血色的《兽神头像咆哮图》，令金角巨兽感悟金之法则的清晰度直接提高了十倍。

之前他感悟金之法则的清晰度是1万，感悟空间法则的清晰度是20万，此刻，他感悟金之法则的清晰度是10万，感悟空间法则的清晰度有20多万，远远超过感悟木、水、火、雷电、光线、时间等法则的清晰度。

“太美妙了！一边感悟圣碑上的《恶魔咆哮图》，一边和空间法则、金之法则这两大本源法则对照参悟，这速度真是……”

罗峰觉得界主级强者在圣碑前参悟一天抵得了域主级强者感悟法则一百年的效果，因为界主级强者的修炼速度是域主级强者的数百倍。

第652章

本源法则承认

罗峰在圣碑塔中参悟着，不敢浪费一点时间。

一天，两天，三天……

寺番祁、卡什那、迪伦以及五名界主级护卫都住在圣城内的一座古老的修炼居所。

“罗峰殿下已经进入圣碑塔修炼，你们还是安心修炼，自认实力超过卑休，再来找罗峰殿下挑战。”修炼居所门口的寺番祁长老看着外面聚集的一群金角族青年，“实力不够，竟然还敢来挑战，还嫌不够丢脸？”

顿时一股威压蔓延开来，令门口的金角族青年们惶恐不已。

寺番祁可是封王级不朽神灵，就算是在那些强大的上等部落中，一般也就一两名封王级不朽神灵，寺番祁绝对算得上高高在上的人物。

“你们还站在这里干什么？全部都给我滚回去！”寺番祁长老大喝一声。

“是，长老。”一群青年连忙乖乖行礼。

他们虽然很不甘心，但还是乖乖离开了。

寺番祁长老目送这一群青年离去，不由得摇头。

这些青年完全是被曾经击败人族绝世天才的强者的光荣战绩给鼓动了，一个个都头脑发热了。

“和人族比，我族的智力显然要低不少。”寺番祁长老暗叹一声，“岩石类生命和血肉类生命差距很大，前者或许产生强者概率高，可是繁衍能力、智力都比后者差很多。这些青年头脑发热，一个个什么都顾不上了。”

的确如此，金角族人只要头脑发热，一个个都能拼命。人类却不同，他们更有智慧，就算是学徒级的人都无比聪慧。

金角族的强者意识计算能力强，堪比智能光脑，情商却差多了。简而言之，他们就是傻乎乎的，没什么心机。不过，那些生存得久的金角族人在时间的磨砺下，还是有很高智慧的。

“寺番祁长老。”迪伦带着五名界主级护卫走来。

“迪伦先生。”寺番祁笑着看向迪伦。

“真是麻烦寺番祁长老了。来挑战的人过多，只有长老出面才能镇得住。”迪伦微微一笑，“这二十天来，这里就没消停过。长老，你辛苦了。”

“不，这是我金角族招待不周。”寺番祁无奈地道，“我族的青年较多，虽然上头早就下令禁止来打扰，可还是有不怕死的青年前来挑战。他们都是金角族的未来，我也不好下手，只能呵斥他们让他们离开。迪伦先生，你们修炼时都不得安心，是我失职了。”

“没什么。”迪伦摇头。

“其实，这些族人前来挑战也没什么。”寺番祁长老一顿，然后继续说道，“我担心的是族内的一名天才。”

“谁？”迪伦连忙问道。

“卑虬。”寺番祁长老沉声说道，“圣城元老神宫一脉的卑氏兄弟之一的卑虬。在金角族的域主级九阶天才中，之前被罗峰殿下击败的卑休只是有进入前十的资格，而他的兄长卑虬排名第一。按照你们人类的评判标准，卑虬在法则感悟方面应该有闯过通天桥第十层的能耐。”

“哦?!”迪伦大惊。

从通天桥第九层跨入第十层，这是非常难的。

虚拟宇宙公司原始秘境的域主级成员一共十个，其中九个闯过了通天桥第十层，还有一个闯过了通天桥第十一层。没想到金角族还有这么一个天才。

“卑氏兄弟以凶暴、剽悍著称，戾气很重。”寺番祁长老郑重地道，“卑休败了，他的哥哥卑虬得到消息后，肯定会迅速赶回圣城。以卑虬凶悍的性子，他肯定会向罗峰殿下提出挑战。其他族人挑战就罢了，可卑虬是域主级天才中的第一啊！”

“嗯。”迪伦皱眉。

其实，上次罗峰击败卑休，就让迪伦既惊又喜，他甚至暗中将那一场挑战的结果通知了真衍王。

“殿下若是对战卑虬，估计会输。”迪伦心中暗道，“第九层和第十层的差距是非常明显的，殿下的修炼时间太短。”

正当寺番祁长老和迪伦交谈时，他们忽然感应到一股强大的气息。

“嗯？”寺番祁长老、迪伦、五名界主级护卫、卡什那同时转头看去。

“圣碑塔！”寺番祁长老、迪伦都惊呼出声。

远处，那座巍峨的金色塔楼被雄浑的法则气息笼罩，金色秘纹在周围流转，金色光芒四射，一时间，金色圣碑塔无比耀眼，那强烈的本源法则波动更是让人心悸。

“法则本源降临！”寺番祁长老和迪伦对视一眼，很震惊。

他们很清楚这一幕意味着什么。

“殿下在圣碑塔内。”迪伦身后的一名界主级护卫惊喜地大喊道。

“圣碑塔内除了守护者，只有罗峰殿下。”寺番祁长老眼睛一亮，“现在法则本源降临，而且是金之本源法则，毫无疑问，罗峰殿下得到了金之本源法则的承认。”

“金之本源法则的承认！”卡什那惊讶地呼叫起来，“可罗峰殿下还只达到域主级吧。”

“嗯。”迪伦看着远处的圣碑塔，激动万分，心中暗道，“我得将这个消息立即传送给师祖。”

圣地中强者如云，经常会有某位潜修者得到本源法则的承认，出现本源法则降临的一些特殊景象，修炼者们早就见怪不怪了，可是这一次的特殊景象出现在圣碑塔中，而且很多人都知道，那位人族的域主级绝世天才正单独在圣碑塔中参悟圣碑。

“人族绝世天才得到了本源法则承认？”

“好快啊！”

“他只是区区域主级九阶强者，却能得到本源法则承认，看来在金之本源法则上，他已经达到极高的境界！”

“厉害！”

很多修炼者都仰头看着那座巍峨的金色圣碑塔。

圣碑塔内。

罗峰默默地站在淡绿色的圣碑前，观看圣碑上的《恶魔咆哮图》。

“轰隆隆——”周围空间微微震颤。

一滴金黄色水滴出现在罗峰头顶上方，而后直接落下。

“滴答！”金黄色水滴直接落在罗峰的头顶，视罗峰肉身为虚无，直接进入他体内。

而后，金黄色水滴落在原核上，并且穿透原核，最后滴落在本源珠上。

本源珠是罗峰域主级突破到界主级时灵魂晶体和原力晶体的结合体，是罗峰的力量核心，也是灵魂核心。

“刺刺！”金黄色水滴很快就被本源珠完全吸收了，本源珠隐隐显出一丝金色。

此刻，罗峰已经正式得到金之本源法则的承认。

他的眉心缓缓浮现出一个金剑印记，这一印记隐隐有让人心悸的法则波动，这是得到本源法则承认后的一种标志。

同时，金角巨兽的额头上浮现出了更大的金剑印记。

“没想到，我对金之法则的感悟很深了，已经达到了金之本源法则承认的地步。”罗峰露出一丝笑容，“我已经得到金之本源法则的承认，那么意识应该能够进入法则海洋了吧。”

……

宇宙本源之地无比神秘。

达到界主级后，因为世界之力，罗峰的意识得以融入无边的大地。当一滴本源法则之水融入他的灵魂后，他的灵魂意识发生了变化。此刻，他感觉到了震撼灵魂的呼唤。

“嗖！”罗峰分出的一半意识迅速脱离无边的大地，直接被吸引过去。

“轰隆隆——”

金色的海洋无边无际。

这是金之法则本源，整个原始宇宙金之法则的本源之地，无穷无尽的法则气息弥漫各处，强大的威压远远超过罗峰见过的任何一个强者的。幸好，罗峰已经得到金之法则的承认。

浪涛汹涌起伏，无穷无尽。

罗峰的意识融于一滴水，随着大海漂荡，不断探寻并感悟着金之法则。

部分意识融合无边的大地，部分意识融合金之法则，剩下的部分意识则观摩、参悟眼前的圣碑。

“意识得到了金之本源法则承认，我现在感悟金之法则的速度丝毫不亚于感悟空间法则的速度。”罗峰看着眼前的圣碑，心中大喜。

得到金之本源法则承认，这代表他在法则感悟方面已经达到很高的程度。

“二十天的参悟，界主级天才的参悟能力比域主级天才强数百倍，加上观摩圣碑的效果，一天的参悟几乎等于域主级天才一百年的参悟。总的来说，参悟二十天就接近域主级天才参悟两千年的效果。”罗峰感叹道。

他仅仅是感叹界主级天才和域主级天才参悟能力的区别之大。在虚拟宇宙公司，原始秘境界主级成员的竞争是最激烈的。在那里，通过一代代天才战、英雄战以及全宇宙人类精英筛选战等，千万年来脱颖而出的精英中只有一百个成为界主级原始秘境成员。

“难怪大家都重视界主级天才，界主级天才参悟一天一般抵得上域主级天才参悟一年。如果界主级天才参悟数万年、数十万年，域主级天才怎么比？”罗峰暗道。

“嗯，这圣碑刚好蕴含空间法则、金之法则这两大本源法则，对我的益处极大。”罗峰盯着眼前的圣碑，“不足十天了，我不能浪费。”

得到金之本源法则承认，罗峰仅仅分心了一两分钟，之后继续参悟。

第653章

秘典塔

转眼，三十天过去了。

“人类，参悟时间已满，你可以出来了。”圣碑塔守护者低沉的声音在罗峰脑海中回荡，直接将罗峰唤醒。

于是罗峰的所有意识迅速从宇宙本源之地、法则海洋以及圣碑上的《恶魔咆哮图》中脱离。

他不舍地看了一眼高耸的淡绿色圣碑。

“可惜只有一个月。圣碑对我的效果比那九宇混沌碑更好。”罗峰不禁暗叹一声。

九宇混沌碑上面的前七幅图蕴含的只是空间法则，所以观看九宇混沌碑对感悟金之法则并没有太大的帮助，远不及圣碑。

……

罗峰转身离开，沿着通道往外走。

圣碑塔守护者依旧穿着黑色战铠，仿佛雕塑，默默站立着，身侧立着一把三米高的巨刀，一股极具威压的气息从他身上散发出来，笼罩周围的区域，让任何一个进入圣碑塔的人都感觉到压力。

“轰隆隆——”高大的塔门缓缓开启，外面的光照射进来。

罗峰独自朝外面走去。

“殿下。”

“罗峰殿下。”

塔门外站着迪伦、五名界主级护卫、寺番祁长老以及卡什那。

罗峰向他们笑着点点头，随即脸色一变。

圣碑塔外面还聚集着一大群金角族青年，那些青年仿佛红了眼的牛犊子，死死地盯着罗峰。

“罗峰，我要向你挑战！”

“人族绝世天才，接受我的挑战！”

“你是勇士的话，就接受挑战吧！”

各种声音响起，显得很嘈杂。

罗峰眉头微皱，连忙走到迪伦、寺番祁长老等人的身边，传音道：“我们先回修炼居所。寺番祁长老，这群狂热的金角族人就得靠你应付了。”

随即罗峰带着迪伦等人迅速离开圣碑塔。

修炼居所。

罗峰推门而入，边走边道：“迪伦，我准备将这一个月从圣碑中参悟到的内容稍微梳理一下，然后再去秘典塔中选择秘典。”

说完，他直接选择了一间静室去参悟。

“殿下修炼果真刻苦。”迪伦目睹这一幕，摇头苦笑，“嗯，当年我达到不朽级之前，也是这般刻苦。”

迪伦达到不朽级，获得了永恒的生命，便无寿命有限的困扰，再加上不朽神灵想要进步极难，且进步速度极其缓慢，自然就不再那么勤奋了。

……

罗峰盘膝坐在静室内，闭着眼睛不断思索着之前参悟圣碑时没有完全悟透的内容，细细体会。

不知不觉，又过去了半个月。

“嗯。”罗峰睁开眼睛，脸上露出一丝笑容，“圣碑上的内容，我算是悟透了。”

这三十天的圣碑参悟媲美域主级天才三千年的参悟。

而罗峰从出生到如今还不足三百年。

这三十天来，他进步极大，但依旧难以完全参悟九宇混沌碑的九幅图。

他之前虽然悟透了《雨滴图》和《细雨图》中36滴雨滴的本质，可还是难以参悟《暴雨图》中蕴含的72滴雨滴。就算有三十天的参悟时间，以他的法则感悟，也只能达到闯过通天桥第九层的地步。

感悟108滴雨滴，一般而言，强者们只要明白就可以了，这相当于在考试中得到100分，而悟透本质相当于把试卷中的附加题都答对，得到150分。虽然仅仅深奥一点，但是难度增加了十倍乃至百倍，这也是当初真衍王让罗峰去研究飘血秘法，又担心罗峰没有那个能耐的原因。因为想要悟透本质，对法则感悟的要求实在是太高了。

三十天的圣碑参悟让罗峰将第三幅《暴雨图》完全弄明白了，也就意味着罗峰拥有闯过通天桥第九层的法则感悟程度了。

“我从通天桥第七层巅峰提高到了第九层，耗时仅仅三十天，算是将《暴雨图》完全弄明白了。按理说，这时候就该继续参悟下一幅图，可惜我不行，我得悟透最深奥的72种空间法则的本质。”

这三十天，罗峰发现要悟透72种空间法则的本质极难。参悟前9种空间法则最容易，他当初在混沌城就悟透了，然而，参悟中间的27种空间法则要难得多。当时，他通过血洛世界的一些机缘，参悟空间法则的速度飙升，在兽神雕像可以长期观摩的情况下，加上天蚀宫主的指点，才最终悟透中间27种空间法则。后面的36种空间法则是最难参悟的。

之前罗峰接了绝境级任务，又在地球潜修五十年，现在又在圣碑塔中潜修三十天，这种情况下，他仅仅将《暴雨图》完全悟透，却还没有悟透那72种空间法则的本质。

一般的绝世天才，就算是界主级的，花费1000纪元，都休想悟透108滴雨滴蕴含的空间法则的本质，唯有超级天才才有资本浪费大量时间去参悟。当年，超级天才练落处于界主级时，在混沌城中花费了三千年才全部悟透。

当然，论天赋，拥有血洛之力的金角巨兽和空间宠儿魔杀族分身的罗峰估计要远超练落，特别是罗峰还有兽神雕像，他随时可以通过兽神雕像参悟。

罗峰走出了静室。

外面闪过几道人影，迪伦、五名界主级护卫、寺番祁长老和卡什那，一一出现了。

“殿下参悟结束了？”迪伦笑着走过来。

“嗯。”罗峰笑着点点头。

“恭喜罗峰殿下，罗峰殿下这次参悟圣碑参悟得如何？”寺番祁长老看着罗峰。

“很不错。”罗峰笑道。

的确很不错。

他现在单单法则感悟方面就达到了可以闯过通天桥第九层的地步，一旦完全爆发念力振幅，超过3200的念力振幅可以令其实力飙升数十倍，甚至可以让他直接闯过通天桥第十层。

而他的战斗力已经达到能闯过通天桥第十层的地步。

“魔音神将传承果然让我受用无穷。”罗峰暗自赞叹，“不过，我的进步速度太惊人，不太适合现在去闯通天桥。”

进步很大，他心里开心就行，没必要嘚瑟去闯通天桥，反正现在闯通天桥也没有什么特别的好处，最多让自己变得更瞩目，这事儿他可不干。

“走，我们去秘典塔。”罗峰说道。

“秘典塔内有整个金角族群的无数秘典试读本，很多秘典都别具一格，连我们人族的秘典宝库中都不一定会收录。”迪伦笑道，“殿下到时可要认真挑选啊。”

“当然。”罗峰笑着点点头。

可不是吗？在虚拟宇宙公司想要得到一本秘典，需要用巨额积分兑换。好一点的秘典就需要上万积分，一些珍贵的秘典则需要数百万乃至上千万积分，而一些超级秘典是无比昂贵的，连罗峰的老师真衍王也只能傻眼。

“我得选一本昂贵的秘典。”罗峰心中暗道。

越是昂贵，就代表价值越高，这一点毫无疑问，他得从昂贵的秘典中再选择适合自己的。

……

片刻后，罗峰等人沿着圣地内的街道走到了那座巍峨的白塔前。秘典塔和圣碑塔差不多高，塔身是白色的，隐隐散发着让人心静的气息。

罗峰等人沿着阶梯进入秘典塔来到第一层。

“第一层是接待层。”寺番祁长老在旁边介绍。

“罗峰殿下。”一道尖利的声音响起。

只见一个高高瘦瘦、穿着淡绿色铠甲的女性金角族人走来。

乍一看，罗峰感觉此人就像是一个绝色美女的蜡像。因为金角族人身体结构特殊，其皮肤和人类皮肤有很大的区别。

这名女性金角族人唇角微勾，道：“罗峰殿下，我叫瑟斯，是秘典塔的接待者之一。我们早就得到了元老神宫的命令，罗峰殿下可以在秘典塔内选择任何一本秘典的试读本，只要选中，我们就会将该秘典试读本交给殿下。此外，我负责为殿下全程讲解，让殿下节省选择秘典试读本的时间。毕竟这里的秘典实在太多了，整座秘典塔一共有九百九十九层，每层的秘典数量都是数以百万计的。”

“那就麻烦瑟斯小姐了。”罗峰说道。

“罗峰殿下，我们在这里等你。殿下不必着急，认真选择，机会难得。”寺番祁长老说道。

“嗯。”罗峰点点头。

“我们走。”罗峰看向瑟斯。

“嗯，我在前面带路。”瑟斯在前面引路，而后沿着阶梯迅速走上第二层。

罗峰紧随其后，紧接着，他倒吸了一口凉气。

第二层的空间极大，里面近百米高，一座座书架分散开来，每个书架都有七八十米高，上面摆放着一本本书，书很多。

第二层中有上百万本秘典。

“每层都有这么多秘典，一共有九百九十九层。”罗峰心中暗叹，“金角族群的秘典数量果真夸张。”

罗峰目光一扫。

他发现每本秘典试读本都标了价格，有的秘典价值120贡献点，有的价值388贡献点。

“罗峰殿下，”瑟斯在一旁讲解，“秘典塔中的秘典是按照贡献点分层摆放的，第二层中最珍贵的秘典只需612贡献点，而第三层中最便宜的秘典都需要612贡献点，越往上，秘典越贵。”

“第九百九十九层中的秘典有多贵？”罗峰问道。

“第九百九十九层中最便宜的秘典需要9800万贡献点，最贵的秘典需要16.8亿贡献点。”瑟斯缓缓说道，“当然，罗峰殿下可以任意选择一本秘典。”

第654章

第九百九十九层

瑟斯的话中有掩饰不住的羡慕。

“那我们直接去第九百九十九层吧！”罗峰笑道。

“好的。”瑟斯恭敬地应道。

她心中嘀咕，果然不出所料。

罗峰跟着瑟斯不断往上走，他发现越往上能看到的金角族人就越少。到达第八百层，他发现只有一名看管者，根本没有来选择秘典的金角族人。

瑟斯说道：“我们金角族管理严格，秘典塔每一层都有严格的贡献点限制，没有足够的贡献点，族人根本没资格进入高的一层。比如，要进入第九百九十九层，那这人必须达到选择这一层最便宜的那本秘典的要求，也就是拥有9800万贡献点。罗峰殿下，因为你可以任意选择一本秘典，所以我们对你没有贡献点的要求。”

罗峰无奈一笑。

贡献点？他可是一点贡献点都没有。

“你们金角族内部的贡献点是怎么计算的？”罗峰边走边问。

“想要获得贡献点，方法有很多，比如生一个孩子，为本族延续血脉；比如提升实力，达到域主级、界主级，甚至突破到不朽级，这都有相应的贡献点奖励。此外，就是参军，获得战功，这也可以兑换成贡献点。总之，只要为我们金角族做出贡献，就有贡献点。”瑟斯解释道，“贡献点的用处极大，可用来购买秘典、兵器、宝物，甚至购买大批护卫。总之，许多货币无法购买到的，贡献点都能买到。”

罗峰心中一惊。

显然，金角族因为本族是人族的附属族群而有强烈的危机感，把贡献点的重要性提升到了极为可怕的地步，连生孩子都能获得贡献点。在这种措施下，金角族的向心力会非常惊人，他们爆发出的能量也格外可怕。这一点，从之前那么多金角族青年狂热地向他提出挑战就能看出。

……

不知不觉中，他们已经登上了第九百九十九层。

门口有一名负责接待的看管者，主要是监督那些挑选秘典的对象，例如：检查对方是否拥有足够的贡献点，监督族人是否有损坏试读本的行为。

“罗峰殿下。”门口的老者恭敬地行礼。

罗峰微笑点头。

这老者是一名不朽神灵，也是整座秘典塔看管者中实力最强的。

“罗峰殿下。”老者指着一座座书架，“第九百九十九层是整座秘典塔的最高层，最珍贵的秘典试读本都在这里，殿下可以随意观看，任意选择。”

“嗯。”罗峰走到书架前。

旁边的瑟斯说道：“罗峰殿下，秘典的摆放是有规律的，从阶梯入口不断往里面延伸，越是里面的秘典，兑换所需的贡献点就越多，角落最上面一层摆放的秘典是最珍贵的。”

说着，她遥指右前方。

“哦。”罗峰微微一笑，随即整个人直接飞起来，朝那里飞去。

书架的高度是60米到90米不等，上面摆放的秘典试读本比较少，至少比罗峰在第二层、第三层见到的秘典要少得多。

罗峰飞过一座座书架，终于飞到了右前方角落的书架上方。

“嗯？”他一眼看去，发现那个书架上的秘典试读本的价格明显高得多。

80米高的书架上仅仅摆放了三本秘典试读本，是所有书架中摆放书本最少的。最上面一层的秘典试读本的标价是16.8亿贡献点，中间一层的秘典试读本的标价是16.2亿贡献点，最下面一层的秘典试读本的标价是16亿贡献点。

“啧啧。”罗峰直接拿起标价最高的秘典试读本，这试读本好似是用奇异的金属铸造而成。

“F级金属铸就的秘典?! 真奢侈啊！”罗峰大吃一惊。

随即，他微微一笑，又道：“这也不算什么。秘典塔是金角族传承下来的重地，这些秘典试读本也是需要传承亿万年的，若是普通的材质，时间一长，肯定会腐朽，用F级金属铸造不足为怪。反正制造一艘陨墨星号宇宙飞船所用的赤混铜母就足够铸造无数本秘典试读本了。对于金角族而言，这的确算不上什么。”

他拿起这本重约两吨的金属书，书的名字是《金魂》。

“什么？一般来说，最珍贵的秘典应该是描述空间法则的，或是描述时间法则的，这本单单描述金之法则，没多厉害吧。”罗峰暗自嘀咕。

修炼者即使悟透金之法则，也不过是成为普通的不朽神灵，而悟透空间或者时间本源法则的，能够直接成为高高在上的宇宙尊者。

这就好比闯过九宇通天桥第二十一层，代表悟透了空间法则。假设没去感悟空间法则或者时间法则，单单领悟金之法则、木之法则等，就算成为不朽神灵，也只拥有闯过通天桥第十层的实力。当然，单单领悟金、木、水、火、土、风、雷电、光线等法则，刚开始都是非常容易的，可是跨出最后一步非常难。这是那么多界主级强者都无法成为不朽神灵的缘故，也是拥有两万多年寿命的时光界主洛都没有把握跨出最后一步成为不朽神灵的原因。

最后一步极难，而单单得到金之法则承认要容易得多。闯过通天桥第二十一层才算悟透空间法则，而想要得到空间法则的承认比悟透金之法则还要难千倍乃至万倍。要得到本源法则承认，必须将此法则中的一个方面完全领悟才可以，比如完全领悟瞬移。总之，得到空间法则承认是很难的。

罗峰翻开《金魂》，开始阅读起来。

《金魂》是金角族历史上的一位伟大元老卡罗夫恩所写，主要是从金之法则入手，而后深入描述空间本源法则，二者结合，从而创造出攻击力极其可怕的金魂秘法。这是一套战斗秘法，并非指点人去感悟法则的。

这本书就像人族宝库中的《黑洞衍变》，那也是一本战斗秘法典籍，主要是讲解如何发挥更强的战斗力。

而罗峰兑换的《时空随笔》有助于更好地感悟法则、理解九宇混沌碑。

这是三本不同属性的书，《时空随笔》记载的秘法属于研究性的，《金魂》和《黑洞衍变》记载的秘法属于战斗性的。

那么到底哪种更好呢？仁者见仁，智者见智。

战斗性秘法可以提高战斗力，研究性秘法可以让参悟者更快提升法则感悟，而法则感悟是根本。

《金魂》中的战斗秘法从低到高可以划分成72种：

第1种到第35种战斗秘法，是不朽神灵以下的修炼者可以施展的。

第36种到第70种战斗秘法，是不朽神灵以上、宇宙尊者以下的修炼者可以施展的。

第71种、第72种战斗秘法，则是宇宙尊者才能施展的。

“如果在界主级就悟透35种战斗秘法，那完全能击杀普通的不朽神灵，媲美封侯级不朽神灵。”罗峰看到秘典的内容讲解时，不禁倒吸一口凉气。

威力的确极强！要知道，领悟衍神兵第九重的极限，也就媲美普通的不朽神灵而已。

然而《金魂》记载的是一套完整的战斗秘法，一直可以用到宇宙尊者级。

“我现在拥有兽神雕像，还有《时空随笔》，可这些都是研究性的，让我提高战斗力的战斗秘法还真没有。”罗峰暗自思索，“我达到界主级巅峰后，就该创造适合我自己的秘法了，战斗秘法当然也得创造。可在此之前，学习一套顶尖的战斗秘法有助于开阔眼界。”

“嗯，可以考虑考虑它。”罗峰将这本书拿在手里，继续去看其他书。

他并不急着选择哪一本，而是一本本地迅速浏览，确认哪些秘典比较适合自己，从中选择最好的。

罗峰站在一排书架前，将无形的念力分散开去，同时翻阅数千本秘典试读本。不一会儿，几千本秘典试读本都被他看完了。他用念力操控所有金属书合上，又继续翻看另外的几千本秘典试读本。

瑟斯见状，不由得惊叹起来：“罗峰殿下实在是……太厉害了！”

她第一次看到这么选择秘典的，一次性翻看数千本秘典试读本，这未免太嚣张了。

……

没多久，罗峰就抱着三本金属书走到了第九百九十九层的边缘区，直接坐在椅子上，并且将手中的三本金属书摆放在面前。

“罗峰殿下，”瑟斯走过去，笑着问道，“选好了吗？”

她看到罗峰面前的第一本秘典试读本就是《金魂》，心中暗道：“罗峰殿下选了最珍贵的，他还挺识货。”

“差不多了，就从这三本中选择一本。”罗峰笑着回道，而后看向三本秘典试读本。

这三本书上面都刻了名字，分别是《金魂》《衍神三十六重》《希罗多语录》，标价分别是16.8亿贡献点、9.1亿贡献点、1亿贡献点。

“三本书各有好处，我该选择哪一本呢？如果能让我选择三本就好了。”罗峰心中浮现这么一个念头，随即摇头笑了，“我实在是太贪心了。”

第655章

选择

三本秘典试读本的价格不一，内容也各不相同。《金魂》记载的是战斗秘法，威力极强；《衍神三十六重》是金角族历史上最伟大的元老希罗多所写，可以说衍神兵属于《衍神三十六重》的实质化，它记载的是一套战斗性秘法，也可以说是一套研究性的秘法，主要是研究空间法则、金之法则这两大本源法则结合的秘法。

《衍神三十六重》一共分为三十六重。

威力最弱的是第一重，修炼者只要稍微感悟空间法则、金之法则这两大本源法则，即可施展出来。

威力最强的是第三十六重，相当于封侯级不朽神灵的战斗力。

总的来说，《衍神三十六重》的攻击力很一般，虽然对威力最强的第三十六重的要求极高，但是也就媲美封侯级不朽神灵的战斗力。

像这种级别的秘典，即使战斗性、研究性并存，对实力弱者有极大的益处，可本身价值依旧高不到哪儿去，正常价格能有1亿贡献点就算不错了。不过，这本秘典因为是希罗多所创，所以才标出9.1亿贡献点。

所谓《希罗多语录》，是希罗多失踪后，希罗多麾下的不朽神灵弟子将其当年的一些教导、言语全部记载了下来。整本语录很丰富，里面有很多讲解性的内容，还配备了一些举例。

这本秘典因为是整理收录而成，并非希罗多亲自书写留下的，所以最多是用来当作修炼时的参考，属于辅助性的秘典，价格也就1亿贡献点。

“我该选择哪一个？毫无疑问，《金魂》是三本中最强的战斗类秘典，从低到高，整整有72种战斗秘法，连宇宙尊者级的战斗秘法都有。”罗峰心中暗道，“《衍神三十六重》对我的修炼以及将来我制造适合自己的念力兵器都非常有益。按照希罗多的介绍，这《衍神三十六重》是他这一脉最坚实的基础之学，不过战斗力方面明显就差多了，只是衍神兵的一个理论版，威力最强的仅仅媲美封侯级不朽神灵，比《金魂》起码低了两个档次。”

“《希罗多语录》对修炼有益处，虽然没有系统的战斗秘法，但是很多都是希罗多当年对弟子的指导，效果肯定不会差，只是不成系统。”罗峰皱眉。

这三者都有优点，也都有缺点。

“我到底该选哪一个？《金魂》是系列的，是能指导修炼者一直修炼到极高点的战斗类秘典；《希罗多语录》则纯粹是辅助性的。”罗峰暗自思忖，“《衍神三十六重》倒是两者兼有，只是最强攻击力才媲美封侯级不朽神灵，显然是最基础的，如果能得到希罗多所创秘典的全套就好了。”

希罗多有一套他自己创造的秘典，非常繁杂、深奥。

可惜这秘典塔内并没有这套秘典的试读本，只有这套秘典的基础篇——《衍神三十六重》。

“嗯，选定了。”罗峰忽地站起来。

旁边一直乖乖站着的瑟斯惊讶地问道：“罗峰殿下，你已经选好了？”

“嗯，就这一本了。”罗峰拿起中间的那本。

“《衍神三十六重》？”瑟斯疑惑地看了罗峰一眼，本以为他会选择最珍贵的《金魂》，“罗峰殿下，我将你选择《衍神三十六重》的消息上报了，你可以去秘典塔的第一层静候，估计很快就会有人送来秘典。”

“好。”罗峰笑着点点头。

他沿着阶梯往下走，身影飘忽。

“十鸟在林，不如一鸟在手。”罗峰心中暗道，“《金魂》中有宇宙尊者都能施展的战斗秘法，可是我修炼成为宇宙尊者那得要多久啊？若到了那个程度，我实力更强，眼界更高，完全可以在虚拟宇宙公司购买更好的秘法。”

“这《衍神三十六重》毕竟是希罗多所创秘典的基础篇，当年他创出这套秘典，随后简化，创出衍神兵。衍神兵能流传宇宙，让诸多族群使用，说明他所创秘典的基础篇应该是金角族修炼秘典中最好的。这《衍神三十六重》威力虽然相对较弱，但是对我而言比《金魂》要好。”

十鸟在林，不如一鸟在手，得不到的终究不实在。

《金魂》中有72种秘法，第36种及其之后的秘法，至少得是不朽神灵才能施展，而他选择的是金角巨兽最难修炼的一条路，想要成为不朽神灵非常难。

“等我成为不朽神灵，自有更好的秘法，那么《金魂》对我而言不是很重要了。目前来说，也就前35种秘法有效，而这35种秘法自然不如《衍神三十六重》，而且二者攻击力或许相当，可是在研究性、创造念力兵器方面，《金魂》远不如《衍神三十六重》。”

圣城元老神宫阴暗的殿内。

卑休默默地坐着，眼神阴沉，整个人仿佛是座要爆发的火山，周围的空气好似凝固了。

“我亲爱的弟弟，你被那人族绝世天才击败了，就彻底颓废了吗？”

一个身穿紫色战铠的黑色皮肤青年走了进来，他的样貌和卑休非常像，只是气质有些不同。卑休属于凶悍的类型，而这黑色皮肤青年眼神冷厉，整个人孤傲得很，只是眼神流转间偶尔显露出一丝戾气。

“哥。”卑休连忙站起身来，眼神复杂，低头说道，“我输了，我在圣城十亿名族人面前输了。”

“输了没什么，不过如果你真的就这么颓废下去，那么老师也会非常失望的。”卑虬冷冷地道。

“老师？”卑休闻言一怔。

虽然他们属于元老神宫一脉，但是他们的老师并非元老。元老是何等身份？他们最多偶尔被指点一下罢了，要让元老收徒，这是极难的。

“振作一点。”卑虬低喝一声，“你输了，哥出手再将他击败就是。”

卑休眼睛一亮，点点头，道：“哥，你出手，一定能够将他击败。他的实力也就比我强一些，远远不是哥的对手。”

“嗯。”卑虬点点头。

忽然，外面冲进来一道人影，在看到卑虬和卑休后，那道人影连忙停下。

他是一名神宫守卫。

守卫恭敬地行礼，道：“卑虬统领，我们已经得到消息，那人族绝世天才罗峰已离开居所，进入了秘典塔，估计要不了多久就会从秘典塔里出来。”

“哦？”卑虬眼睛一亮，轻声说道，“机会来了。”

“嗖！”卑虬迅速离开。

“哥。”卑休猜出兄长要干什么，怒火中烧，立即大喊一声，也化作幻影冲了出去。

秘典塔的第一层。

罗峰、寺番祁长老、卡什那、迪伦、五名界主级护卫都坐在一处休息。

“轰隆隆——”一股强大的威压蔓延开来。

数道模糊的人影出现在大厅内，而后身形凝聚。

正是金角族的十二名不朽神灵。

“罗峰殿下，他们是来送秘典的。”寺番祁长老低声说道。

罗峰微微一笑，站起来，走过去。

那金角族的十二名不朽神灵隐隐散发威压，为首的不朽神灵的气势丝毫不亚于寺番祁长老。

那是一个绿色皮肤的女子，她用沙哑的声音说道：“罗峰殿下，我等奉元老之命，将这本秘典送来，希望罗峰殿下就在这里阅览，看完后再将秘典还给我们。同时，我们希望罗峰殿下离开我们拉斯奥世界后，不要将这秘典的内容外传。”

“这是一定的。”罗峰微微点头。

绿色皮肤女子随即手一翻，手中出现了一本厚厚的金属书，金属书直接飞起，飞出她的手掌，最后悬浮在罗峰的面前。

罗峰当即接过金属书。

封面清晰地印着“衍神三十六重”这六个字。

罗峰当即翻开这本书，开始阅读起来。这秘典乃希罗多所创的秘典基础篇，虽然只是基础篇，但是让罗峰感受到了希罗多的智慧。

“当年希罗多竟然是这样创造出衍神兵的，原来创造一套适合自己的秘法，可以用这么巧妙的办法，这简直不可思议！”

罗峰越看越兴奋，脸都涨红了。

这么久以来，罗峰第一次看到一本结合了空间法则和金之法则这两大法则的精神念师流派的秘典。通过这本秘典，罗峰能感觉到希罗多的无尽智慧，仿佛看到了希罗多随意书写的样子。他简简单单就直指本质。

这就好像九宇混沌碑的创造者，他书写的《时空随笔》中的任何一幅图都能用成百上千种秘法来诠释。

“太……太值了！一套能让宇宙尊者施展的战斗秘法，需要花费16.8亿贡献点，而这套基础篇就卖9.1亿贡献点，看来绝非单单因为希罗多的大名，主要是因为这基础篇本身就让人惊喜。如果有全套，岂不得花费上百亿乃至上千亿贡献点？”罗峰心中暗忖，“对了，如果我是金角族群的管理者，绝不会将整个族群最核心的秘典放在秘典塔，总要留一些底牌。这么说来，希罗多那套完整的秘典应该是被收藏了。”

罗峰越看越惊喜。

“值了！这简直太值了！”

他一口气翻到最后一页。

最后一页上只有一段话：

精神念师一脉最大的优势是能够操控足够多的念力兵器，所以念力振幅越大越好。若是达到界主级巅峰，念力振幅极限却没有300，那就放弃修炼精神念师一脉，放弃我所创的这套秘典。它不适合你，你也不适合成为精神念师。

第656章

希罗多的秘典

罗峰合上金属书，眼中有难掩的喜悦。

他的老师真衍王虽然是超级强者，但是实力比金角族历史上最伟大的领袖希罗多差很多，而且真衍王走的是武者一脉，并非研究空间法则和金之法则这两大法则的。所以，当罗峰阅读希罗多所创秘典的基础篇时，茅塞顿开，感觉一个崭新的世界在自己眼前呈现。

罗峰没想过，精神念师可以这么修炼！

他也没想过，念力兵器可以这么制造！

他更没想过，秘法可以这么创出！

……

“这才是精神念师，这才是真正的精神念师该做的。”罗峰赞叹道，“我的念力振幅超过3200了，很多封王级不朽神灵都不如我。按照希罗多前辈所说，精神念师最重要的一点就是念力振幅，他所创秘典的基础篇也对念力振幅的要求极高。”

《衍神三十六重》分为三十六重，操纵的都是普通的刀片或者小剑，丝毫没有法则秘纹。一次性操控数千块刀片、数万块刀片、数十万块刀片，都是很正常的，所以念力振幅自然是越大越好。

这考验的是兵器操控、法则感悟、秘法创造等方面的能力。

“巴巴塔，《衍神三十六重》的内容你也记住吧。”罗峰用意识联系巴巴塔，并迅速传递大量文字等内容。

以巴巴塔堪比智能光脑的意识计算速度，不过片刻，它就得到了一份完整的秘典。

秘典塔内。

罗峰操控着手中的金属书，使其飞到那十二名不朽神灵面前。

“殿下确认已经全部记下来了吗？”为首的绿色皮肤女性不朽神灵问道。

罗峰点点头。

那十二名不朽神灵向罗峰点头示意，随即各个化作迷蒙的幻影，全部消失不见了。

“我们走吧。”罗峰转头说道。

“看起来，殿下似乎很开心。”迪伦笑道。

“此次收获极大。”罗峰笑着回道。

旁边的封王级不朽神灵寺番祁顿时开心起来，不管是圣碑还是秘典，都是价值极高的，金角族群却让罗峰免费获得这些，这算是一种投资。罗峰的收获越大，将来他若是成为人族高层，自然越会念着金角族的这份情。

假设罗峰是白眼狼，得了好处却根本不记恩情，那么金角族也没办法。这纯粹是一种投资，自然有得有失。

……

秘典塔的正门长期保持畅通，罗峰一群人往外走。

“又是金角族的那群狂热青年。”罗峰看了一眼秘典塔外面聚集的一群域主级九阶青年，很惊诧，“怪了，他们怎么不向我挑战了？平常这些青年看到我，不是都会向我挑战的吗？”

秘典塔外面聚集的数千名域主级九阶青年忽然自动让开，从中间走出来两名黑色皮肤青年。

“卑休?！”罗峰一眼就认出了其中一人，随即目光又落在卑休旁边的黑色皮肤青年身上。

这黑色皮肤青年身上带着孤傲的气质，一般绝世天才都隐约有这种气质。

“卑休旁边的金角族人跟他很像，难道这就是他的哥哥卑虬？”

“罗峰殿下，那就是卑虬。”寺番祁长老传音道。

卑虬穿着一身紫色的战铠，眼神十分冷厉，审视着秘典塔前的台阶上的罗峰，冷冷地说道：“人族绝世天才罗峰，听说你击败了我的弟弟卑休，你的确有点实力。我，卑虬，今天在秘典塔前郑重地向你发起挑战。你敢接受我的挑战吗？”

金角族的数千名青年都看着罗峰。

卑虬的眼神中只有不屑。

罗峰看了他一眼。

“我们走。”罗峰说道。

随即他绕开聚集在一起的数千名青年，直接朝远处走去。

这令寺番祁长老、迪伦等人都微微错愕。

那数千名青年直接傻眼了。

“罗峰竟然避战?！”

“他是人族绝世天才，不屑和我们战斗，这是很正常的！”

“卑虬可是金角族域主级天才中的第一人，就算罗峰不敢战斗，至少也得给他一点面子吧！”

“罗峰！”卑虬猛地大吼一声。

罗峰却依旧朝远处走去，停都不停。

“怎么，你不敢迎战？你害怕了？”卑虬再次怒吼，“你击败了我的弟弟，这算得了什么？如果你击败了我，我敢说，我们金角族域主级九阶天才都不会再挑战你，而如果你不接受我的挑战，那我们金角族的人都不会服你。”

……

罗峰带着迪伦等人沿着街道往前走，根本懒得理会卑虬的挑衅。

“殿下？”迪伦疑惑地看向罗峰。

“我不想和他交手。”罗峰摇头道。

“之前殿下拒绝其他金角族人的挑战，没什么，可若殿下拒绝卑虬便是一件大事。他毕竟是金角族这一代域主级天才中最优秀的。殿下不击败他，那么金角族的人肯定会不服的，肯定会说你欺辱弱者、害怕强者。”迪伦传音，“当然，如果殿下没有一点把握，贸然接受挑战的话，结果十有八九是输，的确还是不接受为好。”

“迪伦，你在乱想什么呢？”罗峰哑然失笑。

诚然，熟悉他背景、成长历程的人，都会认为他不是卑虬的对手。实际上，他已经达到界主级，而且在圣碑塔中参悟一个月后，单单正常法则感悟就达到能够闯过通天桥第九层的地步，一旦念力振幅完全爆发，再配合强化这种天赋秘法以及血洛之力，他的念力振幅就会翻倍。因此，他有十足的信心击败卑虬。

只是，一旦击败卑虬，那么虚拟宇宙公司的情报网肯定会知道，而以迪伦和他老师真衍王的关系，真衍王也会得知此事。

他击败卑休，还可以用血武者的身份和一些特殊际遇来解释，可若是击败了卑虬，解释起来就麻烦了。

“因为一些际遇而实力暴增的情况是有的，人族历史上涌现的逆天天才哪个没有特殊的际遇？我若是展露全部实力，恐怕会被虚拟宇宙公司认定得了超级际遇。”罗峰心中暗道，“其实也没错，我在魔音山得到魔音神将传承，以至于念力振幅超过3200，的确是得了超级际遇。”

现在论法则感悟，他才达到能够闯过通天桥第九层的地步。3200以上的念力振幅，才是他击败卑虬的最大依靠。

“能不出面还是别出面了，我得到魔音神将传承是一件好事，可是，的确无意中占了蒙苍王的名额。”罗峰暗叹一声，“我还是暂时低调一点，等再修炼几百年，实力就算爆发，也不会引人注目了。”

罗峰等人回到了修炼居所。

“迪伦、寺番祁长老，我先静修一段时间，将从秘典中参悟到的内容整理一下，之后我们再离开这里。”

罗峰说完，随即进入静室中。

他盘膝坐在静室中，不断回忆着《衍神三十六重》的详细内容，同时让一丝意识进入虚拟宇宙中，在原始区庄园修炼场内开始修炼。

他不断研究、尝试、印证，再结合兽神雕像、远古图影，一起对照参悟。

修炼一套秘典，首先要从整体把握，然后思考清楚到底该怎么更好地研究秘典，最后再认真修炼。

转眼，又过了三个月。

“要求竟然这么高！只是用普通刀片来施展攻击，难度就很大了。不过，希罗多前辈这种独特的修炼方法，既有参悟法则、研究并制造兵器的效果，又有创造秘法的效果，还有攻击效果，的确很厉害。”罗峰当即起身，“以后我就从创造秘法的角度来研究这套秘典。”

罗峰随即打开静室大门，走了出去。

当他走到庭院时，一道道人影迅速出现。

“寺番祁长老。”罗峰直接说道，“我们先去一趟元老神宫，去感谢、拜别元老。这一次元老神宫对我的帮助非常大，让我有了参悟圣碑的机会，还让我任选了一本秘典，我总不能不声不响就离开吧？”

“嗯。”寺番祁长老笑着点点头，“离开圣城前，的确该去一趟元老神宫。不过，罗峰殿下，有件事该说一下。”

“怎么了？”罗峰疑惑。

寺番祁长老看向身侧的迪伦。

迪伦笑了，道：“在殿下闭关静修的这三个月，我们修炼居所门外聚集了非常多的金角族族人。殿下拒绝卑虬挑战的行为，显然引起了很多金角族人的不满。”

“很多金角族人对我不满?!”罗峰很惊讶。

“嗯，为了不打扰殿下静修，我特意隔绝了殿下静室外面的声音。”迪伦说道。

“谢了。”罗峰点头。

“不单单是大批金角族人过来叫嚣，这三个月来，卑虬一直盘膝坐在修炼居所外面的街道上。”迪伦说道。

罗峰闻言一怔。

“他坐在街道上，而且就在我们修炼居所的正门口外面，整整三个月，一动不动。”迪伦苦笑一声，“他这样做，其他金角族人也有样学样，盘膝坐在外面。”

罗峰哑然。

“走吧。”不一会儿，罗峰出声了。

“去外面？”迪伦、寺番祁长老看向罗峰。

“不！”罗峰摇头，“别管他们，我们直接飞走，去元老神宫。”

第657章

潜伏

圣地。

罗峰等人的修炼居所外面的街道完全被堵住了，大量金角族人盘膝坐在街道上，而正门口对着的街道上坐着的正是身穿紫色战铠的卑虬。

“嗖——”数道流光忽然从修炼居所内飞出，迅速朝远处飞去。

“他们飞走了。”

“人族绝世天才罗峰一定在其中。”

……

上万名金角族人很快喧哗起来，同时接连站起身来，遥看远方天际。看着那数道流光消失在天际，一个个无比愤怒。

卑虬睁开眼，冷冷地看着这一幕，喃喃：“罗峰真是胆小至极！”

“轰！”他站起身来，也化作一道流光，朝元老神宫飞去。

他的弟弟和其他追随者连忙跟上。

遥远的蛮荒宇宙国疆域境内有一片虚空，其中没有任何恒星、行星，只有偶尔飞过的一些星际尘埃。

这片虚空对应的空间夹层，一个恢宏的神国内，金色大地无边无际，还有很多科技化的建筑。草原上、森林中，生活着很多人类。人类分散在数百座城市内，每一座城市内都有一尊高耸的神之雕像，人们会前来参拜神像。不过，人类生活的区域只是神国的极小一部分。

距离人类生活区域三千多万千米处矗立着高耸入云的山脉，山脉高百万千米，山顶上有一座闪烁着金光的神殿。神殿高十万千米，里面人影晃动，显然有不少人。

神殿内。

“嘎吱！”

“嗷——”

一名名体形庞大、模样各异的虫族战士行走在神殿内，甚至偶尔能够看到一些金色虫族战士（不朽级虫族战士）。除了虫族战士外，还有很多穿着白袍、金袍、铠甲的人，这些人和虫族战士交错而过，却相安无事。

神殿的最高层，如陨石般的破损的虫族母巢屹立在中央，周围聚集了大批的金色虫族战士。

“主人！”三个身穿金色长袍的人被大批虫族战士包围，对着虫族母巢恭敬行礼。

“呼唤我做什么？”一道轻柔的声音回荡在大殿内。

“主人。”为首的身穿金色长袍的人恭敬地道，“安插在金角族的一名不朽神灵刚刚传来消息，那人族绝世天才罗峰正在拉斯奥世界的圣城中。”

“NO.9？”那道轻柔的声音再次响起。

“是的。”为首的身穿金色长袍的人恭敬地道，“还有一件事要告诉主人，NO.9的进步极为惊人。他在圣城外的斗武场中击败了金角族域主级九阶天才卑休。那卑休的法则感悟较强，按照人类的划分方式，有闯过通天桥第九层的能力，而罗峰在第一次资格战时也就勉强拥有闯过通天桥第八层的能力。”

“你有他们的战斗视频吗？”

“那一战是公开战，视频极多，我们安插在金角族的不朽神灵也发来了视频。”身穿金色长袍的人当即指向半空中，空中顿时出现投影，投影屏幕上开始播放罗峰和卑休战斗的视频。

起初战斗呈一边倒的形势，卑休完全压制住了罗峰，最后罗峰爆发，直接击败卑休。

视频播放完毕。

“虚拟宇宙公司的宇宙级天才中，能够闯过通天桥第八层的只有一个。”身穿金色长袍的人再次说道，“而罗峰在短短数十年内，法则感悟就已经超过之前宇宙级天才中的最强者，按照这种进步速度，他在数百年后的域主级资格战中估计能够达到原始秘境，实在是太可怕了。在人类历史上，数万纪元乃至数十万纪元才出现这么一个绝世天才。”

“嗯。”那道轻柔的声音直接下令，“提升级别，将他列为NO.3，其他目标的排名依次向后移。”

“是！”身穿金色长袍的人恭敬地应允。

“同时，命令安插在拉斯奥世界的一名不朽神灵尝试下手，如果能击杀罗峰，牺牲一名普通不朽神灵傀儡也没什么。不过，我虫族安插在拉斯奥世界的人手太少，最多只可暴露一名不朽神灵，不可再多做牺牲。如果无法成功击杀罗峰，那就静等下一次机会。”

“是！”身穿金色长袍的人恭敬应道，“我立即传令给乾巫宇宙国的分部成员和金角族中的分部成员。”

“去吧！”那道轻柔的声音响起。

三名身穿金色长袍的人同时躬身行礼，随即一起离去。

乾巫宇宙国疆域的边缘地带，宇宙秘境中的拉斯奥世界。

圣城。

一座幽静的住宅内。

“击杀罗峰……”身穿岩石灰铠甲的金角族不朽神灵坐着，心中默默念叨着，“不惜一切代价，不惜一切代价……”

忽然他睁开眼睛看向前方。

“罗峰。”这名金角族不朽神灵喃喃道。

“长老，长老。”外面冲进来一名金角族青年，大声地喊道，“刚刚得到消息，那个人族绝世天才罗峰根本没和卑虬大战，而是直接飞离修炼居所，去了元老神宫。这个罗峰真是没有一点胆量，遇到强大的卑虬，他就不敢接受挑战了。”

不朽神灵沉声下令，道：“你可以出去了。”

“是，长老。”青年恭敬地应道。

“元老神宫？”不朽神灵化作一道幻影，迅速飞出住处，直接朝元老神宫的方向飞去。

……

因为人族和虫族是敌对关系，这两大宇宙巅峰族群已经对立了亿万年，所以虫族便在人族疆域的各个宇宙国乃至各个星域中都安插了间谍。虫族的灵魂侵袭、灵魂控制能力实在是太可怕了，连人族的不朽神灵都无法逃脱控制。

相反，金角族群因为聚集在拉斯奥世界，平常虫族根本没有机会安插间谍。唯有一些金角族强者帮人族大战时，虫族才偶尔有机会用灵魂侵袭控制金角族强者，然后让那金角族强者能活着随他们族人一道回去。这样，虫族才算安插了一个棋子。

拉斯奥世界疆域辽阔，而虫族安插的间谍太少，导致消息极度不灵通。

罗峰在圣城惹出那么大的风波后，才吸引了其中一个间谍的注意。那个间谍来到圣城后才最终确认了罗峰的一系列事情。

罗峰一群人降落在元老神宫前，随即朝元老神宫走去。

此时的罗峰丝毫没意识到，金角族群的隐秘之地也会出现其他族群的间谍。在他看来，金角族群的生存之地极为隐秘，连人族中的很多不朽神灵都不知道，甚至很多不朽神灵都不知道人族有金角族群这个附属族群。人族内部知道的都很少，更不用说其他族群了。

即使如此，罗峰依旧很谨慎。毕竟他现在被外放，担当监察特使，其他族群暗杀他是很常见的事，这也是他不想暴露真正实力的原因之一。击败卑休，他已经引起了别的族群的注意，一旦击败卑虬，那么那些族群恐怕会不惜更大的代价来击杀他。

“寺番祁长老，”罗峰缓缓地说道，“你出面吧，如果元老愿意见我，我再进去。”

“好。”

寺番祁长老轻易就进入了元老神宫，而罗峰等人站在神宫门外。

神宫门外的一群守卫都好奇地看着罗峰等人，显然他们平常极少能够看到人类。

“罗峰殿下，元老要见你，你进来吧。”寺番祁长老的声音在罗峰的耳边响起。

“哦？”罗峰眼睛一亮，连忙吩咐道，“其他人就待在这里，迪伦跟我一起进去。”

罗峰带着迪伦直接跨过元老神宫的正门，而那群神宫护卫得到了命令，没有阻拦罗峰二人。

拉斯奥世界的温度极低，元老神宫内的温度更低。

罗峰走在神宫内，感觉像是走在魔音山的冰冷洞窟内。

他们旁边站着神宫守卫、仆人以及元老神宫一脉的一些弟子。走了片刻，他们来到一座寂静的大殿外。

这座大殿冰冷森严，仆人、弟子、神宫守卫都不敢靠近。

大殿门口站着两名不朽神灵，一男一女。

“罗峰，元老在殿内等你们。”男性不朽神灵说道。

“嗯。”罗峰点点头，随即带着迪伦直接跨过门槛，进入宽阔的殿内。

他们刚进入大殿，就感觉仿佛跨入了另外一个时空，外面的一切都被隔绝了。大殿下方站着数十名不朽神灵，显得极为恭敬，大殿上方坐着一名头戴元老尊冠、身披星辰袍、隐隐露出胸膛的老者。

老者端坐在那里，眼神冷厉，让人望而生畏。

“人族罗峰拜见金角族元老。”罗峰躬身，行了一礼，以示恭敬。

迪伦也照样做了。

对于宇宙尊者此等伟大的存在而言，别人尊敬他们是理所当然的。

第658章

克布长老

大殿之上，老者俯瞰罗峰，微微一笑，道："很久没有看到年轻的绝世天才了，你的实力令我惊诧，我都无法相信你能够击败卑休那孩子。"

"禀元老，晚辈也是拼尽全力才获胜的。"罗峰恭敬地道。

他说得轻描淡写，心中却很惊诧。

真衍王跟他说过，宇宙中的一些超级存在可以一眼看出一些生命到底生存了多久，即使是拥有永恒寿命的不朽神灵，那些超级存在照样能够一眼看出其活了多久。这位元老估计看出了他才活三百年左右。

"不愧是驻扎在圣城的元老。"罗峰心中一惊，"金角族有不少元老，这位能驻扎在圣城，恐怕是元老中极强的一个。"

"你参悟圣碑了？"元老亲切地问道，仿佛询问弟子一般。

"嗯，晚辈已经参悟了，获益极多，多谢元老给予晚辈这样的机会。"罗峰恭敬地道。

元老朗声笑道："小家伙，据我了解，你和我们金角族伟大的领袖希罗多走的是同一修炼路线，都是精神念师，都是兼修空间法则、金之法则，圣碑对你的好处的确比较大。"

罗峰微微躬身，乖乖地聆听元老说话。

"你还想再参悟圣碑吗？"元老看着罗峰。

罗峰有些尴尬，道："参悟圣碑，对于感悟法则的确益处极大，如果说不想参悟，那是蒙骗元老。"

"哈哈，那我就再给你一次机会。小家伙，假使你能在达到不朽级之前施展出衍神兵第九重，就有资格再进入圣碑塔一次。"元老微微一笑，"假使你能够突破成为不朽神灵，还可以进入圣碑塔一次，参悟时长和这次一样。"

罗峰大为错愕。

"能不能再进入圣碑塔，就看你的能力了。"元老笑道。

"多谢元老。"罗峰十分感激。

"哈哈，这两次参悟圣碑的机会可不是那么容易就能得到的，那都是有要求的。如果你的天赋不够高，能力不够强，进入圣碑塔，便是对希罗多元老的侮辱。"

罗峰点点头："这位驻扎在圣城的金角族元老，身为宇宙尊者，对自己竟然这么友好，一开始就给自己参悟圣碑的机会，还让自己拥有免费选择任何一本秘典的机会。"

"嗯，这位元老估计是看我击败了卑休，所以看重我。"罗峰瞬间明白了，"刚开始他给我参悟圣碑的机会，让我任选一本秘典，现在又给了我两次参悟圣碑的机会，虽然有前提条件，可若是这点要求都达不到，恐怕这位元老也不会看重我了。"

元老是金角族地位最高的存在，就算是封王级不朽神灵，元老都不会放在眼里，更别提他这个所谓人族绝世天才了。

不过，罗峰和卑休一战，让有罗峰详细情报资料的这位元老迅速判定罗峰潜力惊人，所以这位元老的态度才这般友好。

雪中送炭总比锦上添花好，罗峰现在只是个小人物，元老对他这般客气，他自然感激。假设他将来成为人类中的超级存在，届时想要让他感激可就难多了。

拜见完金角族元老后，罗峰、寺番祁长老、迪伦都从大殿退出，其他不朽神灵也退了出去。

“人族绝世天才罗峰。”一道声音响起。

罗峰转头看去，说话的是一个穿着宽松长袍的男子，此人的样貌倒是和之前的元老有几分相似。

“你是？”罗峰疑惑地看着眼前的人。

“罗峰殿下，这位是封侯级不朽神灵图咖洛。”寺番祁长老在一旁介绍道，“图咖洛长老是元老的儿子，也是元老儿子中唯一成为不朽神灵的。”

“哦！”罗峰眼睛一亮。

图咖洛却淡淡地道：“罗峰，你知道吗？你击败的卑休和他的哥哥卑虬都是我的弟子。”

罗峰心中一动。

这人竟然是卑休和卑虬的老师。

“你击败卑休，我无话可说，反而很赞赏你。”图咖洛看着罗峰，“可我的弟子卑虬向你挑战，你为何没有接受？我的弟子卑虬在你的修炼居所门外坐着等了三个月，却没有得到你的回复。你就算拒绝，也得给我们金角族一个理由吧！”

罗峰笑道：“原来图咖洛长老是卑虬和卑休的老师。说实话，我击败卑休已经很难了，听寺番祁长老说，卑虬比他的弟弟强十倍不止，我一点信心都没有，当然不会接受他的挑战。”

“你认输了？”图咖洛错愕地看向罗峰。

罗峰点点头，道：“是的，我现在的确远不是卑虬的对手，只能等将来修炼得更强，再来接受卑虬的挑战。至于我的行为，主要是因为金角族的许多青年前来挑战，我也是被吓怕了，还请图咖洛长老海涵。”

图咖洛瞪大眼睛看着罗峰。

图咖洛是元老诸多孩子中唯一成为不朽神灵的，在漫长的岁月里，元老的其他亲人都已殒身，只剩下他这一个孩子。

他虽然只是封侯级不朽神灵，但是因为身份特殊，所以地位极高。因为卑休和卑虬的事，他对罗峰很不满。之前在大殿内，他不敢在父亲面前捣乱，一出了大殿，他就想找罗峰的麻烦。

可是，罗峰竟然服软了！

罗峰自认不如卑虬，这让他怎么办呢？

“你——”图咖洛说不出完整的话。

“等我的实力提升，有信心和卑虬一战的时候，我一定找机会和卑虬一战。至于现在，我实在是实力不够。”罗峰躬身行礼，“图咖洛长老，如果没有其他事，那我就先走了。”

图咖洛只能点点头。

罗峰带着迪伦、寺番祁长老离去。

图咖洛看着他们渐渐消失的背影，无话可说。

罗峰一行人行走在元老神宫内，碰到了回元老神宫的卑虬和卑休。

“罗峰，请接受我的挑战！”卑虬站在罗峰的面前。

“我还有事，请让让！”罗峰说道。

旁边的迪伦直接释放出不朽之力，强大的不朽之力直接将卑虬给扫到了一侧，而罗峰、迪伦、寺番祁长老三人迅速离去。

“你！”卑虬气得牙痒痒。

罗峰一边走，一边思索：“既然已经参悟了圣碑，也得到了《衍神三十六重》秘典，那么我该离开了，最多去一趟塔文部落，然后就得回银河系了。接下来，我得先兑换万心控魂秘法，那秘法贵得离谱，不过它可以控制虫族母巢，也算值了。在地球修炼一段时间，等完全控制虫族母巢后，我就可以去混沌城修炼一段时间，我有多次参悟九宇混沌碑的机会，正好可以趁机用掉。”

虚拟宇宙公司的核心成员都有进入混沌城的资格，还都拥有免费在混沌城修炼的机会。

刚刚加入虚拟宇宙公司，也就是达到宇宙级时，核心成员拥有免费在混沌城修炼约三十年的机会，那也是罗峰他们第一次去混沌城。

达到域主级时，核心成员拥有免费在混沌城修炼约三百年的机会。

达到界主级时，核心成员拥有免费在混沌城修炼约三千年的机会。

这都是免费的，是虚拟宇宙公司核心成员的特权！

进入混沌城后，域主级强者可以免费修炼约三百年，而罗峰可以修炼五百年甚至一千年，唯一的代价是，他多修炼的时间要用积分兑换。修炼越久，花费的积分越多。假使积分足够，就算在混沌城修炼一万年乃至十万年都可以。一旦积分耗光，混沌城就会强行请罗峰离开。

……

罗峰一边想着将来的事，一边带着迪伦、寺番祁长老走出元老神宫。

“殿下。”五名界主级护卫、卡什那都迎了上来。

“我们走！”罗峰下令。

“罗峰殿下，罗峰殿下。”一道热情的声音响起。

罗峰抬头看去，只见一道模糊的人影迅速从远处过来，随即在距罗峰数十米的地方停下。

那是一个穿着岩石灰战铠的男子，他的眼睛宛若一对红色宝石。

他看着罗峰，笑道：“我叫克布。”

“克布！”寺番祁长老惊呼。

“寺番祁长老。”克布微微躬身，以示尊敬。

罗峰疑惑地看向寺番祁长老。

寺番祁长老笑道：“罗峰殿下，这位是克布长老，是駚燕部落的不朽神灵，曾经数次参加人族和其他族群的大战，有不少人类朋友。”

“哦？”罗峰看向克布。

“这段时间，我在圣城听说了不少罗峰殿下的事，却一直不敢打扰，估摸着殿下要离开了，所以过来送别。”克布笑着说道，“能够在我的家乡看到人类，真是一件让人开心的事。”

罗峰笑着点点头。

“不知道殿下来到我们拉斯奥世界后，都去了哪些地方？”克布问道。

“我就来了圣城，哦，还去过塔文部落。”罗峰说道。

克布长老连忙说道：“罗峰殿下，我们金角族群的家乡拉斯奥世界有无比悠久的历史，还有许多奇妙之地，其中有许多对修炼极为有益的地方，你竟然都没去过？”

第659章

意外收获

“有哪些奇妙之地？”罗峰随意地反问道，其实并没有太大的兴趣。

拉斯奥世界是建造出来的广袤大陆，并非宇宙自然演变形成的，即使历史上金角族的一些强者死后遗留了宝物，恐怕也早就被搜刮干净了。

克布长老发现罗峰没什么兴趣，不由得暗道：“主人要我不惜一切代价杀了罗峰，可是他的旁边有不朽神灵，还有寺番祁，他们俩的实力都远远超过我。只要他们在，我根本不可能杀了罗峰。如果不能将罗峰留在拉斯奥世界，恐怕我就更没机会了。”

他的灵魂被控制了，因此他绝对忠于主人，主人的命令最重要，即使让他牺牲性命他也在所不惜。

“我们金角族有族规，族人一旦达到宇宙级就得离开部落，出去历练。”克布长老再次说道，“所以，拉斯奥世界的一些荒凉之地会有不朽神灵建造自己的神殿，他们会将那些出去闯荡的优秀者收入神殿。我们金角族鼓励强大的存在去一些荒野之地建造神殿，以至于族内的青年都很期待出去历练。”

罗峰笑了。

“漫长的岁月里，一些强大的存在殒身后虽留下了一些宝物，但我们金角族的元老不会刻意去寻宝。”克布长老笑着说道，“而其他不朽神灵想要探索整个拉斯奥世界根本不可能，所以我们这里就产生了很多奇妙之地。此外，我们金角族为了让不朽神灵和普通族人的实力都得到提升，也建造了一些类似圣城的地方。圣碑塔毕竟只对修炼空间法则、金之法则这两大法则的强者效果好，而感悟其他法则的强者们都在一些奇妙之地修炼。”

罗峰微微摇头，道：“我没兴趣。”

“有一个地方，殿下不去就实在太可惜了。”克布长老护腕上的智能光脑忽然射出一道光，在半空中形成投影，投影上出现了一些简单的照片，“这里就是人族强者进入我们金角族家乡的必经之地。”

罗峰瞥了那些照片一眼，顿时眼睛一亮。随即他死死地盯着眼前投影上的照片。

“怎么会，怎么会……”他的心中掀起滔天巨浪。

照片上呈现的是山脉峡谷内的一尊巨大的雕像，雕像是一头类似蜥蜴的怪兽，那巨型独角怪兽无形的威压让人心悸。

“是它！兽神！这是兽神的雕像！”罗峰惊叫起来。

在血洛大陆的际遇令罗峰知道了，在遥远的时代，血洛大陆上无比可怕的兽神和虚拟宇宙公司的超级存在进行了一次次对决。他虽然没有亲眼见过兽神，但是通过照片就感觉到兽神很可怕，其气势远远超过金角巨兽和毁娑巨兽。

……

克布长老看到罗峰的表情，顿时笑了起来，道：“这里就是我们金角族家乡非常特殊的一个地方，也是人族的强大存在到来后几乎必去的一个地方——兽神峡谷！”

“兽神峡谷？”罗峰疑惑地看着克布长老，“看来金角族群也称此雕像为兽神。”

“我们金角族最伟大的存在希罗多元老说过，他的绝学就是从这巨型兽神雕像中悟出来的。”克布长老感叹道，“当时希罗多元老还说，只要谁能悟透这尊巨型兽神雕像，那么便会拥有能够与他媲美的实力。”

罗峰心中一动。

能够与希罗多媲美的实力？希罗多可是整个金角族群最伟大的领袖，独自坐镇整个族群，何等伟大？

“正因为希罗多元老说过这话，”克布长老感慨道，“亿万年来，无数族人去参悟那巨型兽神雕像，可是谁都没有发现其中的奥秘。

“即便是实力强大的元老们，也没听说过哪位元老悟透了巨型兽神雕像。你们人族的许多伟大存在都来过我们这里，就是专门为了观看巨型兽神雕像，想要悟透兽神雕像，拥有可以与希罗多媲美的实力。不过，似乎没听说过有谁悟透了。当然，或许人族中有伟大的存在悟透了兽神雕像，只是没公开吧。”

罗峰哑然。

“原来，金角族历史上最伟大的领袖希罗多是悟透兽神雕像后才拥有那般实力的。”

“寺番祁长老，有这么回事？”罗峰看向身侧的寺番祁长老。

“嗯。”寺番祁长老点点头，随即又笑着摇头，“不过数年来，除了伟大的希罗多，再也没有人能够弄明白兽神雕像。就算是我看到巨型兽神雕像，也没看出那些雕刻纹理有什么特别的。我们金角族甚至曾经有元老建议切开这巨型兽神雕像，看它内部是否藏有秘密。当然，出于对希罗多元老的尊重以及对希罗多元老的信任，绝对禁止破坏兽神雕像。”

“可是，就是看不出什么。”寺番祁长老摇头。

罗峰心中一惊。

寺番祁可是封王级不朽神灵，是能够施展出瞬移的伟大存在。如果在乾巫宇宙国，恐怕就乾巫国主比他强一点而已。这样的伟大存在，竟然都看不出什么。

“请带我去看看！”罗峰直接说道。

陨墨星号宇宙飞船离开了圣城，朝兽神峡谷飞去。

“殿下，你能带我一道前往兽神峡谷，我很感激。”控制室内，克布长老说道。

“没什么。”罗峰看向外面，“你要去兽神峡谷拜会朋友，既然顺路，一起走也没什么。”

说完，罗峰转头，进入休息舱。

迪伦则住在罗峰旁边的休息舱，负责保护罗峰。

“现在的确没下手的机会，这个叫迪伦的一直跟着罗峰，其不朽之力环绕在罗峰周围，以示警戒。”克布长老看了一眼迪伦的背影，心中暗道，“不过，我也不急，等到了兽神峡谷，那里强者如云，乱得很，一定有下手的机会。”

兽神峡谷离圣城不算远，陨墨星号宇宙飞船飞行了近一个月，便抵达了目的地。

山脉上空，红色的三角形宇宙飞船开始减速，片刻后悬浮在空中。

“哗！”舱门开启。

罗峰带着迪伦等人飞出来，将陨墨星号宇宙飞船收入他的体内世界。

“罗峰殿下，”寺番祁长老遥指远处，“那就是兽神峡谷，兽神雕像就在那里。”

罗峰遥遥看去，隐约看到峡谷中有一道巨大的影子。

“过去！”罗峰一声令下。

“嗖——”罗峰等人直接飞到兽神峡谷的上空。

“好多金角族人。”罗峰看着在峡谷崖壁洞穴内苦修的金角族人，还有在那广阔的峡谷地面上苦坐的金角族人，不由得暗叹。

“希罗多元老说过，只要能悟透兽神雕像，就可以拥有与他媲美的实力，所以金角族很多强者都聚集在这里。”克布长老指着下方，“看，那座高约3000千米的宫殿就是元老殿，是专门设置的，以保护兽神雕像。”

罗峰一眼看到了下方那座巍峨的宫殿。可是和巨型兽神雕像一比，宫殿显得很渺小。

“兽神雕像趴在那里，呈酣睡状。它的身体很长，加上那条尾巴，大概有1万千米长。”克布长老说道。

罗峰迅速下降，而后飞向那巨大的兽神雕像。

“呼！”他降落在地面上，抬头看着巨型兽神雕像。

他在血洛世界中得到过一尊兽神雕像，可那尊雕像非常小巧，呈四蹄站立、独角刺向天空的姿态。而眼前这座巨型兽神雕像趴着，闭着眼睛沉睡着，身上的每一枚鳞片都无比清晰。

“好可怕的威压！只是一座没有生命的巨型兽神雕像，竟然让我感觉到了面对圣城元老时的可怕威压。”罗峰不由得屏住呼吸。

“殿下，这兽神雕像很神奇，我们怎么都发现不了其奥秘所在，就算是不朽神灵以及元老，都无法渗透兽神雕像，探察其内部。”降落在罗峰身侧的寺番祁长老感叹道。

“我也看不懂。”罗峰眉头微皱，低声说道。

那尊小型兽神雕像让罗峰的金角巨兽可以研究撕天一爪，感应小型兽神雕像中蕴含的神，感应其中玄妙的意境。在这种情况下，金角巨兽不断进步、突破。

可是，眼前这座巨型兽神雕像极为奇特，他除了感受到其可怕的威压之外，感应不到其他。

“一定有什么奥秘，希罗多还不至于随便弄一尊雕像戏弄自己的族群亿万年。”罗峰仰头看着巨型兽神雕像，“嗯，我可以对照小型兽神雕像，每一枚鳞片都对照起来看，看看有什么区别。”

此刻，不单单是罗峰、金角族人，还有几位人族中的伟大存在，都在琢磨这巨型兽神雕像。

第660章

雕像

罗峰观察着巨型兽神雕像，同时让体内世界的金角巨兽仔细观察小型兽神雕像，进行对照。

“嗯？”他环绕着巨型兽神雕像走了一圈。

“殿下在做什么？”迪伦有些疑惑。

“迪伦，罗峰殿下在干什么？”寺番祁长老也疑惑地道，“难道他想要看清楚巨型兽神雕像的每一处？可历代早有无数族人这样做过，根本没发现什么特别的。”

“我也不知道。”迪伦摇头。

他们说话时，罗峰竟然飞到了兽神雕像上方的高空，从高处俯瞰巨型兽神雕像，观察其脊背、脖颈、头等部位。

片刻，他便将巨型兽神雕像仔仔细细地看了一遍。

而后，他把目光从巨型兽神雕像的身上移开，转而看向下方的兽神峡谷的谷底。

一眼看去，谷底除了一些建筑外，随处可见盘膝静坐的金角族苦修者。上亿名苦修者无形中形成的气势，丝毫不比巨型兽神雕像的小。

“上亿名苦修者，还有历代强者都来参悟过巨型兽神雕像，都想成为希罗多那等伟大的存在。”罗峰笑着摇摇头。

随即他迅速朝下方坠落，当要落到谷底时骤然减速，套着银色金属战靴的脚稳稳踏在地面上。

“殿下。”迪伦和寺番祁长老连忙迎过来。

“我得思考一下。”罗峰说了一声便盘膝坐在地上，身上的银色铠甲把地面上的土石砸得裂开了。

迪伦、寺番祁长老站在罗峰的身侧，默默地保护罗峰。

“竟然是这样！这巨型兽神雕像和我在血洛世界得到的小型兽神雕像的区别竟然这么大！”罗峰想起之前对照的结果，有些震惊，“它们有两个相同点：第一，外形、身体比例一样，绝对是同一属性的；第二，它们身上的鳞片数量是一样的，都是90729枚鳞片。不同点也有两个：第一，鳞片纹理不一样；第二，巨型兽神雕像并没有小型兽神雕像的那种神韵和意境。”

罗峰皱眉思索着。

两座兽神雕像的体形相差极大，一个身长上万千米，而另外一个身长约一米。可是，它们的身体比例是一样的，身上的鳞片数量也是一样的。

趴在那里的巨型兽神雕像的腹部、被压着的蹄爪上面的鳞片，用肉眼看不到，可罗峰地球人本尊用一丝念力扫过，发现巨型兽神雕像庞大的身体和蹄爪连接在一起的地方也是有鳞片的。就好像，那是一头活的远古巨兽趴在那里，而后化为雕像的。

“好怪啊！它们身上的鳞片数量都一样，纹理却不同。小型兽神雕像身上的鳞片有规律，雕像有神韵；巨型兽神雕像身上的鳞片则没什么规律，雕像无神韵，却能散发出那般可怕的威压。”

“到底怎么回事？”罗峰苦苦思索。

……

自希罗多说过那番话后，在金角族群的漫长岁月里，不知道有多少强者来观摩、参悟，就连人族的一些伟大存在，比如宇宙尊者、宇宙国主都来参悟过，却始终没有人悟透巨型兽神雕像的奥秘。或许有悟透的修炼者，只是秘而不宣吧，至少还不曾听说过有谁公开表明悟透了巨型兽神雕像。

那么多绝世强者都没悟透，罗峰这个刚刚踏入界主级，只是有一些际遇的，想要悟透，无疑是痴人说梦。

……

罗峰坐在这里思索，一坐便是三个多月。

迪伦、寺番祁长老、卡什那、五名界主级护卫都在旁边守护他，而克布长老在抵达兽神峡谷后就和罗峰告别，去拜会他那住在兽神峡谷的好友了。

迪伦和五名界主级护卫倒不觉得无聊，他们也是第一次看到巨型兽神雕像，一个个都在苦心琢磨。

他们想着说不定自己能悟透巨型兽神雕像，那样一来，他们就能一步登天了。

寺番祁长老和卡什那却无聊得很，因为他们早就尝试过了。

“呼！”罗峰长舒一口气。

“殿下？”迪伦和寺番祁长老立即看过去。

“没什么。”罗峰笑着摇头，随即又闭上眼睛，让大部分意识都进入了体内世界。

体内世界，广袤无际。

自从有了体内世界，陨墨星号宇宙飞船无须再放在巴巴塔的储物空间中了。此刻，陨墨星号宇宙飞船停在一片草原上。

“巴巴塔，将我之前拍摄的照片合成巨型兽神雕像投影出来！”黑衣罗峰冷冷地下令。

“明白。”

陨墨星号宇宙飞船立即射出迷蒙的光线，光线在半空中形成了巨型兽神雕像，其模样和外面的巨型兽神雕像一模一样。即使只是投影，雕像也隐隐透出无形的威压，只是没有外面的巨型兽神雕像的威压那般强大。

“我敢确定，”黑衣罗峰盯着巨型兽神雕像的投影，眼睛一亮，“问题一定出在鳞片上。一尊有上万千米长，另一尊仅仅约一米长，鳞片数量是一样的，鳞片纹理却不一样。鳞片纹理一变，估计就没有这么强的威压了。”罗峰脑海中闪过这个念头后，立即下令，“巴巴塔，对巨型兽神雕像投影进行改动，将其中一枚大鳞片分成两枚小鳞片。”

“是。”巴巴塔应道。

投影出来的巨型兽神雕像上的一枚鳞片发生变化，变成了两枚纹理不同的鳞片。

“轰！”威压消散。

“果然！”罗峰眼睛一亮。

“恢复原先的模样，再改变其中一枚鳞片的纹理。”罗峰再度下令。

鳞片恢复后，威压再度出现。

鳞片的纹理略一改变，威压消失，再次变得普通。

……

经过多次试验，罗峰确认问题的关键就在巨型兽神雕像的鳞片上。

黑衣罗峰随手一招，便出现了一尊小型兽神雕像。

“巴巴塔，将小型兽神雕像放大进行投影。”黑衣罗峰又一次下令。

“是！”

顿时，体内世界天空中出现了两个无比庞大的兽神雕像投影，一个是沉睡的状态，一个是四蹄站立、昂头向天、很霸气的状态。

“都有威压。”黑衣罗峰摸着下巴，皱眉嘀咕道，“巨型兽神雕像威压更强，小型兽神雕像威压弱一些。不……不对，应该说小型兽神雕像有独立的神韵，威压收敛了，而巨型兽神雕像根本没有那股神韵，也没有那种独特的意境。巨型兽神雕像根本没有活生生的兽神的感觉，没有神韵，以致威压散乱，才会显得那般强大。”

只要不是傻子，修炼者都能清晰地感觉到，小型兽神雕像更生动，活生生的，跟生物一样，而巨型兽神雕像感觉是死物，两者区别极大。

“鳞片纹理也不一样。”黑衣罗峰心中暗道，“试试看。”

“嗖——”一道黑色幻影从远处飞来，随即落在苍茫的大草原上。

正是金角巨兽。

“金角巨兽在研究兽神雕像上最是得心应手。”黑衣罗峰嘀咕，“那就让金角巨兽尝试刻出一尊兽神雕像。”

让金角巨兽雕刻出一尊兽神雕像，同时体会鳞片纹理的区别，这是罗峰想到的办法。

“先雕刻巨型兽神雕像。”

黑衣罗峰心念一动，草原上大量的世界之力顿时汇聚，形成了一座上万千米长的大型山脉，这座山脉是用来雕刻的。此外，世界之力还形成了上万把不同规格的雕刻刀，大的上百千米长，小的比蚂蚁还要小。

……

金角巨兽站在大草原上，微微扇动鳞甲翅膀，开始环绕着山脉飞行，同时用念力操控那上万把雕刻刀，雕刻山脉。

它达到界主级后，念力操控的能力很强，就算精细到一毫米、一微米，乃至一纳米，都不可能出错。

“成功。”

片刻后，一尊沉睡的巨型兽神雕像便雕刻而成了，栩栩如生。

“真是够难的，每一枚鳞片的纹理都那般复杂。不过倒是怪了，怎么没有丝毫威压？”金角巨兽眼眸中有一丝疑惑，“不管了，接下来尝试雕刻小型兽神雕像吧。”

……

草原上出现了另外一座上万千米长的山脉，金角巨兽再度操控那上万把不同规格的雕刻刀开始雕刻。小型兽神雕像的体型很容易雕刻，但雕刻鳞片纹理有些困难。

“嗷——”金角巨兽刚雕刻出第十二枚鳞片便发出痛苦的吼叫声。

它摆动了一下巨大的头，强忍着痛楚，继续雕刻，然而越是雕刻，痛苦感就越明显，一股无形的威压仿佛在压迫它的整个身躯，甚至压迫它的灵魂。

“嗷——”金角巨兽再度痛苦地吼叫一声。

它的鼻孔、双眸、鳞甲翅膀、蹄爪、尾巴都渗出了大量金色的血。

随即它哀鸣一声，直接从半空坠落，轰隆一声，砸落在草原上，鳞片上满是金色血迹，部分鳞片上有了裂痕，其双眸、口、鼻继续渗出金色的血液。

一股汹涌的世界之力顿时迅速辐散开来，包裹住金角巨兽，开始修复金角巨兽身上的伤。

第661章

形与神

拉斯奥世界，兽神峡谷。

静坐的罗峰忽然发出痛苦的呻吟，双手死死地抓住地面上的碎石，将那些碎石捏成齑粉。

“殿下？”

“罗峰殿下，你怎么了？”

一旁盘膝静坐的迪伦、寺番祁长老大吃一惊。

罗峰没有回答，双手仍旧死死地抓着地面上的碎石，额头上青筋突起。

“呼——”他舒出一口气，睁开眼睛，看样子有些疲惫。

他看了看迪伦和寺番祁长老，笑着说道：“没什么，不用担心。”

迪伦和寺番祁长老对视一眼。

没什么？那才奇怪。

在他们两大不朽神灵的警戒下，罗峰绝对不会受到外界的攻击，但罗峰的脸上刚刚竟然露出了痛苦之色，这实在太奇怪了。罗峰可是宇宙强者，又不会莫名其妙生病。

“殿下看来有秘密啊！”迪伦心中暗道。

“这人族绝世天才罗峰应该有一些不为人知的秘密。”寺番祁长老也暗道。

罗峰抬头看着巨型兽神雕像，思绪翻腾。

“为什么？我仅仅雕刻小型兽神雕像的鳞片纹理，就受到了无形的压迫，其威压不但作用在金角巨兽的身上，甚至作用在灵魂上，导致魔杀族分身和地球人本尊的灵魂都受到影响，怎么会这样？”罗峰感到不可思议。

他雕刻巨型兽神雕像时没有出问题，可为什么雕刻小型兽神雕像就出问题了？金角巨兽可是在他的体内世界，根本不可能遭到其他超级强者的攻击。更何况，迪伦和寺番祁就在他的旁边。

“我没遭到其他超级强者的攻击，那是谁在攻击我？如果没人攻击我，我不可能无缘无故身受重伤。”罗峰眉头紧锁。

“金角巨兽在我的体内世界都被压迫得受了重创，那种同时作用在肉身和灵魂上的压迫感无比可怕！”罗峰回忆起之前的感觉，不由得战栗起来，“那是一种根本无法反抗的感觉。这只有两种解释：第一，有一个实力远远超乎我想象的超级存在在阻止我雕刻小型兽神雕像；第二，如果不是超级强者在阻止我，那么就是宇宙运转规则在压迫我。”

据罗峰的了解，整个宇宙是有运转规则的。比如，宇宙空间被轰碎，那么自然会被修补；一旦达到光速，就会被传送去暗宇宙等等，这些都是宇宙本身运转规则的一种体现。可能他刚才的行为触犯了宇宙规则，才会遭受压迫。

在原始宇宙内，就得遵守宇宙的运转规则。

“宇宙运转有独特的规则，任何违逆宇宙运转规则的行为，都将遭到反噬。”罗峰心中暗道，“我见过违逆宇宙规则的情况。比如，在地球上得到的金属板上的《无名秘典》，显然打破了基因进化的基本规则。”

那位超级大能能够创造出违逆宇宙规则且能传承的秘法，显然有其方法。可罗峰仅仅了解宇宙运转规则的皮毛，做不到避免宇宙运转规则的压迫。

“到底是哪一种呢？超级强者阻止我，这种可能性极低。能够不被寺番祁他们发现，还能在我的体内世界攻击金角巨兽，绝对是超乎我想象的伟大存在，而这等伟大存在有必要一直监视我吗？”

罗峰虽然自信，但是并不自大。

他认为自己还没达到能让那等伟大存在时刻监视自己的地步。

“而且，我是在雕刻小型兽神雕像鳞片时遭到压迫的。”罗峰暗道。

综上所述，宇宙规则压迫他的可能性达到九成。

“呼——”想到这里，罗峰松了一口气。

浩瀚宇宙，孕育亿万族群，孕育出无数生命。宇宙一直有自己的运转规则，没有丝毫偏颇。

金角巨兽的传承记忆中仅仅描述了宇宙运转规则的存在，显然这种规则的存在是为了维持整个宇宙的稳定，而不是直接杀了某个生命，至少金角巨兽的传承记忆中没有宇宙规则杀人的事。

“我刚才的行为触及了宇宙规则的底线？”罗峰抬头看着巨大的兽神雕像，心中很激动。

“宇宙运转规则的底线代表什么？代表小型兽神雕像蕴含的秘密被窥探了。也就是说，小型兽神雕像蕴藏着宇宙中极大的秘密，这秘密甚至会受到宇宙运转规则的干预。”

“假设我能够弄懂这个大秘密，就有可能成为无敌存在。”罗峰心中暗道，“难怪亿万年来一直没听说谁能够悟透巨型兽神雕像，因为还需要小型兽神雕像作参考。毕竟巨型兽神雕像和小型兽神雕像是同一属性，都蕴含了宇宙中的大秘密。”

想到这里，罗峰激动不已。

他意识到，自己得到了一个了不得的机遇。兽神雕像可能能够引领他成为宇宙无敌存在。

罗峰虽然很自信，但是非常清楚成为宇宙无敌存在是何等艰难。人族、金角族等族群历史悠久，可是宇宙尊者数量稀少，希罗多那般可以独自领导一个族群屹立宇宙的超级存在更少。至少金角族历史上才出了这么一个。

“我的小型兽神雕像明显比这尊巨型兽神雕像珍贵。”罗峰心中暗道，

“我雕刻巨型兽神雕像没事，雕刻小型兽神雕像却遭到宇宙运转规则的压迫。小型兽神雕像明显具有独特的神韵，好似真正的兽神，而且小型兽神雕像是我当年从兽神的生存之地血洛世界中得来的，应该算是原版，那巨型兽神雕像估计是某个超级强者雕刻出来的。”

在意识到两尊兽神雕像的不同后，罗峰非常清楚，他必须抓住机遇。

“巨型兽神雕像应该算是低层次雕像，小型兽神雕像应该算是高层次雕像。”罗峰心中做出判断，“我先仔细研究巨型兽神雕像的鳞片纹理，待实力足够强大，再来研究小型兽神雕像。小型兽神雕像应该也是某位伟大的存在留下的，人家既然能留下，显然违逆宇宙运转规则并非不可能。”

罗峰心里清楚，他在人族中根本不算什么，而人族也只是亿万族群中的巅峰族群之一。

和宇宙运转规则相比，他实在是太渺小了。

“开始吧！”

罗峰释放出了念力，仔细感应巨型兽神雕像的鳞片纹理。

因为他成功雕刻过巨型兽神雕像，且没有感受到丝毫威压，所以他可以慢慢弄清楚原因。

“嗯？波动？”

罗峰用念力探察巨型兽神雕像的鳞片纹理，不像上次只是简单迅速地将巨型兽神雕像探察一遍，而是仔细地感应、体会。

渐渐地，他感觉到巨型兽神雕像的鳞片纹理引起了周围的一些波动，那是宇宙规则的波动，并非金、木、水、火、土、风、雷电、光线、时间、空间等任何一种本源法则的波动。可这种波动更加让人心悸，无形的威压就是这些波动引起的。

“原来奥妙在这里！不过巨型兽神雕像的鳞片纹理怎么会引起波动呢？嗯，这些鳞片纹理像一体似的……”罗峰渐渐地发现了关键所在。

其实罗峰发现的，金角族的历代强者、人族强者早就发现了，只是没有更深入研究，否则也不至于还有这么多强者聚集在这里不断研究。

……

体内世界中。

地球人本尊仔细地观摩巨型兽神雕像，金角巨兽准备再一次雕刻巨型兽神雕像的鳞片。

“我之前弄错了，雕刻应该一气呵成，9万多枚鳞片应该是一笔雕刻而成，形成一种类似法则秘纹的玄妙玩意儿，进而引动非金、木、水、火、土、风、雷电、光线、时间、空间任何一种本源法则的宇宙波动。”

罗峰的魔杀族分身站在一旁观看金角巨兽雕刻，地球人本尊则观察巨型兽神雕像本身。

魔杀族分身时而观看小型兽神雕像并体会那股神韵，同时让另外两个分身也体会那股神韵，时而观看金角巨兽雕刻。

……

所谓拳打千遍，其意自现。

同样的道理，在法则感悟时，也有一个非常枯燥的参悟方法，那就是按照强者施展秘法的轨迹，不断对其进行描摹。当描摹得越来越精准时，修炼者自然而然能够感应到一些法则波动。

这是一个笨方法。不求感悟真正的奥妙，只求能够施展秘法，这注定了修炼者无法悟透一种本源法则。

然而，罗峰心里明白，要弄懂兽神雕像蕴含的秘密比单单悟透空间法则或者时间法则而成为宇宙尊者，还要难得多。

既然如此，那就用笨办法，一遍、万遍、亿万遍地临摹。

“别人描摹可能没有参照物，因为巨型兽神雕像让人找寻不到其真正的神韵。”魔杀族分身抬头，看着金角巨兽一遍遍雕刻巨型兽神雕像，“可是我有参照物。”

魔杀族分身低头看了看手中的小型兽神雕像。

在雕刻时，他可以让感觉朝小型兽神雕像的神韵靠近，一边不断体会神韵，一边不断地雕刻……

有形，有神，才能逐渐有所成就，这是罗峰认为参悟兽神雕像奥秘的一个笨办法，也是对他这等实力的强者而言最踏实的一个办法。

“我不求悟透奥秘，只求从中得到一星半点，那么我也将受用无穷。等到将来实力足够，再慢慢琢磨就是。”

第662章

积分

体内世界。

金角巨兽蹲在那座巨大的山脉前，先是操控世界之力将山脉复原，而后用念力操控着上万把雕刻刀尝试雕刻，然后复原山脉，再度雕刻。

它临摹着巨型兽神雕像的鳞片纹理，一次次失败，总是感觉不到其威压和意境。

失败了十次，百次，千次。

“失败三千多次了，这真够难的！嗯，那就雕刻小型兽神雕像的几枚鳞片好了。”金角巨兽有了上次被宇宙运转法则压迫的经历，所以非常小心地雕刻小型兽神雕像的鳞片纹理，渐渐有了一种独特的感受，仿佛在刻画宇宙至道。

随着不断地雕刻，那无形的宇宙运转法则压迫再度降临，且逐渐变强。

“停止！”

金角巨兽雕刻了十枚鳞片后便停下来了，低吼一声，转而操控大量雕刻刀继续雕刻巨型兽神雕像。

……

在体内世界，罗峰地球人本尊观察巨型兽神雕像，不断感应着那奇异的波动。魔杀族分身则手持小型兽神雕像，不断观察，感应着小型兽神雕像独特的神韵和意境。他越是感应，就越发清晰地感受到兽神的可怕，那是让人臣服的存在！

金角巨兽不眠不休，完全沉浸其中。它每次雕刻都是一气呵成，速度快如闪电。地球时间的一天，它一般能雕刻上万次。

转眼，一年多过去了。

“嗷——”金角巨兽正准备操控世界之力恢复山脉，却忽然停下来了。

“轰隆隆——”原本趴着的金角巨兽忽然站了起来，暗金色的眼眸中满是激动之色，紧盯着眼前雕刻而成的雕像。

魔杀族分身一闪，直接落到巨型兽神岩石雕像前，伸手触摸雕像，感觉到了整尊巨型兽神雕像若有若无的波动。

“这就是那种宇宙法则波动，非金、木、水、火、土、风、雷电、光线、时间、空间等法则中的任何一种。”魔杀族分身激动地大喊，“我成功了，我临摹出的雕像有那么一点味道了，能够引动宇宙本源法则的一丝波动了！”

“嗷——”草原上，金角巨兽发出兴奋的吼声，声音回荡在草原上空。

外界，兽神峡谷。

罗峰盘膝坐着，盯着巨型兽神雕像，很激动。

“一年多了，一年多了，已经雕刻巨型兽神雕像五百多万次了，尝试雕刻小型兽神雕像一百多次了！魔杀族分身一直观察小型兽神雕像，一直体会其神韵、意境，想要将这些融入潜意识中。没想到，还真让我成功地雕刻了一次！”罗峰激动无比。

其实金角巨兽雕刻出的巨型兽神雕像蕴含的波动若有若无，而巨型兽神雕像本身的波动很正常，其产生的威压丝毫不亚于元老（宇宙尊者）。不过，金角巨兽雕刻出的雕像现在一点威压都没有。

“威压，没有。雕刻出的巨型兽神雕像所产生的宇宙法则波动可能只是原版巨型兽神雕像的亿万分之一。”罗峰暗道，“不过，至少已经有成果了。现在这点成果对我的实力没有多大帮助，可是至少证明了一点，我的方法是可行的。就这样坚持下去，不断提升，在雕刻中感受意境的能力越来越强，那么将来对我的益处肯定会非常惊人。”

罗峰知道，小型兽神雕像才是一个真正的大宝藏，而他也是运气够好，才有得到小型兽神雕像的机会。

小型兽神雕像根本无法雕刻，一旦雕刻稍微多一点的鳞片，就会遭到宇宙运转法则的压迫。巨型兽神雕像可以雕刻，却无真正的神韵，人在雕刻时体会不到那种意境。只有二者结合，才能有所领悟。小型兽神雕像在血洛大陆是至宝，虽然没人能弄明白其中的奥妙，但其地位极高，而且宇宙中流传的兽神雕像极少，而其中一尊就落到了罗峰手中。

“殿下？”

“罗峰殿下？”

迪伦、寺番祁长老都发现罗峰的情绪波动，当即询问。

罗峰回头看了一眼迪伦和寺番祁长老，连忙说道：“这一坐就是一年多了，不过我对巨型兽神雕像很感兴趣，估计还要待个十年甚至百年。寺番祁长老，你如果有事的话，就尽早回塔文部落吧，我在兽神峡谷中悟透巨型兽神雕像的奥秘后，会直接离开拉斯奥世界。”

“没关系。”寺番祁长老微微一笑，“对我而言，百年乃至千年只是一瞬，殿下不必顾虑我。如果真有急事，我肯定会和殿下说的。”

“嗯。”罗峰点点头，随即看了一眼迪伦。

两人对视了一下，没有说什么。

迪伦的任务就是保护罗峰，在他看来，罗峰现在处于域主级，本来就是最后一个打基础的阶段。宇宙级时，罗峰在虚拟宇宙公司的几个驻地内，当时还有护卫军保护；可达到界主级后，他就得单独闯荡宇宙，所以在域主级的这段时间，最重要的就是修炼。因此，迪伦绝对不会打扰罗峰修炼。

……

罗峰的地球人本尊、魔杀族分身、金角巨兽相互合作。第一次成功后，金角巨兽继续雕刻，却发现十次中才成功一次。它又雕刻了半个月左右，发现三次中成功一次。它再雕刻半个月，终于达到了雕刻一次即可成功的地步。

此刻，罗峰算是真正把握住了最弱的一丝意境，并将这种意境命名为“兽神意境”。

“我对于兽神意境已经有了一丝把握，这让金角巨兽施展出的撕天一爪的威力也更强了。”

罗峰盘膝坐在碎石地上，周围可见一个个金角族人的身影，上亿名强者都坐在峡谷中。

“嗯，既然能勉强把握住一丝兽神意境，那么就长期驻扎在这里潜修吧！”罗峰做出决定。

在哪里修炼不是修炼？修炼者如果要陪妻子、父母、孩子，可以在虚拟宇宙中见面，虽是100%虚拟的，但跟真的没有多大区别。

“我要在这里潜修很久，所以必须先兑换《万心控魂》秘典。”罗峰当即分出一丝意识，连接了虚拟宇宙网络。

虚拟宇宙，雨相山，原始区，罗峰的庄园内，书房中。

罗峰打开笔记本电脑，迅速点开“宝库”文件，随即点开其中的“秘法类”文件，仅仅片刻，便从中找到了《万心控魂》秘典。

万心控魂秘法是控制类秘法中极为上等的一种，比呼延博所创的魂印秘法要强得多。呼延博虽然拥有封侯级不朽神灵的实力，但是当初也拿界主级的虫族母巢没有任何办法。他即使有钱，也没渠道购买一些极其珍贵的秘典。毕竟人族创出的能控制虫族母巢的秘法也就29种，而且价格都很高。

“真贵啊！”罗峰看着上面的价格，感叹一声。

不同于《时空随笔》这种顶级秘典的拆分购买方式，《万心控魂》秘典是要买就得一次性买下。

万心控魂秘法是可以控制灵魂奴仆的秘法，兑换需要150万积分（原始秘境七折、太初秘境八折、天地秘境九折、末世秘境全价）。

150万积分!

“真敢要价！”罗峰看着这个价格，有些心疼，“呼延博老师的魂印秘法值1万积分左右，单独的奴隶魂印秘法才值数千积分，而万心控魂秘法作为同样可以控制灵魂奴仆的秘法，价格却高达150万积分。”

站在罗峰肩膀上的巴巴塔撇撇嘴，道：“别嫌贵！如果你不是虚拟宇宙公司的核心成员，即便有200万乃至300万混元单位，也别想买到这本秘典。想要得到虫族母巢的强者，一般不惜倾家荡产，也要购买能够控制虫族母巢的秘法。只要虚拟宇宙公司在拍卖会上愿意拍卖这种秘典，绝对会吸引一群强者竞拍。”

罗峰摸摸下巴。

这一点他当然知道，可是他很穷啊!

“我的积分不多。那价值20万积分的任务的一年期限到了，但是还有两名目标人物在逃，导致我的完成度只有85%，所以那次任务我只得到17万积分。得到积分最多的是两次绝境级任务，魔音山那次得到了40万积分，迷踪星系那次得到了50万积分，总积分是1316060。”罗峰看着页面显示的积分数。

第663章

万心控魂秘法

罗峰主要靠完成十次危险级任务和两次绝境级任务才累计得到1316060积分，和其他宇宙级天才相比，他的积分已经很多了。

《万心控魂》秘典价值150万积分，而他是原始秘境成员，可以享受七折优惠，但也要付出105万积分。

“我若是买了《万心控魂》秘典，将来就没积分购买《时空随笔》第四册了，怎么办？现在我已经将第三幅《暴雨图》感悟得差不多了，接下来悟透那72种本质即可，之后就得感悟第四幅图了。”罗峰眉头微皱。

那《时空随笔》第四册需要100万积分，他哪来那么多积分啊？可《时空随笔》对他很重要，拥有它就像那位创造出了九宇混沌碑的伟大存在随时在旁边指导他一般，而且他的魔杀族分身感悟空间法则时，一旦遇到难题，阅读《时空随笔》就很容易得到启迪。《时空随笔》是参悟九宇混沌碑最好的参考秘典，是肯定得买的。

“不管了，船到桥头自然直。”罗峰一咬牙，“我若把虫族母巢控制住并激发出了它的无限潜能，那么即便消耗全部积分也值得。”

罗峰当即轻轻点击购买按键。

屏幕的页面上迅速出现三则提示：

交易成功！

扣除105万积分，剩余266060积分！

请等待，马上会有人将秘典送到！

罗峰看着页面上个人剩余积分一栏，266060这个数字让他有些心疼。

积分真的不够花啊，他接下来哪有积分去购买《时空随笔》第四册呢？就算执行域主级任务可以得到积分，也要等虚拟宇宙公司下派任务。虚拟宇宙公司不下派任务，他就赚不了积分。

“《时空随笔》第四册需要100万积分，第五册需要1000万积分，第六册需要1亿积分，我的老天啊！”罗峰长叹一声。

想要得到最好的资源，就得付出极大的代价，他仅剩的26万多积分，远远不够啊！

片刻后。

虚拟宇宙公司的成员便将《万心控魂》秘典送到了雨相山原始区，罗峰接过装有秘典的银色手提箱。

“《万心控魂》秘典！”罗峰将手提箱放在桌上，打开箱子。

这银色手提箱内仅仅摆放了一本书，这本书比14英寸笔记本电脑还要大一号，厚度为12厘米，纸张极薄，近5000页。

秘典的封面上有“万心控魂”这四个字，边缘有“缇普”的署名。

“缇普就是这套秘典的撰著者吗？”罗峰思考着，立刻在旁边的笔记本电脑里查找缇普的有关信息，搜索结果却显示权限不够，禁止查看。

“万心控魂秘法是控制虫族母巢的中上等秘法之一，此等秘法的撰著者在我们人族的地位肯定极高。我现在是原始秘境的成员，却依旧没权限查看。”罗峰摇头，不再多想。

而后，他翻开了这本厚厚的秘典，随着不断阅读，他了解得越来越多。

控制虫族母巢的29种秘法中，万心控魂秘法的效果的确很好。界主级强者即使可以控制界主级的虫族母巢，可要求也极为苛刻。

按照罗峰当初了解的信息，万心控魂秘法最重要的是“万心”二字，即一心多用，而且是在极限情况下的多用。

罗峰的念力振幅强度超过了3200，也就是说，罗峰保持每一道思维达到极限控制的情况下，可以同时拥有超过3200的念力。

万心控魂秘法一共分为五层：

第一层：一心境。

第二层：十心境。

第三层：百心境。

第四层：千心境。

第五层：万心境。

第一层最简单，界主级精神念师只要稍微花些精力就能轻易练成。一旦练成，最多可以操控一名灵魂奴仆。

第二层稍难一些，修炼者练成后，可以操控十名灵魂奴仆。一般来说，这一层，界主级精神念师要花费极大的精力才可练成。

第三层比较难。首先，修炼者的念力振幅强度至少达到100才有可能练成。其次，就算修炼者念力振幅强度达到了，也要不断地研究、琢磨，耗费很长时间才能练成。一旦练成，修炼者即可操控一百名灵魂奴仆。

第四层非常难。界主级精神念师几乎没有练成的可能，因为修炼者的念力振幅强度得达到1000。一般来说，只有部分封王级不朽神灵的念力振幅强度能够达到1000。而且，就算念力振幅强度达到1000，要练成也很难，但一旦练成，修炼者即可操控一千名灵魂奴仆。

第五层就是传说中的境界。先决条件是修炼者念力振幅强度达到1万。然而就算是宇宙国主般的存在，念力振幅强度能达到1万的也少得可怜。按照书中描述，就连撰著者都没有练成这一层，他只是按照法则推理、逻辑猜想，最终写完这本秘典。

为什么就连撰著者都没有练成这一层？因为撰著者的念力振幅强度都没达

到1万。

这无比苛刻的先决条件便吓退了无数不朽神灵，更别提那极难的修炼之法了。然而一旦练成，修炼者的威力会变得极强，能够操控1万名灵魂奴仆。

“操控1万名灵魂奴仆啊，这可都是能自己修炼的灵魂奴仆！”罗峰感叹道，“不过，条件未免太苛刻了。按照我的猜测，那魔音神将传承分成三个阶段，第一阶段是3333层，估计完全接受整个魔音神将传承，念力振幅强度就要达到1万。魔音神将传承数年来，却无一个生命能达到最高点，得到完整传承。这念力振幅强度要达到1万，难度可想而知。”

“连创造者都没练成第五层，只是按照法则推理和逻辑想象写出秘典。不过，能够让虚拟宇宙公司确认并用来贩卖，估计虚拟宇宙公司的超级存在都确认这门秘法的第五层是能够练成的。”罗峰心里很清楚，虚拟宇宙公司的超级存在实力极强，连建造魔山的大拿都不愿与之抗衡。

合上秘典，罗峰心情沉重。

按照书中的描述，要将万心控魂秘法的第三层练成，才有把握以界主级实力去控制界主级虫族母巢；要将万心控魂秘法练到第四层，才有希望以不朽级实力去控制不朽级虫族母巢。至于第五层，连撰著者都没练成，但若是练成，威力肯定极其强大。

不朽级虫族母巢只能孕育那么多不朽级虫族战士，但一旦练成万心控魂秘法第五层，即可操控上万名灵魂奴仆，而且灵魂奴仆可以单独修炼且拥有独立的意志。若是控制十个乃至百个不朽级虫族母巢，那简直可以纵横宇宙了。

“撰著者纯粹是在做白日梦。”罗峰摇头，“单单先决条件便很难达到。亿万年来都没有生命得到完整的魔音神将传承，显然，达到万心控魂秘法第五层比成为宇宙尊者还要难。”

“嗯，按照秘法所述，念力振幅强度越高，修炼起来越容易。”想到这里，罗峰露出喜色。

这种秘法，念力振幅强度就是基础。基础越好，修炼起来越容易。此外，自身基础还决定了最高成就。

若修炼者的念力振幅强度是100，其最高成就是练成第三层百心境。一般来说，越是接近个人的极限，想要进步就越难，所以修炼者要在漫长的岁月里不断研究、修炼。

而罗峰的念力振幅强度超过了3200，修炼第三层百心境，简直是杀鸡用牛刀。他基础好，修炼起来自然要比念力振幅强度是100的修炼者要容易得多。

“按照秘典所述，我最高可以练到第四层。”罗峰心中暗道，“可是，显然第四层是非常难练的。毕竟修炼这门秘法，最看重念力振幅强度、法则等方面。一般而言，修炼者都是用不朽之力来修炼第四层，若用世界之力来修炼就难多了。”

计划已定，罗峰开始了在兽神峡谷中的潜修生涯。

他的地球人本尊意识沉浸在原核的本源珠中，操控丝丝世界之力。修炼万心控魂秘法，本源珠是他的灵魂核心、能量核心，域主级时能分成原力、念力；达到界主级后，原力和念力则融合成了世界之力。

魔杀族分身研究空间法则，金角巨兽则继续进行雕刻，体会兽神意境。当疲倦感袭来的时候，金角巨兽转而修炼撕天一爪；一旦疲倦消除，便继续雕刻，琢磨兽神意境。事实上，研究兽神意境，反而令金角巨兽撕天一爪的威力变得更强了。

兽神峡谷广袤、寂静。

上亿名苦修者围绕在巨型兽神雕像的四周，崖壁的洞穴内也有很多苦修者，单单不朽神灵便有十万名。

崖壁上的一个洞穴边缘，一个身穿岩石灰战铠的男子盘膝静坐。

此人正是克布长老。

他正俯瞰，表面上在观察巨型兽神雕像，实际上用余光注意着围绕巨型兽神雕像静坐的修炼者中的一员——罗峰。

“一百年了，这个人族绝世天才还是坐在那里，一动不动，就连迪伦和寺番祁那两名不朽神灵也坐在那里一动不动。”克布长老很无奈，“那迪伦和寺番祁长老禁止任何金角族人靠近，打扰罗峰修炼，我要杀罗峰，真是一点机会都没有。”

第664章

回归银河系

转眼，一百八十二年过去了。

在巨型兽神雕像周围盘膝坐着的大部分苦修者，还有崖壁洞穴内的苦修者，都没有起身。

对于这些拥有漫长寿命的宇宙强者而言，一百八十二年实在是太短暂了。

寺番祁长老和迪伦盘膝坐在罗峰的身后，无形的不朽之力环绕在罗峰周围，将罗峰保护得很好。

“迪伦先生，罗峰殿下修炼已经近两百年了，殿下就没有一个明确的计划吗？到底什么时候结束修炼啊？”寺番祁长老转头看向迪伦，询问道。

迪伦淡然一笑，摇摇头，道：“殿下当然是想要修炼多久就修炼多久。”

“嗯？”寺番祁长老、迪伦几乎同时看向罗峰。

只见罗峰扭了扭脖子，活动了一下肩部，随即站了起来。

“殿下。”迪伦、寺番祁长老连忙站起身来。

他们身后闭眼静修的卡什那、五名界主级护卫惊醒，睁开眼睛，连忙站了起来。

“这些年，麻烦诸位了。”罗峰转头，笑道。

“应该的。”迪伦说道。

“近两百年算不了什么，我还以为殿下要在这里潜修数万年呢。”寺番祁长老笑着说道。

罗峰没有说什么，转头看向巨型兽神雕像，心中感慨。

如果不是为了控制地球的虫族母巢，他的确不急着回去。在这里参悟巨型兽神雕像的奥秘，雕刻巨型兽神雕像，对他掌握更加清晰的意境是很有益处的。虽然通过陨墨星号宇宙飞船拍摄了诸多照片，而后合成的巨型兽神雕像投影同样具有威压，但感应起来终究差一些。

“我现在的境界还很低，雕刻巨型兽神雕像的投影也行，反正想要参悟真正的神韵，可以通过雕刻小型兽神雕像来进行。虽然参悟速度比在这里慢一些，但还是能接受的。”

罗峰没法子，他是虚拟宇宙公司成员，现在还是监察特使，不可能长期待在这里。

此外，他还有两个必须回去的理由：

第一，他说不定会有任务要去执行。

第二，那虫族母巢的实力越来越强，他也该回去将其控制了。

虽然他会为此付出巨大的代价，但是虫族母巢一旦被他控制，将会成为他的左膀右臂，连呼延博当初都认为只要能控制虫族母巢，虫海就能阻拦那个可怕的大敌。也就是说，界主级虫族母巢可以与实力极强的不朽神灵媲美，至少在困敌、阻拦、纠缠等方面效果极佳。一旦虫族母巢被他培养成不朽级，那他可就真的大翻身了，到时再制造出由不朽级虫族战士组成的军团，那是何等强大啊！

……

“现在就走？”寺番祁长老惊讶地道。

旁边的卡什那连忙说道：“罗峰殿下如果没事的话，不用急着回去，可以在我们金角族的家乡好好游览。”

“不了，我有急事要去办，否则也不会中断对巨型兽神雕像的参悟。”罗峰摇头。

"殿下有所领悟？"寺番祁长老好奇地道。

"没有，我还在研究巨型兽神雕像身上的那些鳞片。"罗峰回道。

"嗯。"寺番祁长老点点头，"我们金角族的人早就发现巨型兽神雕像的鳞片特别，鳞片纹理引起的法则波动，并非我知道的任何一种法则。只要是不朽神灵，瞬间即可发现这种特别之处。鳞片纹理吸引了这么多金角族强者在这里潜修，甚至吸引了人族强者来这里潜修。殿下你看，你的左后方就有三名人族强者，那三人都是封王级不朽神灵。"

"哦？"罗峰转头看了一眼。

那三人气息收敛，盘膝坐着，而罗峰根本不认识他们。

金角族人大多给人一种石头的感觉，那是他们自身散发的气息。无论是星空巨兽还是人类，都会散发一种有血有肉的感觉。

"或许还有人族中的超级强者，不过他们可能待在旁边的那座元老神宫内。"寺番祁长老解释道，"那等伟大的存在，我就不多说了。"

"哈哈。"罗峰笑着点点头，"好了，其他话不多说了。这次我来到拉斯奥世界非常开心，寺番祁长老的这份人情，我记在心里了。"

"哈哈，没什么，没什么。"寺番祁长老笑着说道。

待别人好的人，就怕遇到白眼狼。而现在罗峰说出这番话，让跟在罗峰旁边、保护罗峰近两百年的寺番祁长老心中很畅快。

"寺番祁长老，"迪伦也开口了，"那我们就在这里分别了。"

"嗯。"寺番祁长老点点头。

"卡什那，将来再见。"罗峰笑道。

"嗯，将来再见。"卡什那也点点头。

罗峰和迪伦对视一笑。

"我们走！"罗峰一声令下。

"嗖——"罗峰、迪伦和五名界主级护卫飞上天空。

罗峰迅速将陨墨星号宇宙飞船从体内世界中取出，舱门自动开启，罗峰等七人飞入其中。

陨墨星号宇宙飞船的控制室内。

罗峰、迪伦和五名界主级护卫都站着，看向下方的巨型兽神雕像。

“走了，下次来参悟巨型兽神雕像不知道要等到什么时候了。”罗峰心中感叹。

和在圣城的际遇相比，在兽神峡谷的际遇更加奇妙，对他的修炼之路也更加重要。

观看圣碑、得到《衍神三十六重》，远远不如他这一百八十二年雕刻兽神雕像数亿次、不断加强并巩固兽神意境来得重要。参悟的头两年，他对兽神意境只有浅薄的认识，那时候效果很弱，最多在金角巨兽施展出撕天一爪时有那么一点感觉罢了。

可现在，罗峰掌控的兽神意境已经小有成就了，和真正的兽神神秘法则相比，或许只有其亿分之一的威力，可至少能让金角巨兽雕刻出来的巨型兽神雕像有了一丝威压。而且，将兽神意境融入撕天一爪中，撕天一爪的威力就会达到极其可怕的地步。

“现在，我对兽神意境的领悟已经超过对金之法则、空间法则的领悟。”罗峰心中暗道，“继续修炼，兽神意境会越来越强，这注定是我的绝招。”

他会用绝招，却不懂得原理。兽神雕像有奇妙的法则波动，罗峰却一点都不懂，然而这并不妨碍他使用。数亿次的雕刻和在小型兽神雕像上感受到的意境，让他掌握了念力振幅略超法则感悟的兽神意境。

这些年来，他主要研究兽神意境、法则感悟、万心控魂秘法这三方面。其中兽神意境最让他惊喜，而法则感悟方面的进步速度也让他开心。界主级时，修炼者法则感悟的速度就是快，一天的感悟抵得上域主级一年的感悟，一百八十二年的感悟则可以和域主级数万年的感悟媲美。

此外，他修炼万心控魂秘法的速度也是极快的。

第一层，三天练成。

第二层，一年练成。

第三层，一百八十二年练成。

界主级巅峰精神念师需要上百万年才能练成，短短一百多年的时间，罗峰就练成了第三层，算是很厉害了。他的基础超级好，只是万心控魂秘法毕竟繁杂、深奥，他花费了上百年才练成了第三层。他因为有急事，所以决定立即离开这里，回地球。

……

罗峰站在控制室内，俯瞰着巨型兽神雕像，脑海中闪过很多念头。

“希罗多，多谢你让我拥有兽神意境，”罗峰默默地念叨着，“也谢谢那位克布长老。如果不是克布长老，我也不会来到兽神峡谷。”

“巴巴塔，出发！”罗峰一声令下。

“轰——”

陨墨星号宇宙飞船猛地加速，直接升空，朝拉斯奥世界的上空飞去。

很快，它便破开云雾，朝拉斯奥世界外面的虚空飞去。

兽神峡谷中。

寺番祁长老和卡什那抬头目送陨墨星号宇宙飞船慢慢消失。

“他走了。”卡什那轻声说道。

“此次接待罗峰殿下的任务算是圆满完成了。卡什那，我们回部落吧。”寺番祁长老说道。

卡什那恭敬地回道：“是，老师。”

寺番祁长老一挥手，卡什那便进入了他随身携带的一方世界。

瞬移。

“嗖！”卡什那瞬间消失在兽神峡谷，出现在塔文部落。

崖壁洞穴内默默等待机会的克布抬头，看着陨墨星号宇宙飞船消失在高空，咬牙切齿地道：“这罗峰简直是个傻子，来到兽神峡谷，竟然不去元老神宫，也不跟其他人族强者见面，一直坐在那里修炼。寺番祁和迪伦也跟机械人似的，一直守在那里，一次都没离开。现在罗峰结束参悟，就带着他们乘坐宇宙飞船离开了。这家伙真是……”

克布的计划落空，他岂会不怒?

兽神峡谷中有上亿名苦修者，其中有数百名族人是受到克布控制的界主级、域主级强者，是他安排好的棋子。克布早已经订下计划，甚至做好了牺牲的准备。没想到，罗峰来到兽神峡谷后就开始参悟，参悟完毕就走了，根本没有给他下手的机会。

“主人，击杀罗峰的计划未能完成。”克布传信给受他控制的一名界主级族人，让那名界主级族人通过虚拟宇宙网络发出了经过加密的邮件。

在虚拟宇宙网络无穷无尽的邮件中，这封邮件根本不起眼。经过了几次转移，这封邮件最后进了一名行星级成员的邮箱。

那名行星级成员生活在蛮荒宇宙国某个对应的空间夹层内的神国，他迅速将消息上报给了高层。

第665章

虫族母皇

银河系，蔚蓝色星球。

一艘红色的三角形宇宙飞船迅速穿过大气层，正是开启了隐形系统的陨墨星号宇宙飞船。

地球现如今的警戒系统根本无法监测到它。

“回来了。”

罗峰俯瞰云雾笼罩的模糊大陆，待宇宙飞船穿过云雾后，便清晰地看到了下方的大地、城市、公路等等，偶尔还能看到一些大涅槃时期的城市废墟。现如今，那种地方相当于博物馆，之所以遗留下来，是为了让更多年轻人通过这些知道那段历史。

“哗！”舱门开启。

罗峰带着迪伦等人飞了出去，悬浮在半空中，将陨墨星号宇宙飞船收进了体内世界。

“算上在暗宇宙中来回飞行的时间，我离开地球差不多有一百八十三年了。”罗峰感慨道。

“殿下，你出生到如今还不足五百年，才会感觉时间很漫长。等你踏入界主级，自创秘法后，若是沉浸进去就是上千年，到时候你会发现，对于宇宙强者而言，数百年乃至上千年都是很短的。”迪伦笑道。

罗峰点点头。

“回家！”他一声令下。

“嗖——”

罗峰等七人瞬间消失在半空中，再度出现时，已经到了地球Y城的上空，很快便引起了驻扎在罗家老宅的三名界主级护卫的注意。

他们正是当初罗峰手下的护卫军中留在地球的五名界主级护卫中的三人。

“拜见殿下。”三名界主级护卫飞上天空，在半空中单膝跪下行礼。

“嗯。”罗峰笑着点点头。

随即他们直接降落，进入罗家老宅。

罗家老宅内负责警戒的主控智能系统是巴巴塔制造的附属智能。巴巴塔是智能生命，它花费精力制造的附属智能虽然算不上生命，却属于高等智能。

罗峰的回归当然不会引起主控智能系统的攻击。

“你回来都不告诉我。”正坐在古老庭院中喝茶的徐欣看到罗峰又惊又喜，“你上次说会在金角族群的家乡拉斯奥世界待很久，我还以为你会待上百年乃至千年。算你有心，提早回来了。”

罗峰连忙赔笑。

其实，他提早回来主要是因为要控制虫族母巢。当然，这话不能说出来，否则徐欣肯定会生气。

“我们不是在虚拟宇宙中见面了吗？”罗峰笑着说道。

“那能一样吗？”徐欣忽然露出一丝怪异的笑，“这次回来，你要召开家族聚会吗？”

“呃，那还是算了吧。”罗峰连忙说道。

现在罗家家大业大，子弟众多，家族聚会烦琐得很，他可不想整这一套。

罗峰在老家见了一些亲人，还见了魏文等好友。罗峰出生到如今不足五百年，而行星级强者的寿命有上千年，所以他的很多朋友都还活着，比如魏文。

魏文有了罗峰提供的资源，即使没有刻苦修炼，也达到了恒星级。

罗峰在家待了两天，便带着迪伦前往神农架。那里有一个占地面积近10平方千米的古堡，说是古堡，面积却堪比一座城市。

“嗖！嗖！”罗峰、迪伦二人瞬间出现在古堡前。

罗峰看到眼前的古堡墙壁上有岁月的痕迹，上面爬满了各种植物，向上看隐约能看到城头上的人影。那无形的气场很强大，他们都是宇宙级强者。

现在在古堡驻防的是一支由宇宙级奴隶组成的军团。

“轰隆隆——”古堡的正门开启。

四个人从里面走出，后面还跟着一群宇宙级奴隶护卫。

“拜见主人。”

“拜见殿下。”

四人同时恭敬行礼。

那些奴隶护卫则跪在地上。

“狄梵、百卡罗，还有两位界主级护卫，你们辛苦了。”罗峰说道。

这个地方主要由狄梵和百卡罗负责守卫，两名界主级护卫辅助。

“哦？”罗峰忽然惊讶地看向狄梵，“狄梵，你突破到界主级了？”

“在两位前辈的指点下，有一日我在神农架山脉上观看星空，无意中就突破了。”狄梵回道。

当年收他们为灵魂奴隶时，罗峰仅仅懂奴隶魂印这一种控制手段，所能控制的灵魂奴隶数量是极少的，就连呼延博那等实力的强者也仅仅能控制九名不朽级奴隶。那时，罗峰选择狄梵和百卡罗为自己的灵魂奴隶，就是看中这两人的潜力。

狄梵，奴隶出身，吃尽苦头，没有好的条件和资源，却达到了宇宙级九阶水准。

百卡罗比他的师父诺岚山还要厉害。

他们跟了罗峰这个主人之后，很快就突破到了域主级。罗峰提供的营养舱和营养液虽然不及虚拟宇宙公司的，可是短短数十年，也让他们直接达到了域主级九阶。从域主级一阶到九阶，修炼者需要的营养液不多，这对罗峰而言问题不大。达到界主级后，各方面难度增大，罗峰就没法提供修炼所需之物了。

狄梵和百卡罗早就踏入了域主级九阶。上次罗峰回来时留下了五名界主级护卫，两人可以随时求教这五名界主级巅峰强者。如今，狄梵先百卡罗一步，跨入界主级。

“殿下提供了秘法和诸多资源，让我的进阶比当初自己修炼时简单多了。”狄梵说道。

“好好努力。”罗峰满意地点点头，“百卡罗，你也得跟上哦。”

“是，主人。”百卡罗躬身应道。

他本来计划将这两人带在身边，让他们随自己出去闯荡。可修炼万心控魂秘法后，他能控制的灵魂奴隶够多了，而且即将拥有虫族母皇这个大助手，于是眼光变高了，便决定不把他们带在身边。

现在他的计划是继续重点培养百卡罗和狄梵。他们毕竟是灵魂奴隶，绝对忠诚，他想让他们好好守护罗家。

罗峰和百卡罗、狄梵二人边走边聊，很快就到了古堡的核心地。

“嗯？”罗峰扶着栏杆，看向下方巨大的圆球。

圆球的直径超过800米，表面有一些凹坑，上面毒液流淌，毒气好似云雾般萦绕在其周围，那些宇宙级护卫根本不敢靠近。

“虫族母巢。”迪伦紧紧地盯着。

这虫族母巢可是大宝物。

罗峰心中一动，直接将陷入沉睡的虫族母巢纳入体内世界。地面上顿时露出了一个巨大的深坑，周围隐隐散发一些毒气。

“这古堡可以弃了。”罗峰下令，“狄梵、百卡罗，你们速速回罗家，去见徐欣，等候徐欣的安排。”

“是，主人！”狄梵、百卡罗恭敬应允。

“嗖！嗖！”两人直接化为流光，消失不见。

“两名界主级护卫跟着我。”罗峰吩咐，“至于奴隶军团，继续留在古堡，等候安排。”

“是，主人！”奴隶军团齐声应允。

那两名界主级护卫也恭敬应允。

罗峰不再逗留，直接带着迪伦和两名界主级护卫飞往Y城。

他既然已将虫族母巢收进了体内世界，而且又练成了万心控魂秘法的第三层，当然得立即回家闭关，尽快将虫族母巢控制住。

第666章

奴仆

罗氏老宅。

罗峰带着迪伦等人回家后，立即闭关潜修，并且下令，若无极其重要的事，禁止任何人来打扰他。

幽暗的静室内，灯光照在合金地板上，反射出刺眼的光。

罗峰盘膝坐在地上，腰杆挺得笔直，双眸紧闭，让意识进入了体内世界的金角巨兽中。

体内世界。

中央大陆的大草原上，一头巨大的金角巨兽昂然站立，独角刺向天空，气势凌厉。

这就是成年的星空巨兽——界主级六阶的金角巨兽。

如今，罗峰的体内世界直径超过6000万千米，这是一个何等广袤的世界！

星空巨兽达到界主级时，在正常吞噬金属的情况下，从一阶进化到三阶需要一千五百年。

从三阶进化到六阶，需要六千年。

从六阶进化到九阶，需要三万六千年。

罗峰给它准备了最好的金属组合，使其进化效率提高了50倍，它原本需要七千五百年才能达到界主级六阶，现在花费一百五十年就达到了。此外魔杀族分身也拥有了界主级六阶的实力。

前面进化快，后面进化到七阶、八阶、九阶就慢多了，即使进化效率提高了50倍，每一阶也需要二百四十年。

“虽然我仅仅达到界主级六阶，但是灵魂堪比界主级八九阶强者的灵魂，再加上超强的意志控制，丝毫不比界主级巅峰强者弱。”罗峰心中暗道，“再配合3200以上的念力振幅优势，施展万心控魂秘法，界主级巅峰强者都没有我强。这次我肯定能成功将虫族母皇变成我的灵魂奴仆。”

罗峰的魔杀族分身悬浮在半空中，在如小行星一般庞大的金角巨兽旁边，遥看直径超过800米的圆球形虫族母巢，发现其表面有数个坑，毒液流淌，毒气弥漫，腐蚀了周围的草地，使其凹陷了。

……

“开始吧！”罗峰的魔杀族分身直接落下，盘膝坐在草地上，一动不动，意识则进入金角巨兽的体内。

这一刻，地球人本尊、魔杀族分身都将意识转移到金角巨兽的身上，令金角巨兽拥有极强的实力。

“哼哧——”

金角巨兽低头俯瞰着虫族母巢，同时操控一丝世界之力渗透进去，发现虫族母巢内部和蜂巢相似，有密密麻麻的孔洞，这应该是孕育虫族战士的地方。

虫族母巢的核心区域有一个直径约100米的洞，洞中有一个生命正在沉睡。她全身白皙，呈半透明状，身体好似水晶制成，身高大约12米，有一双类似蝴蝶翅膀的羽翼。她那娇柔的身体被羽翼包裹着，仿佛裹了一层薄薄的纱衣，那凹凸有致的身躯堪称夺天地之造化。即使沉睡着，她眉头依旧微微蹙着，让人心疼。

这就是虫族母皇！

虫族就是由虫族母皇带领的族群，威震宇宙，是宇宙巅峰族群之一。即使人族强者如云，和虫族也只是势均力敌。

“虫族母皇的身材比例简直完美无缺。即使她处于沉睡状态，那股天然散发的魅惑力都这般不可思议。”

罗峰的世界之力扫过虫族母皇娇弱的身体后，便直接渗入其身体，开始探测其体内的灵魂。世界之力刚渗透进去，罗峰便惊呆了。

虫族母皇体内晶莹剔透，仿佛由无数的能量光线构成，体内有一条条管道，同时还有1万个光球。那些光球类似于一般界主级强者的灵魂，也就是本源珠。不过，因为生命结构完全不同，虫族母皇有1万个本源珠，而且这1万个光球之间有无数的能量光线，形成了一张奇特的网络。

一股无形的魅惑之力蔓延开来。

“好神奇的身体构造，感觉和我修炼黑色金属板上的《无名秘典》时，在体内构建的类似宇宙运转的网络很像。”罗峰惊叹道。

不过两者的区别还是很明显的。那《无名秘典》是模仿宇宙运转，而这是由宇宙演变而诞生的奇特生命，有奇特的构造。

“要控制住虫族母皇，就必须控制住其所有的本源珠。难怪老师当初无法控制，不过老师的灵魂造诣极高，至少让虫族母皇一直陷入沉睡中。”

“嗯，开始！”

……

金角巨兽俯瞰着虫族母皇，同时体内的世界之力迅速施展出万心控魂秘法的第三层秘法。顿时，无形的世界之力迅速化为奇异的丝线，无数丝线串联，变成了泛着丝丝金光的红色丝网。

“嗖！”红色灵魂丝网直接飞出金角巨兽的身体，迅速钻入巨大的圆球内，进入虫族母皇的体内。

丝网扩散开来，侵入一个又一个光球，原本璀璨的光线网络被笼罩了一层红光。

无数的红色丝线渗透进每一个灵魂，那虫族母皇丝毫没有反抗，因为其正处于沉睡状态。

“还好。

“快了。

“一定得成功！”

金角巨兽全力操控着灵魂丝网侵入虫族母巢，丝网上的无数丝线渗入虫族母皇的身体。

随着丝线不断渗入，呼延博当初设下的秘法被破坏，将沉睡中的虫族母皇惊醒了。

虫族母皇醒来后，顿时挣扎起来。

“她醒了！我必须一战功成！”

关键时刻，念力振幅全部爆发的金角巨兽仰头嘶吼一声，额头上缠绕着金色秘纹的五个黑色尖角全部亮了起来，照亮了全身。

天赋秘法——强化！

“轰！”灵魂丝网的渗透力再度变强，金角巨兽的操控力也更强了。

“一定要成功啊！”罗峰完全拼了，意志和意识全力以赴。

“啊！”虫族母皇发出凄厉的嘶喊声，碧蓝色瞳孔放大，眼神显得很可怕。

随即，她渐渐安静下来，狰狞的表情变得柔和，一双碧蓝色眼眸好似一汪清水。

罗峰的意识一分为三，分别回归地球人本尊、魔杀族分身和金角巨兽。

第667章

虫族战士

体内世界，大草原。

魔杀族分身站在虫族母巢的前面，身体不断变高，片刻就变成了十几米高的巨人。

“嗖！”那道柔弱的身影从虫族母巢的一个洞中飞出，随即飘然落在草原上。

那蝴蝶翅膀般的羽翼随风微微扇动，一双动人心魄的碧蓝色眸子动情地看着罗峰，仿佛他是她依恋的爱人似的。她的脸上有一层淡淡的雾气，显得模糊不清。

“主人。”一道轻柔的声音响起。

虫族母皇躬身行礼。

“引领亿万名虫族战士的虫族母皇竟这般柔美，不事先得知的话，又有几人能想到？”魔杀族分身暗叹，而后问道，“虫族母皇，你有名字吗？”

“主人，我叫伊琳娜。”虫族母皇说道。

“嗯。”罗峰点点头，“从今往后我就称呼你伊琳娜。你现在已经达到界主级巅峰，如果想让你达到不朽级，你需要我提供什么帮助吗？”

“不朽级？”伊琳娜眼中流光一转，柔声笑道，“主人，我自身感悟法则的能力还没达到突破不朽级的门槛。至于需要提供的资源，等我感悟法则的能力达到门槛后，主人再给我提供吧。一般来说，人族中只有达到封王级不朽神灵这个级别的才需要足够多的资源，而我们虫族想要达到不朽级需要更多。”

罗峰无奈。

“主人如果想要帮我，那么就给我提供足够的资源，让我培育虫族战士吧！”伊琳娜轻声说道，“有了足够强的虫族战士，我才能帮助主人战斗。”

“据我所知，虫族战士有很多种。”罗峰说道。

“是的。”伊琳娜点点头，“不过，我在成长期就早早选定了三种虫族战士，因此更擅长掌控这三种虫族战士。如果要更换培养的虫族战士种类，需要付出不少的代价呢。如果主人真的要更换也是可以的。还有，培养虫族战士主要分成两种模式。”

“哪两种？还有，你擅长培育的是哪三种虫族战士？”

伊琳娜轻声说道：“第一种是甲类虫族中力量极强的虎甲虫族战士，如果划分得再详细一点，它们算是虎甲虫族的一个分支——炎坦虫族。它们有两个特点，那就是防御力强、力量大，属于攻坚类中最强悍的虫族战士。一群虎甲虫族战士组成的阵营是最难被击败的，而大量虎甲虫族战士一旦形成无尽虫海，那是最可怕的。”

罗峰点点头。

他知道，虫族战士按照能力划分，可以分成探测类、攻坚类、刺客类、远攻类……虎甲虫族战士显然属于攻坚类，类似兵种中的重骑兵。

“虫族战士的种类的确很多啊！”罗峰暗叹一声。

甲类虫族战士又可分为数十种小类，每一小类还有数十乃至数千个分支。

“主人，你看，这就是虎甲虫族战士。”伊琳娜指向旁边的草地。

“呼！”

一名数十米高、全身笼罩着无比厚实的甲壳、头部有椭圆形的复眼、前胸有尖刺、后肢粗壮有力且弯曲的虎甲虫族战士出现了。

它全身散发着勇猛、彪悍的气息，身上的甲壳是火红色的，连那双被保护得很好的复眼也是火红色的。

“这是一名界主级巅峰的虎甲虫族战士。”伊琳娜介绍道。

“界主级巅峰！”罗峰看着眼前的庞然大物，又惊又喜。

“我们虫族培养出的虫族战士，是以数量取胜的，所以注定不可能有太大的体形。”伊琳娜看了一眼庞大的金角巨兽，解释道，“体形大，又要防御，消耗的资源就会越多。就拿金角巨兽来说，体形太大了，我就算制造出一支由界主级虫族战士组成的军团，也无法制造出这么庞大的虫族战士。”

罗峰笑了。

也是，他带领宇宙军队猎杀那两大不朽级神灵时遇到的不朽级虫族母巢的高度也就10千米。

虫族母巢才那么大，虫族战士能有多大?

“伊琳娜，你的麾下有多少名界主级虫族战士？”罗峰问道。

“不多。经历了域外战场那次大战，虫族战士几乎被消耗光了，现在只剩下十一名界主级巅峰虫族战士，而低等虫族战士全部没了。这十一名界主级巅峰虫族战士本来是用来在最后时刻保护我的，没想到却中了人族不朽神灵的灵魂秘法，我根本来不及召唤它们，就陷入了沉睡。”

虫族母皇达到界主级时就有体内世界了，若培育了海量的虫族大军，完全可以将它们放在体内世界。平时，虫族母皇不断培育虫族战士，增加其数量，等战斗的时候，召唤出来即可。

“嗯。”罗峰点点头，“你擅长培育的第二种虫族战士呢？”

“第二种是影类虫族中的锋影虫族，详细划分的话，它们是锋影虫族的一个分支——纳斯塔虫族。这是一个具有传奇性的虫族，曾诞生了超级存在纳斯塔。”伊琳娜道。

罗峰点点头。

虫族苛刻、残酷，真正算得上生命的也就只有虫族母皇，那些被培育出来的虫族战士都算不上生命，只是战斗工具。然而，这些有简单意识的虫族战士并非没有蜕变的可能。宇宙是公平的，并没有断绝它们蜕变的希望。

纳斯塔原本也是一名虫族战士，偶然受到虫族母皇的召唤，出去战斗时，吞食了某种特殊宝物，发生了进化，拥有了独立的意志。

在虫族中，拥有独立意志的非虫族母皇的虫族战士其实不少，可成为超级存在的极少，纳斯塔就是其中之一。

“纳斯塔虫族战士有影类虫族战士的特点，那就是速度极快，攻击力也极强。唯一的弱点是身体比其他虫族弱。速度快、攻击力强、身体相对较弱，这就是锋影虫族战士的特点。

“主人，如今我的体内世界中并没有锋影虫族战士。当年在域外战场上，它们都被消耗光了。它们比虎甲虫族战士要瘦小，甲壳并非火红色的，而是深灰色的。”

罗峰点点头。

一者擅攻坚，一者擅探测。虎甲虫族战士如果是重骑兵，锋影虫族战士就是轻骑兵。

“最后一种，是螳类虫族中极强种类之一的猎螳虫族战士。我培育的猎螳虫族战士属于猎螳虫族的分支——特洛族。猎螳虫族战士是我擅长培育的三种虫族战士中最强大的，它们拥有强悍的身体、惊人的速度、惊人的防御力以及极强的闪躲能力，还有高超的战斗技巧。”伊琳娜说着，声音都拔高了，“培育一名猎螳虫族战士所花费的资源，差不多能够培育出同等级的五名锋影虫族战士或者两名虎甲虫族战士。”

罗峰听了，眼睛一亮。

伊琳娜竟然能够制造出猎螳虫族战士，这真是意外之喜。

金角巨兽的传承记忆中有猎螳虫族战士的详细介绍，螳类是虫族中体积最大的一个类别，甲类仅次于螳类，而螳类有七种类别，猎螳是其一。

七大极限螳类各有所长，猎螳以狡猾著称。

“主人，这就是界主级巅峰猎螳虫族战士，我手下仅剩的十一名界主级巅峰虫族战士中，猎螳虫族战士有八名。”伊琳娜说道。

显然猎螳虫族战士是她最倚重的，所以留下的最多。

她指向旁边，一个庞然大物顿时出现了。

这名猎螳虫族战士高约24米，比虎甲虫族战士瘦些，比锋影虫族战士彪悍，全身有主色调为黑色的流线型鳞甲，复杂的黑色鳞甲上有青色的花纹，令其多了一丝鬼魅气息。

它有粗壮的下肢，还有两对战刀般的前肢，前肢边缘有利爪，一对复眼凸出，头上还有两个尖角，嘴巴不时张开，露出锋利的牙齿。

它的身体结构赋予了其极强的防御力、很强的灵活性和极快的速度，再配合那两对前肢，堪称战斗机器。而且，它那无比紧密的鳞甲一看就比虎甲虫族战士的更加结实，虽然身体比虎甲虫族战士要瘦一些，防御力却丝毫不比虎甲虫族战士差。

“主人，虎甲虫族战士、锋影虫族战士、猎螳虫族战士是我最擅长培育的。”伊琳娜看着罗峰，“而青螳之类的低等虫族战士是可以大规模培育的，根本不需要研究，任何虫族母巢都可以培育出那些低等虫族战士。”

罗峰笑着点点头。

“很好。这三种虫族战士都算是顶级虫族战士，猎螳虫族战士更是顶级中的顶级。你什么时候可以培育虫族战士？”罗峰问道。

“随时可以。”伊琳娜笑道。

她身后的虎甲虫族战士和猎螳虫族战士恭敬地补充道：“不过，培育虫族战士分成两种模式，母皇告诉主人后，由主人自己选择吧。”

“说来听听。”罗峰说道。

“第一种，大规模培育实力弱的猎螳虫族战士、虎甲虫族战士、锋影虫族战士。培育一些恒星级、宇宙级的虫族战士是非常轻松的，可以大规模培育，随后就让它们自相残杀，弱者死，强者生。强者吞噬弱者后就能变得更强，最后活下来的虫族战士就是最优秀的，完全可以成为无比勇猛的界主级巅峰虫族战士。”

罗峰大吃一惊：“这种方式未免太残酷了吧！”

“虫族战士的资质并非个个都一样，有的潜力大，有的潜力小。”伊琳娜解释道，“之所以采用这种方式，是要淘汰掉潜力差的。而经历杀戮活下来的虫族战士可以被称为王者。”

“第二种，就是正常的培育方式。”伊琳娜缓缓地说道，“只要有足够的资源，我就能直接培育出界主级巅峰虫族战士。这种培育方式速度快，资源利用率极高，毕竟是由我直接培育的，资源不会浪费。只是，培育出的虫族战士潜力固然不会差，但是绝对比不上经历千万次战斗，吞噬无数虫族战士的那种强悍虫族战士。”

罗峰思索起来。

“两种培育方式资源的消耗是怎样的呢？”他追问道。

“第二种培育方式的资源消耗小，而第一种培育方式是让虫族战士自己吞噬、吸收，资源消耗大，战斗时也会损失大量资源。因此，两种培育方式消耗的资源相差百倍左右。也就是说，培育出一名王者级别的虫族战士所消耗的资源，可以培育出一百名普通的虫族战士。主人，你选择哪种培育方式？”

第668章

虫族战士军团

选择哪种方式培育虫族战士呢?

罗峰微微一笑。

其实听了伊琳娜关于三种虫族战士的详细解说后，他心中就有了决定。

“我修炼万心控魂秘法控制了虫族母巢，为的就是能够拥有一支虫族大军。”罗峰心中暗道，“虫族最出名的是虫海战术，而非精英战术，所以我只需要少量王者级虫族战士，可将绝大部分资源用来大规模培育普通的虫族战士。”

单打独斗的话，一名王者级虫族战士可以轻易击杀普通的虫族战士，可集体对战的话，靠的是数量。

“主要用第二种培育模式。”罗峰吩咐道。

“是，主人。”伊琳娜柔声应道。

“你速速将培育锋影虫族战士、虎甲虫族战士、猎螳虫族战士所需的资源种类和数量告诉我。”罗峰说道。

不管怎样，他得清楚最基本的造价。

“培育虫族战士所需资源有好几种，主要有三种。第一种，是最简单的，就是宇宙晶。宇宙晶是世界之力凝成的，世界之力可以形成任何物质，直接消耗宇宙晶就可以制造出想要的任何一种虫族战士。不过，宇宙晶的用途很大，所以用宇宙晶的话，代价极高。

“第二种，是大量的金属合金残骸、一些强者或者巨兽的血液、一些胶质物质（比如鳞甲皮、筋等）。有了大量的原材料，也可以培育出虫族战士。因为这种方式可以选择很多便宜的原材料，所以造价会低得多。

“第三种，是大量的虫族战士的尸身。虫族战士尸身是可以再利用的。

“毫无疑问，第一种的代价最大，第二种的代价相对较小，至于第三种要付出的代价，那就要看主人收购的虫族战士尸身的价格了。据我所知，人族的1008个宇宙国中都有人购买虫族战士尸身当收藏品，那代价就太大了。如果是直接在域外战场上得到虫族战士尸身，代价就要小很多。至于到底要付出多少代价，那就要看主人的能力了。”

罗峰点点头。

“你给我说说价格。如果用宇宙晶培育虫族战士，要花费多少金钱才能培育出一名界主级巅峰锋影虫族战士、一名界主级巅峰虎甲虫族战士、一名猎螳虫族战士？”

“培育一名界主级巅峰锋影虫族战士需要的宇宙晶价值10混元单位。”伊琳娜说道，“培育一名界主级巅峰虎甲虫族战士需要的宇宙晶价值25混元单位，培育一名猎螳虫族战士需要的宇宙晶价值50混元单位。如果要培育一名王者级猎螳虫族战士，则是培育一名猎螳虫族战士所需宇宙晶价格的百倍。”

罗峰倒吸一口凉气：“老天，要培育一名王者级猎螳虫族战士，那就得5000混元单位，足以让一位不朽级军主倾家荡产了。”

“虫族母巢还真不是一般人养得起的。单单购买界主级虫族母巢，拍卖价都是上百万混元单位，而控制虫族母巢的秘法同样昂贵。就算有钱，若非一些超级势力的核心成员，都没渠道去买。”罗峰心中暗叹。

单单前期投入就有数百万混元单位，培育大量虫族战士又要付出极大的代价，若是没点家底，真不敢这样做。

“王者级猎螳虫族战士极其彪悍，很多人族界主级巅峰强者都不是其对手，可这代价未免太大了，制造王者级猎螳虫族战士的事情还是以后再说吧。

制造最便宜的锋影虫族战士，1名就要10混元单位，10万名就要100万混元单位，太贵！”罗峰摇摇头。

他的银行账户还剩200多万混元单位，这是老师留给他的遗产。他一直在支出，却没有收入，等这笔财富花得差不多了，他就是穷光蛋了。

“我当初的计划是建立一个由百万名界主级虫族战士组成的军团，一旦该军团一出，就可以纵横四方。只要不是拥有瞬移、时间停止等逆天绝招的强者，就算是封王级不朽神灵，也奈何不了我。”罗峰暗道。

封王级不朽神灵也有高、中、下之分。假如他真的拥有了这样的军团，算是拥有了一个超级底牌，其威慑力丝毫不亚于封王级不朽神灵。

“伊琳娜。”罗峰开口了。

“主人。”伊琳娜盯着罗峰。

“把用金属合金残骸、血液、胶质以及虫族战士尸身制造虫族战士所需资源的大概数据全部记录在这个智能光脑上，你会使用智能光脑吗？”罗峰看向伊琳娜，手中出现了一个智能光脑。

“主人，我有智能光脑。”伊琳娜笑着说道，“主人请稍等，我马上就将培育虫族战士所需的详细资源和数据交给主人。”

Y城，罗家老宅。

罗峰坐在竹椅上，旁边的茶几上摆着一壶茶和几个茶杯。

“想要培育出由百万名界主级虫族战士组成的军团可真不容易。”从静室中出来，罗峰独自坐在这里冥思苦想，“巴巴塔，你在网络上查阅资料查得怎么样了？”

“我还在查阅，购买各种原材料的方法实在太多了，用不同的方法购买，价格就不一样，而我们购买的原材料的数量很多，因为数量多，所以单价会不同，总价相差就很大，我必须找出最低价。”巴巴塔缓缓地说道，“宇宙中贩卖材料的渠道实在太多了，再给我六个小时，差不多能搞定。”

“嗯。”罗峰点点头。

“哥！”一道充满惊喜的声音响起。

罗峰抬头看去，只见罗华站在不远处。

“阿华。”罗峰招手。

“哥，你不是在闭关吗，这么快就出来了？”罗华走过来，随手一招，远处的一个椅子直接朝他飞来，落在一旁。

罗华坐下后，给自己倒了一杯茶，笑着问道：“这次闭关可是一天都不到，一点不像哥的作风，我以为哥要闭关十年乃至百年呢。”

罗峰淡淡一笑。

这次是去收服虫族母皇，不是修炼，当然快。

“对了，哥，关于金融投资的事，我觉得还是给你汇报一下好。”罗华笑着看向罗峰。

“哦？”罗峰眼睛一亮。

当年他还没有太多财富的时候，因为弟弟罗华有极强的金融投资能力，所以他便决定将自己每次收获的部分财富交给罗华来投资，一是给罗华一定的发挥空间，二是说不定能获得巨额回报。不过，随着罗华掌控的财富越来越多，想要获得高收益就越发难了。

两百多年前，罗峰回地球的时候，刚刚得到他老师的遗产，回家后，他就和罗华交谈了一番，便将资产的一小部分（50万混元单位）交给了罗华。

当时罗华就对他说：“哥，有了50万混元单位，我能控制的资产规模立即上升了两个档次，我已经有进入宇宙人类发展金融市场投资的资格了。”

宇宙人类发展金融市场是人族最高规模的金融市场，能在这里进行金融投资的，资金最少要达到10万混元单位。所以能参与的不是强大的势力，就是有强大实力的存在。

其实这个最高规模的金融市场本来就是用来吸纳大量财富、推动族群战争的，还有就是雇用一些不朽级强者去宇宙秘境冒险的等等，业务极多。不过，既然是金融市场，自然会产生各种繁杂的交易手段。

人族中在投资方面最有天赋的一群人都聚集在这个市场里，操控的财富更是不可计数。一些有人脉的封王级不朽神灵，可能会集体将自己的财富委托给某个天才进行管理。这是一个大鳄潜伏、机会和风险并存的金融市场，就算是封王级不朽神灵的全部财产，在这里也不算什么。这里的门槛很高，普通的不朽神灵根本没有资格进入这个金融市场。

对于罗华而言，这个金融市场有巨大的吸引力。在这个金融市场中，因为牵涉的资金庞大，所以只要输掉10%的资金，就算是巨额的损失了。

强者会被吃掉，天才也会被吃掉！

只有真正的大鳄、绝顶天才，才能赚钱！

罗华早就渴望进入这个最高规模的金融市场了，若是一个金融投资人员没有进入过这个金融市场，那就意味着他还没真正入行。

“哥，你还记得你上次回地球，给了我50万混元单位进行投资吗？”罗华笑呵呵地道，“虽然我已经暗中模拟操作过很多次了，可真正投入资金去操作的时候，才真正感觉到这个金融市场的可怕。”

“可怕？”罗峰闻言一怔。

“嗯。”罗华点点头，“我投资时是很谨慎的，虽然用50万混元单位申请到了参与投资的账户，但第一次仅仅投资了1万混元单位。刚开始，我还小赚了一笔，等把投资额加大到5万混元单位后，便开始不断亏损，我不服输，继续加大投资。”

第669章

九大星域

罗华端起茶杯，直接饮下大半，感叹道：“虽然亏损了，但是当时我的信念坚定，依旧按照我的投资理念操作，不知不觉就将50万混元单位投了进去。没承想，我实在太过自信了。”

罗峰心中一惊：“那可是50万混元单位啊！”

“幸好我从未使用保证金杠杆模式，也从未通过融资来博取杠杆收益，一直用本金。因为是初次入场，所以投资的是从虚拟宇宙公司和巨斧斗武场旗下大量项目中选出的20%的优良项目。我用的是广撒网策略，能够保证资金安全。”罗华缓缓地说道，“我如果单独投资某个由不朽神灵组成的团体，这个团体闯荡宇宙秘境时，只要覆灭，我就会倾家荡产。”

“哦！”罗峰点点头。

他听明白了，这算是和项目共同承担风险和收益。

罗华又道：“这种策略非常安全，可是挣不到大钱。一百多年来，我的最高收益率是2.3%，资产达到本金的102.3%，资金最少时是本金的91.6%。除了刚开始赚过钱，后期一直处于亏损状态，资金很少超过本金的98%。

“有一次我和洪聊天，只是谈地球的将来，就联想到了投资并且有所领悟。从第一百二十二年开始，我改变投资策略。毕竟我磨炼了上百年，投资技巧也差不多到顶了，考虑更多的是策略、思想以及偶尔的决定。”

罗峰挠了挠头，低声说道："阿华，你说得真够复杂的。之前你说选择最优良的项目，广撒网什么的，我听了觉得真不错，可现在怎么又变了？"

"我活到现在还不足五百年，实在受不了这种没有什么波动的投资方法。我能忍受一年、五年，却忍受不了二十年、三十年，所以我放弃了这个策略。经过改变的投资策略虽然稍显激进，但是很适合我的性格。"罗华看着罗峰，笑道，"适合我的才是最好的。这一百年，我如鱼得水，资产从本金的96.2%最高上涨到118.1%。前段时间，我将手中的投资业务进行交割，现在资产达到了本金的116.2%，也就是58.1万混元单位。"

这个过程中间经历了诸多波折。

"交割后，我持有的项目旗下的一个团队因为在域外战场上损失不小，导致那个项目价格直接骤降60%。如果我没有交割，恐怕会亏3万多混元单位。"罗华感慨道。

罗峰点点头。

罗华说了这么多，已经很容易明白了。

假设想谋取巨额利润，如果采用杠杆模式，再多的钱都可能在短时间内亏掉；如果不采取杠杆模式，把全部资金投在一两个项目上，一旦项目完蛋，资金就会全部亏损。

当然，使用杠杆模式的话，一旦盈利，利润也会极高。假如罗华使用五倍杠杆，可能现在的资产就是90万混元单位了。如果是单独项目，假设这个项目的团体在某一个宇宙秘境获得大量宝物，会导致项目价格直接暴涨两三倍，不过也可能出现项目完蛋的情况。

巨额收益是一种诱惑，顶得住诱惑，才能在人族最高级别的金融市场内存活得更久。

"即便心理素质强、投资水平高，可有些超级大势力或许会设局，一不小心中招，那就完了。"罗华双眸放光，"这种感觉的确让人热血沸腾。"

"阿华。"罗峰唏嘘道。

“嗯？”罗华放下茶杯。

“两百多年来，你已经赚了8.1万混元单位，你哥我却一点都没赚到，反倒是花了很多钱。”罗峰感慨一声，“你这次算是赚到了大概五分之一的黑龙山星域。”

“主要是哥给的本金够多，如果本金少的话，赚得少，而且连参与的资格都没有。”罗华笑着说道，“哥，你放心，我经历了一系列小挫折，这次算是真正融入这个市场了，不敢说不会亏损，但我可以保证亏损绝对不会超过20%，利润则上不封顶。”

“利润上不封顶？你够自信的啊！”罗峰笑了。

罗华点点头：“翻两三倍都有可能，就看我的耐心，还有捕捉机遇的能力和判断能力了。”

罗峰笑了，道：“好，那我就等着看了！”

“这两百多年，虚拟宇宙公司很清楚我的投资过程，还专门派人来请我去操作高达千万混元单位的资金项目呢，甚至愿意派遣一支护卫队专门保护我的安全。”罗华摇摇头，“不过，我拒绝了，我觉得自己还不够成熟。”

“哦？”罗峰很惊讶。

上千万混元单位堪比封侯级不朽神灵的全部资产，然而对于虚拟宇宙公司而言只是九牛一毛。虚拟宇宙公司邀请罗华去操作如此规模的项目，显然很看好罗华。

其实罗峰根本不明白，第一次踏入人族最高级别的金融市场，一开始亏损不超过10%，两百多年后还能盈利16.2%，而且竞争对象是宇宙国度中一群极其优秀的投资大鳄，罗华这种战绩是何等惊人！

罗华能得到虚拟宇宙公司的重视，一点都不奇怪。其实，宇宙中的确有一些金融天才，只是他们资金少，很多都是在低规格的投资市场中博弈，即使一生中资金翻了千万倍，却也不足1混元单位，终生无法踏入最高级别的金融市场。

这就是本金的重要性！

罗华有了罗峰给的巨额本金，才踏入了最高级别的金融市场，并在其中展现他的才华。

六个小时后。

罗峰得到巴巴塔提供的一份清单，便用意识进入了虚拟宇宙网络。

虚拟宇宙，紫晶岛。

“特使。”

“特使。”

紫晶岛上的乾巫分部成员们恭敬行礼。

罗峰迅速进入了紫晶岛中最耀眼的紫晶宫殿。

“按照巴巴塔的方案，如果购买各种原材料，花费的价格大概是消耗宇宙晶的五分之一，可是这个价格依旧太高。若要培育由百万名界主级虫族战士组成的军团，就算军团士兵是以最便宜的界主级锋影虫族战士为主，也要花费200万混元单位。”罗峰走在由紫晶铺成的地面上，脚步声回荡在走廊间。

“不行！价格太高，我只剩下200多万混元单位，不能这么花费，不然以后没钱了，就只能找弟弟要钱了。”罗峰心中暗道，“而且，我最想要的是虎甲虫族战士。”

虎甲虫族战士的防御力强，攻击力也很强。即使是强大的不朽神灵，能击杀的虎甲虫族战士数量也远远比能击杀的锋影虫族战士要少。

“紫电侯。”罗峰推门而入。

“罗峰，你怎么想到来找我了？难得啊。”紫电侯笑眯眯地道。

“我找你是有一件重要的事。”罗峰道。

“说吧。”紫电侯淡淡一笑，“你有什么事情就直说吧。”

他不怕罗峰有事找他，就怕罗峰有事也不找他帮忙。

“事情是这样的，我的一位好友是不朽神灵，他有一个虫族母巢，需要购买一些原材料，或是虫族战士的尸身。你是乾巫分部商部部长，对这里面的门路肯定最清楚，有什么办法可以尽量省钱吗？”

罗峰的策略就是如此，先让巴巴塔在网络上查阅市场的情况，然后再来询问紫电侯。

“培育虫族母巢？”紫电侯很惊讶，“你的那位好友真有能耐，竟然能得到虫族母巢。这虫族母巢的拍卖是非常紧俏的，而且控制起来很难。”

“原材料和虫族战士尸身在哪里购买比较划算？”罗峰再次问道。

“哈哈……”紫电侯朗声笑道，“如果你通过虚拟宇宙网络寻找各个市场购买原材料，市场价最低也低不到哪儿去。其实，购买原材料最好的方法是直接收购一些公司，比如收购那些专门处理宇宙飞船残骸的公司，那么该公司旗下所有宇宙飞船残骸自然全部归你。只要你查清楚该公司的内部详细情况，一旦购买，估计只要花费购买原材料的十分之一到三分之一的钱。当然，前提是你得有找准好公司的能力。”

罗峰眼睛一亮。

“至于购买虫族战士尸身，这也简单。域外战场上的残骸、垃圾等都会被宇宙星空转换，直接送到垃圾星域。”紫电侯笑道，“垃圾星域专门有大量的人，对这些东西进行分类，然后再卖掉。你想要购买虫族战士尸身，可以直接去垃圾星域。”

罗峰点点头。

“有些不朽神灵仗着有关系，直接找垃圾星域的一些要员，通过一些手段，比如贿赂，直接弄走大量虫族战士的尸身。”紫电侯感叹道，“这实在是太过分了，完全是在挖虚拟宇宙公司的墙脚啊！本来应该按照正规渠道去购买。”

说完，紫电侯朝罗峰眨了一下眼。

罗峰会意，顿时笑了。

紫电侯是在暗示他，通过内部关系网，贿赂要员，然后低价弄到大量虫族战士的尸身。不过，因为是在虚拟宇宙中，这话不能明说，可这种暗示几乎等于直接说出来了，好在虚拟宇宙公司对这种事是睁一只眼闭一只眼，只要不是明着违规都没事。

“哦，垃圾星域一共有九个星域，九大星域的无尽星空都存放了域外战场转送来的无数残骸、尸身，还有各种战舰残骸、傀儡残骸、巨型兵器残骸、星球残骸等等。”紫电侯再次说道，“垃圾星域的九大星域很有名，你只要一查就知道了。对了，你可能对那里不太熟悉，我给你一个虚拟宇宙网络编号，编号的主人是那边的一个负责人，和我是好友，你就说是我介绍的就行。你认识了他，去那里办事也方便一些。”

说完，紫电侯又示意了他一下。

“行。”罗峰笑着点点头。

第670章

田罴

第二天。

罗峰就带着迪伦乘坐陨墨星号宇宙飞船离开了地球，前往九大垃圾星域之一的毋窿星域。

陨墨星号宇宙飞船以50倍光速穿行在宁静的暗宇宙中。

宇宙飞船的休息舱中，罗峰半躺在床上，看着眼前的投影屏幕，投影屏幕上浮现出了一些公司的数据。

“单单用宇宙晶来培育虫族战士肯定是不现实的。”罗峰低声说道，“而现在看来，购买公司也是很复杂的事情。”

“嗯。”休息舱内响起巴巴塔的声音，“的确很复杂啊，主要是你对购买合金残骸、胶质物质等要求太高了。比如那些宇宙飞船残骸，你竟然要求最低也得是C级合金，最好是D级或者E级合金；还有血液，最低必须是宇宙级凶兽或者其他生命的血液。哪里有这样做生意的？有些公司的经营范围覆盖数十个星域，售卖D级、E级宇宙飞船残骸、合金残骸的生意要做，售卖A级、B级、C级宇宙飞船残骸这类低端的生意也得做啊。”

“可那些低端的原材料对我没用啊！”罗峰皱眉。

他要培育的是由界主级虫族战士组成的军团，需要的金属、胶质、血液等原材料的规格也必须高，最好是E级的合金、金属之类，就算没有这么高档的，也只能是稍微低点的层次，以量补足，但最低也得是C级合金、金属，再低就没用了。

可是，整个乾巫宇宙国也只有极少数公司经营售卖E级宇宙飞船残骸、合金残骸等高端生意，而且能经营高端生意的，一般都有大后台。这些公司的母公司或许就是虚拟宇宙公司，虚拟宇宙公司根本不会轻易出售原材料，而一些经营范围广的公司的原材料比较低端，罗峰买来也很不值。

“紫电侯和我说这个方法时，说得天花乱坠。”罗峰摇摇头，“现在看了看找他要的详细数据，才发现这么麻烦。”

这些数据都是紫电侯提供的。

单单乾巫宇宙国境内，就有大量关于此类公司的详细数据，其实这已经算是高级机密了，没一点能耐，根本不可能得到这些数据。紫电侯是商部部长，当然能轻易得到这些数据。罗峰以监察特使要监察此类公司的理由，得到这些数据，自然不会遭到虚拟宇宙公司的权限限制。

“罗峰，不能怪紫电侯，紫电侯只知道你要培育虫族战士，哪知道你只培育界主级的虫族战士？一般来说，真正战斗的话，培育大量行星级、恒星级、宇宙级的虫族战士是有必要的。这些虽然是炮灰，可是数量多的话，在域外战场上还是有点用的。”巴巴塔说道。

一个虫族母巢就可以培育出虫海，而在域外战场上，大量虫族母巢制造出来的低等虫族战士联合起来，形成的虫海是非常可怕的。

“我不要在域外战场上使用的虫族战士，我需要的是能够和不朽神灵对战的军团。我只拥有一个虫族母巢，若培育低等虫族战士，性价比很低，根本达不到我的要求。”罗峰摇摇头，“而让低等虫族战士彼此厮杀，进化成界主级虫族战士，就要浪费百倍资源，这不符合我的要求。”

“罗峰，我详细地计算了一下，如果购买公司的话，我们至少能买下九十一家公司，用来培育虫族战士，大概花费应消耗的宇宙晶的十分之一。”巴巴塔认真说道。

“嗯。”罗峰点点头。

如果这样的话，培育百万名界主级锋影虫族战士，需要100万混元单位。

培育百万名界主级虎甲虫族战士，则需要250万混元单位。

培育百万名界主级猎螳虫族战士，则需要500万混元单位。

当然罗峰想都不敢想培育王者级别的虫族战士，那可要付出培育界主级虫族战士百倍的代价。

“代价还是很高。”罗峰皱眉，“我想要制造的是百万名界主级虎甲虫族战士，竟然需要250万混元单位，而我的银行账户里面的资金也就200多万混元单位。”

当初呼延博留给罗峰大约312.2万混元单位，为了改造、修缮陨墨星号宇宙飞船，为了培育摩云藤，罗峰已经花费了40多万混元单位，而后又给了罗华50万混元单位来投资，现在还剩下220多万混元单位。

“罗峰，这已经算是极限了。”巴巴塔连忙说道，“紫电侯是乾巫分部的商部部长，你又是监察特使，所以才能弄到这么详细的数据，才能以低价收购这些公司，否则价格起码得高出原先的二分之一。”

罗峰点点头。

可是他的资产不多了，当然是能省则省，省得越多越好。

毋窿星域作为九大垃圾星域之一，地处人族疆域中非常偏远的区域。

从乾巫宇宙国银河系的地球出发，就算在暗宇宙中以50倍光速前进，也需要一年零两个月才能抵达毋窿星域。

虚拟宇宙，乾巫大陆。

一个全身皮肤呈暗红色、一头深绿色短发、穿着华贵衣袍的男子，走入一家高耸入云的酒楼的一楼大堂。他身上的无形威压笼罩了整个大堂。

他的身后跟着一排容貌俊美的男子，还有一排娇俏可人的女子，其身侧跟着一名皮肤呈绿色、总是咧嘴大笑、身穿银色衣袍的随从。

“去顶层！”那人直接走向云梯。

他的随从，还有那数十名俊男美女都站在云梯旁，阻拦其他人进入云梯。

“哗！”云梯疾速上升。

“各位，其他客人还要——”酒楼的一位负责人走过来，话还没说完就被打断了。

“滚！”那数十名俊男美女同时释放出了威压。

单单威压就瞬间使得那负责人意识崩溃，当场倒地，大堂内再无任何人敢出声。

所有人都惊恐地发现，这数十名俊男美女竟然都是不朽神灵。

从底层到顶层总共有9822层，即便乘坐云梯，也要好一会儿。

“主人，您有必要亲自来见罗峰吗？您派小的来见就行了，他只是一个名不见经传的小人物而已。”随从不屑地道。

“你懂什么，你知道他的老师是谁吗？”为首的男子冷笑道。

“我知道，是真衍王。”随从连忙说道，“真衍王的地位的确很高，可罗峰仅仅是真衍王的弟子。在我们虚拟宇宙公司内，宇宙尊者的弟子就有好多。更何况，那些超级存在哪个不是有一群弟子？他们根本不会轻易帮助弟子的，弟子殒身都不算什么。”

首领嗤笑一声，道：“我告诉你，罗峰身边的不朽神灵名唤迪伦，迪伦的老师是嗜血王‘饕君’，而嗜血王是真衍王最优秀的弟子。至于迪伦，据我所知，他的真正实力已经勉强达到封侯级了，能让封侯级不朽神灵贴身保护，罗峰可不一般。”

“啊？”随从大吃一惊，“主人，我明白了，真衍王暗中派迪伦保护罗峰，他对罗峰可真是重视啊！”

宇宙尊者们高高在上，能够抽出时间指点一下弟子就很不错了，根本不会花费太多心力。真衍王虽然还没成为宇宙尊者，可是，在很多超级存在眼里，他是实力最接近宇宙尊者的。就算是宇宙尊者要杀真衍王，恐怕也很难成功。

这等厉害的存在，才是封王级不朽神灵最怕的。

“嗡——”

云梯速度锐减，而后停下，停在了顶层。

整个顶层只有一张餐桌，餐桌旁坐着一个黑发青年，黑发青年身侧站着一个穿着黑袍的光头男子。

那个黑发青年正是罗峰。

“隆厥王。”罗峰笑着打招呼。

“哈哈……”隆厥王直接走到罗峰面前，审视了罗峰一番，笑道，“不愧是这一轮天才中最被看重的，果然气度不凡。我们坐下聊。”

说完，隆厥王便坐到罗峰的对面，那随从恭敬地站在隆厥王身后。

“隆厥王愿意来见我，我真是既惊喜又激动。”罗峰说道。

隆厥王，本名田畏，他是商部部长紫电侯的好友，也是毋窿星域中掌控大权的人之一，数万年前就达到封王级了。

以隆厥王真正的实力，他应该算是勉强达到封王级的。不过，因为他在九大垃圾星域之一的毋窿星域中属于高层，所以权势极大。

别看那九大星域被人族的不朽神灵称作垃圾星域，实际上论价值，它们比九大宇宙国还要高。

域外战场上，只要战争在持续，便有无穷无尽的战斗残骸被直接转送到这里。其中，很多都是界主级兵器、飞行器，还有界主级强者体内世界崩溃后飞出的无数宝物、很多不朽神灵付出大代价制造的兵器以及一些庞大的科技武器、机械傀儡……

虽然这些都成了残骸，但是数量一多，价值依旧高得不可思议。

隆厥王是其中一个垃圾星域的高层成员之一，这比乾巫分部的商部部长还要厉害。

经常会有封王级不朽神灵请他帮忙，甚至连宇宙尊者偶尔也会请求帮助。

别看他的实力不算强，地位却高得很。

当初本来只是随口一提，罗峰根本没想到隆厥王会在虚拟宇宙中亲自接待自己，自然无比惊喜。

“听说你想要弄一些虫族战士尸身？”隆厥王笑着问道。

第671章

毋窿星域

“的确是需要一些。”罗峰笑道。

“大概需要多少？”隆厥王端起旁边的酒杯，轻轻啜了一口，随即看向罗峰。

罗峰沉思片刻，道：“如果全部都是界主级巅峰虫族战士尸身，而且是虎甲虫族战士这种实力还算不错的，那么我大概要1000万具。”

“1000万具界主级巅峰虫族战士尸身？”隆厥王大惊，再次审视罗峰。

站在隆厥王后面的随从也是大吃一惊，心中暗道：“这个罗峰真是够狠的，竟然准备购买1000万具界主级巅峰虫族战士尸身，这差不多是主人能够一次性批下的交易额的上限了。”

“还好，在我的权限范围内。如果再多的话，就得和其他负责人联合审核了。”隆厥王放下酒杯。

“那就麻烦隆厥王了。”罗峰暗松一口气。

他说的是1000万具完整的界主级巅峰虫族战士尸身，不过从域外战场转送过来的几乎都是残缺的，一般几具残缺尸身组合起来才可以算得上一具完整尸身。购买虫族战士尸身的几乎都是那些拥有虫族母巢的超级强者，都是为了培育大量虫族战士，他们对于购买的虫族战士尸身的要求并不苛刻。

不过——

“按照伊琳娜说的，五六具完整的虎甲虫族战士尸身，就能培育出一名活的虎甲虫族战士。若我弄到1000万具界主级巅峰虫族战士尸身，那么组建一支由百万名界主级虫族战士组成的大军就没问题了。”

罗峰心中的石头落下了。

培育一名界主级虫族战士，所需的资源和能量实在太惊人了。

如果罗峰购买的不是界主级巅峰虫族战士尸身，而是域主级巅峰虫族战士尸身，恐怕数量就得增加一万倍，也就是需要1000亿具域主级巅峰虫族战士尸身。

一个多小时后。

隆厥王带着随从和数十名俊男美女离开了酒楼。

酒楼顶层，罗峰透过落地玻璃窗俯瞰，看到下面的街道上络绎不绝的人。来自各族的人齐聚于此，容貌各异。

“殿下，恭喜。”迪伦笑道，“隆厥王亲口应下，那就没问题了。对了，殿下购买这么多界主级巅峰虫族战士尸身，不知是为谁购买的？”

“为我自己。”罗峰说道。

“啊？”迪伦面露疑惑之色，随即笑道，“殿下虽然拥有虫族母巢，却根本无法控制它，购买这么多虫族战士尸身干什么？时间一长，虫族战士尸身可是会腐烂的。”

不朽的才能永恒。

即便是界主级巅峰虫族战士尸身，也会腐烂。

“所以我才要购买界主级巅峰虫族战士尸身。”罗峰淡淡一笑，“实力越强，尸身腐烂的速度越慢。学徒级的普通人殒身，尸身十天乃至半个月就开始腐烂；宇宙级强者尸身经过数十年乃至百年才会腐烂；而界主级巅峰强者尸身就算过了万年，一般也就部分腐烂，需要再过几万年，才剩下骨头，再过数十万年，才会完全消失不见。我刚才说的是人的尸身，而虫族战士的身体结构和人类不一样，虫族战士身体表层更多的是鳞甲，尸身能够保存更久。”

“而且，那是在不保养的情况下。假设尸身在寒冰下冻结了，保留时间则可以延长百倍乃至千倍。”罗峰淡淡一笑，“界主级巅峰虫族战士尸身只要冰冻起来，就算存放十万年也不会腐烂。”

迪伦微微点头。

“反正就算我不用，将来也可以转卖。”罗峰笑着说道，“更何况，我拥有虫族母巢，肯定得想方设法控制它。在我的计划中，我在域主级这个层次停留不会超过一万年，等我达到界主级巅峰，自然会想方设法控制虫族母巢。届时，我就可以培育出由界主级虫族战士组成的军团。”

“殿下考虑得够长远。”迪伦笑道。

罗峰看了迪伦一眼。

之前，他和紫电侯说是帮一位前辈购买的。其间，迪伦一直跟着他。迪伦和他属于真衍王一脉，他认识的一些不朽神灵，迪伦大多认识。若是对迪伦撒谎，他将来一定会被拆穿，还不如直接承认。

而且，迪伦是奉真衍王的命令来保护他的，自然将他的一举一动都告诉了真衍王。真衍王是他的老师，除了自身的重要秘密不能暴露之外，他觉得能不欺骗就尽量不欺骗。

“我想要和人族最顶尖的天才竞争，怎么能不考虑长远一点？若是只看到当前，恐怕将来就会被人超越。”罗峰淡淡一笑，“我早就购买了灵魂类秘法，并且开始修炼了，就是为了能修炼有成，以控制虫族母巢。”

迪伦点点头，夸赞：“殿下谋略深远，迪伦佩服！待将来殿下培育出由界主级虫族战士组成的军团，殿下的势力可就非同凡响，我就等着那一天呢。”

“哈哈……”罗峰笑了。

他早已练成“万心控魂秘法”第三层，也控制住了虫族母巢，一旦得到足够多的界主级巅峰虫族战士尸身，即可建立由界主级虫族战士组成的军团。

“到时有由界主级虫族战士组成的军团在手，就可以去宇宙中的一些危险之地闯荡了。”罗峰暗自期盼。

陨墨星号宇宙飞船不断在暗宇宙中前进。

在罗峰离开地球的第九个月，虚拟宇宙，黑龙山岛屿，九星湾内。

罗峰、洪、雷神三人围坐在桌旁。

“前段时间想找大哥，却发现根本联系不上。”罗峰端起茶壶倒了三杯茶，缓缓地道，“大哥好像关闭了网络接口。”

“三弟，你就别提大哥了。这一百多年，我找了你好几次，哪次联系上你了？”旁边的雷神没好气地道，“也就你回到九星湾那几次，和我见了面。其他几次我找你，你也关闭了网络接口。大哥也是这样，这一百年来，我一次都没联系上大哥。你们两人可真忙啊！”

“别说我们了。”罗峰看向雷神，“二哥，最近两百年你都没在地球吧，当初你可是说要坐镇地球的。”

罗峰、雷神二人闹腾了一番。

旁边的洪则端着茶杯，笑看着二人闹腾，悠然品茶。

“大哥，三弟这一百多年去了金角族的家乡。”雷神缓缓地说道，“金角族是有别于我们人族的另外一个族群，算是人族的附属族群。对了，金角族是人族附属族群的事情你可别乱外传，我们知道就行。”

“嗯。”洪点点头。

罗峰和雷神相视一眼。

当年洪和姬青的事闹得很大，洪表面很平静，可罗峰和雷神都知道洪受了很大的打击。后来，洪加入了巨斧斗武场的精英训练营。之后，罗峰和雷神除了一开始能联系上洪，后来就和洪失去联系了 。

上百年来，他们从未联系上洪。

“大哥。”罗峰开口了。

“嗯？”洪看过来。

“近百年，大哥在做什么？”罗峰问道。

“我待在混沌城。”洪说道。

“混沌城？”罗峰错愕。

旁边的雷神也瞪大了眼睛。

罗峰去过混沌城，而雷神也知道混沌城的一些事情，想要进入混沌城，那可是非常难的。

“嗯，上次穹玉星的事情结束后，我便去了特等精英训练营。待在特等精英训练营的那些年，我的实力进步不小，最终被巨斧斗武场核心层吸纳了。”洪淡淡一笑，“我们那批被吸纳进巨斧斗武场核心层的特等精英，拥有在初始宇宙混沌城修炼的机会，修炼时间和老三当年一样，相当于外界的一百年。就在昨天，我才离开初始宇宙，现在正前往巨斧斗武场的一个宇宙秘境。我现在是在一艘宇宙飞船内，用意识连接虚拟宇宙网络，找你们聚聚。”

“什么！”雷神惊呼出声。

罗峰也惊讶不已。

洪实在是太低调了！

“大哥，你未免太淡定了，那可是巨斧斗武场的核心层啊！整个乾巫宇宙国，就算是从天才战中脱颖而出的，都不一定有一个能被选中。你进入了巨斧斗武场核心层，竟然都没和谁说，还很平静。你在混沌城待了百年，更是都没和谁联系。”雷神惊叹道。

“这也就是一些难得的际遇，只是让我的修炼之路更顺利，没什么好骄傲的。”洪随意地道。

“你够厉害的！”雷神无语了。

“大哥，你是不是在讽刺我太骄傲？”罗峰看着洪，笑道。

“哈哈……”洪笑了起来，“好了，这只是一件小事。其实，人族疆域中的特等精英经过选拔后，最后的人选就算进入了巨斧斗武场的核心层，也只是在核心层的外围，相当于你们虚拟宇宙公司的末世秘境成员，的确不值得骄傲。假设哪天我能进入最核心的巨斧秘境，到时候一定告诉你们，再好好庆贺一番。”

罗峰和雷神相视一笑。

第672章

中型世界

从乾巫宇宙国银河系前往偏远的毋窿星域，的确很遥远。

经历了一年零两个月的旅程后，罗峰等人终于抵达了毋窿星域。

毋窿星域虽是九大垃圾星域之一，实际上却是真正的宝地。

在那荡起空间涟漪的幽暗星空中，一艘红色的三角形宇宙飞船出现了。

控制室中。

罗峰、迪伦二人遥看悬浮在星空中的宫殿群。

“罗峰，已经抵达空间坐标位置，宇宙穿梭完毕。我们现在离宫殿群很近，只要飞行二十五分钟就能抵达。”控制室中响起了巴巴塔的声音。

“一年零两个月，我们总算到了，来这里一次不容易。”罗峰微微一笑，“我们去见隆厥王。”

“是。”

陨墨星号宇宙飞船再度加速，而后化作一道流光，朝宫殿群飞去。

宫殿群方方正正，外围有宫墙，宫墙内足足有数十座宫殿，高矮、规格不一。整个宫殿群的长宽都超过10万千米，院墙外面有一些巡逻的黑甲守卫，防御警戒系统早就发现了罗峰等人。

“停！”黑甲守卫发送警示信号给陨墨星号宇宙飞船。

“我是罗峰，前来拜见隆厥王。”陨墨星号宇宙飞船也回了信号。

片刻后——

陨墨星号宇宙飞船停在宫墙正门外，然后被罗峰收起来了。

罗峰和迪伦悬浮着，看着眼前宏伟的宫殿群。宫殿群被一个若隐若现的能量罩保护着。

以罗峰的见识，他一眼就看出能量罩比他的陨墨星号宇宙飞船的能量罩要高级，一旦硬闯，肯定会遭受防御系统的攻击。

“轰隆隆——”正门开启。

身穿银色衣袍的隆厥王随从带着一大群黑甲守卫走了出来，看到罗峰和迪伦后，笑道：“罗峰，主人早就在等你了，请随我来。”

罗峰、迪伦在身穿银色衣袍的随从的带领下，直接进入宫殿群。

“轰隆隆——”正门关闭。

宫殿群中，最高的宫殿门口站着一大群白衣护卫，这些白衣护卫都拥有界主级巅峰的实力。

罗峰和迪伦跟随身穿银色衣袍的随从进入宫殿，沿着宫殿边缘的走廊很快来到一个幽静的偏厅。

“哈哈，罗峰，这次才算你我真正的第一次见面。”隆厥王笑着说道，“你们俩都坐吧。”

“多谢隆厥王。”罗峰恭敬地道。

随即，他和迪伦一道坐下。

“上次我们是在虚拟宇宙中见面，虚拟宇宙网络受到虚拟宇宙系统的监督，所以很多话不能说清楚。”隆厥王淡淡一笑，“你当时说要购买1000万具界主级巅峰虫族战士尸身，我不知道你有没有暗中调查过，这是我单独能审批的交易额的上限。”

罗峰闻言一怔。

“九大垃圾星域的任何一个星域都比宇宙国还要富有。”隆厥王郑重地道，“毋窿星域的管理层一共有五人，分别来自虚拟宇宙公司、巨斧斗武场、宇宙第一银行、宇宙星河银行、宇宙佣兵联盟这五大人族势力。”

“交易额不超过100万混元单位，我们五人中任何一个都可以批下来，而一旦超过这个额度，就必须五人同时审批。”隆厥王苦笑一声，“毕竟任何一人的权力过大，就很可能导致大量资产流失。”

罗峰点点头。

“在这边，每10万具界主级巅峰虫族战士尸身的价格是1万混元单位，你要购买1000万具，正好是100万混元单位。”隆厥王看着罗峰，“刚好是我所能审批的交易额的上限。看来，有人告诉了你我能审批的交易额上限。”

“这实在是太巧了。”罗峰惊愕，“我真的不清楚这事。”

隆厥王看了罗峰一眼，没再多问。

“嗯。”隆厥王眼睛微眯，再次说道，“1000万具界主级巅峰虫族战士尸身的价格是100万混元单位，你等会儿跟我去付钱。”

“能便宜一些吗？”罗峰连忙问道。

“不能。”隆厥王摇摇头，“这是人族五大势力共同定下的价格，不管是10万具界主级巅峰虫族战士尸身，还是10亿具域主级巅峰虫族战士尸身，一律都是1万混元单位，不容许还价。”

罗峰眉头一皱。

他来找隆厥王，就是想要便宜一点，可现在看来，根本占不到任何好处。

“不管是我，还是另外四个负责人，都只负责交易方面，不能改变定价。价格是定下来的，不可以乱来。”隆厥王注意到罗峰的脸色，不由得咧嘴大笑起来，“小家伙，看你的样子，似乎急了。别急，你要沉得住气。”

“任何法规都有漏洞。”隆厥王摸摸下巴，看着罗峰，“这虫族战士尸身交易当然也存在漏洞。你是紫电侯介绍的，又是我敬佩的真衍王的弟子，这次就算我帮你一个小忙。”

罗峰仔细聆听着。

“首先，钱一分都不能少。”隆厥王咧嘴笑道，“不过，你应该知道，虫族战士分为很多种，最顶级的虫族战士和一些次等虫族战士就算同样达到界主级巅峰，价格也可能相差十倍。”

罗峰眼睛一亮：“是啊，界主级巅峰锋影虫族战士尸身和界主级巅峰猎螳虫族战士尸身的价格能一样吗？二者的价格可是相差大概五倍。”

“假如以每10万具界主级巅峰虫族战士尸身为一个单位，集体卖掉，”隆厥王微微一笑，“但这些单位中，有些是顶级虫族战士的尸身占多数，有些是次等虫族战士的尸身占多数，所以同样都是界主级巅峰虫族战士尸身，不同的单位，价格可能就相差两三倍，极端的可能相差四五倍。”

罗峰连连点头。

1000万具锋影虫族战士尸身和1000万具猎螳虫族战士尸身的价格相差五倍呢！

这是什么概念？

100万混元单位能够购买到价值500万混元单位的虫族战士尸身，里面的利润大得惊人。一旦转手卖掉，就能得到400万混元单位的利润。当然，实际操作时，很难找到价值相差太多的，价值相差两三倍的较为常见。

“这是200个编号。”隆厥王随手扔出了200块金属牌。

“这是？”

罗峰用念力控制住，发现每块金属牌都有巴掌大小，200块堆叠起来都快有一人高了。

每块金属牌上面的编号都很复杂，比如其中一块金属牌的编号是B2461-95453-13402-96289-71833。

“一个编号代表了一个商品单位。”隆厥王笑道，“凭借一块金属牌，你就能买到一个单位的界主级巅峰虫族战士尸身，一个单位有10万具虫族战士尸身。”

“200个单位，不就是有2000万具界主级巅峰虫族战士尸身？”罗峰闻言一怔。

“这200个单位都算不错的，都是物超所值的，其中还有一些比较高等的虫族战士尸身。”隆厥王朗声笑道，“我给你200块金属牌，是让你从中选出最好的100个单位。等你选好，将剩下的金属牌还我即可。”

“明白了。”罗峰笑着点点头。

他的心中很感激。

隆厥王竟然没向他索要好处，也没有这方面的一丁点暗示。

罗峰不知道的是，隆厥王此等身居高位的大人物，哪会在乎他这点好处？隆厥王宁可送个人情给罗峰。有时候，送人情比直接拿到好处更有用。

隆厥王能稳坐这等肥缺，除了有背景，还很会做人。

“喏，这是一枚中型世界戒指。”隆厥王随手又扔出一枚银白色的戒指，“这里面有一方世界，长、宽、高都达到了10万千米。你购买价值100万混元单位的商品，就可以得到去垃圾山淘宝的机会。”

“淘宝？”罗峰一怔。

“嗯。”隆厥王点点头，“域外战场战争频仍，无数残骸被转送到这里，残骸被分类后，一些有价值的都被分出去了，然后单独售卖。一些价值极低或者没什么价值的，分别聚集在不同地方，悬浮在星空中，形成了垃圾山。一般而言，来这里购买的，都会得到一枚附赠的世界戒指，可以将从垃圾山中选出的一些物品放进去，直到放满戒指的空间。之后，便不能再带走垃圾山上的其他物品。”

“哦。”罗峰点点头。

长、宽、高都达10万千米的世界，这是何等大的空间容量？由此可见，九大垃圾星域真是财大气粗。

“哈哈，垃圾山是亿万年来的积累，谁也不知道垃圾山到底积存了多少物品，说不定其中就有一些宝物。”隆厥王笑道，“我送给你的是中型世界戒指，能储存的物品可不少。你好好淘宝，说不定真的能淘到一些宝物。”

罗峰笑了。

“走，去财务处，先付钱，然后你就进入毋窿星域这个超级大宝库，慢慢挑选你需要的虫族战士尸身，再慢慢淘宝吧。”隆厥王笑着起身。

……

200块金属牌和银白色空间戒指都是信物，代表罗峰离开毋窿星域时能带走的物品数量。

“罗峰，购买界主级巅峰虫族战士尸身100个单位。”

“转账成功。”

“大人，100万混元单位已经入账。”一个有一头金色长发、一脸妖媚的女性不朽神灵恭敬地道。

“嗯。”隆厥王点点头，转头看向罗峰和迪伦，“走，我送你们。”

……

仅仅片刻。

“人族疆域辽阔，那九大垃圾星域的毋窿星域的入账详细列表中有NO.3的名字。N0.3刚刚花费100万混元单位购买了100个单位的界主级巅峰虫族战士尸身。据推测，接下来的十到三十天他都会待在毋窿星域。”

这则情报经过数百次的密码转换，在虚拟宇宙网络中以普通的邮件形式，传递到了组织总部旗下的一个邮件接收点。

第673章

6号

神国，巍峨的神殿内。

一个有黑色独角、绿色皮肤的男子走在晶莹剔透的地面上，脚步声回荡在走廊间。

他身影虚幻，仅仅数秒钟就到了数百千米外的金色大门前。

而后他直接推门而入，进入宫殿的大厅。

这是一个长、宽各约100千米的大厅，广阔的大厅内除了这个绿色皮肤男子外，还有一个人。

那是一个全身笼罩在金色长袍中的男子，这男子正盘膝坐着。

“嗯？”身穿金色长袍的男子抬头，目光落在绿色皮肤男子的身上。

“主人！”绿色皮肤男子直接跪在地上。

“说！”身穿金色长袍的男子淡淡地道。

“据情报，九大垃圾星域的毋窿星域的入账详细列表中出现了NO.3的名字。”绿色皮肤男子恭敬地道。

“NO.3？”身穿金色长袍的男子轻声说道，“罗峰？”

“是的，主人。按照入账详细列表上写的，NO.3花费了100万混元单位去购买了100个单位的界主级巅峰虫族战士尸身。据估计，他现在已经进入了毋窿星域，在那里挑选界主级虫族战士尸身，接下来的十到三十天他都会待在毋窿星域。”绿色皮肤男子解释道。

“主人，毋窿星域是储存了无尽残骸的区域，是禁止不朽神灵进入的。也就是说，NO.3无法带着他身边的不朽神灵迪伦进入其中，只能独自跟着引领者进去。”绿色皮肤男子抬头，双眸发亮，“主人，这是我们的好机会。”

虫族潜伏在人族疆域中，极重要的一项任务就是将具有威胁的绝世天才给灭掉。

如果不趁着绝世天才崛起前解决掉的话，他们一旦成为不朽神灵，大多都是直接达到封侯级，而且有些绝世天才很快就会成长为封王级不朽神灵。那么在域外战场上，封王级不朽神灵给虫族带来的损失将会非常大。

按照威胁程度，虫族定下了一个排名。这是对虚拟宇宙公司、巨斧斗武场等五大势力的所有天才（未达到不朽级）的威胁程度进行的排名。因为界主级绝世天才法则感悟最快，进步惊人，所以界主级绝世天才排名靠前。

罗峰的威胁程度排名是NO.3，显然虫族的潜伏组织认定罗峰的威胁程度比很多界主级绝世天才还要大。虽然那些界主级天才修炼时间长，实力远超罗峰，可是以罗峰在金角族家乡拉斯奥世界表现出来的战斗力来看，他的进步实在太惊人。

这种数万纪元才一出的绝世天才，其威胁程度的排名当然很靠前。历史上，人族中的一些耀眼的天才，比如科谛等，恐怕早在宇宙级时，其威胁程度排名就被定为NO.1了。

“NO.3进入了毋窿星域。”身穿金色长袍的男子当即下令，“传令下去，命令潜伏在毋窿星域的6号击杀NO.3。”

“是！”绿色皮肤男子恭敬应道。

NO.3代表威胁程度极高，而这个排名决定了虫族愿意付出极大的代价。排名越靠前，虫族愿意付出的代价就越大。

在毋窿星域内埋下一颗棋子是非常难的，任何一颗棋子都无比宝贵，而6号棋子在毋窿星域潜伏的棋子中堪称“第一杀手”。

毋窿星域。

一颗陨石悬浮在星空中，一动不动，看似陨石，实则内部早已经被改造成一个观察点。

陨石内。

“巨斧斗武场现在正在进行域主级强者的生死战，兄弟们，大家赶紧进入虚拟宇宙啊，慢了的话，这一场大战就结束了。”一个穿着铠甲的魁梧大汉激动地大喊。

在观察点待着的日子的确很枯燥。

观看生死战，是他们常有的一种消遣。

“来了。”

“哈哈，最近我的运气极好，连赢三场，这次一定还能赢。”

观察点的成员们大叫着，一个个都分出一丝意识，连接虚拟宇宙网络。

至于观察任务，他们根本不用管，因为毋窿星域有非常完善的监测系统，纯粹用的科技手段。他们这些观察员主要是注意监测系统是否遭到破坏等等，毕竟智能系统和人还是有区别的。

一个建造在陨石内的休息室通体由合金铸造而成，一个头上覆盖着一层黑色鳞甲、双眸泛绿的瘦削男子躺在休息室的床上。

“呼！”他猛地从床上坐起身来，幽绿的眸子盯着前方的合金墙壁。

“任务来了！”

他潜伏在这里万年乃至十万年，只求出手一次。一旦出手，不管成功还是失败，都很难幸存。即使成功击杀罗峰，他也会被安排在毋窿星域内的人族用强大的武力给杀死。

这时候，罗峰、迪伦、隆厥王乘坐宇宙飞船在暗宇宙中行进。

“我们现在是要进入毋窿星域腹地的一个点。”隆厥王缓缓地道，“毕竟毋窿星域实在太大，如果乘坐宇宙飞船在星域内慢慢飞行，飞十万年，恐怕也才飞越一小部分区域。”

普通星系的直径是10万光年左右，而一个星域一般拥有一万个星系，直径达数百万光年是很正常的。

拉斯奥世界的陆地直径不过2.1光年，和一个庞大的星域相比，简直就是小不点。由此可知，毋窿星域内储存的垃圾很多，随便扔出一点垃圾，就能填满整个拉斯奥世界。

“所以我们得进行宇宙穿梭，前往其中的某个点。”隆厥王郑重地道，“我警告你们，毋窿星域内只有一些固定的点是准许宇宙穿梭的，其他区域充斥着货物、残骸。其他区域一旦有宇宙飞船出现，会立即遭到攻击，就算是封王级不朽神灵，也逃脱不了追杀。”

罗峰闻言一惊：“这么厉害？”

“九大垃圾星域是真正的宝库。我和其他四人只是负责交易的高层。在毋窿星域，还有负责监测、杀戮的，那可都是宇宙尊者级别的存在。”隆厥王笑道，“没办法，毋窿星域等九大垃圾星域的任何一个星域遭到偷窃，就可能损失上亿混元单位，所以必须驻扎极强的武力。至于毋窿星域真正的强大武力，连我都不知道，我只是负责贸易部分。”

罗峰点点头。

飞行了两个多小时后。

宇宙飞船回到原宇宙空间，一道无形的监测信号对它进行了扫描。

远处有一座悬浮着的、直径近万千米的宫殿。

“呼——”一道道人影从宫殿中飞出。

这艘宇宙飞船也停下了，舱门开启。

隆厥王、罗峰、迪伦都飞了下去。

“隆厥王。”那群迎接的人都恭敬行礼。

“嗯。”隆厥王点点头。

“这位是罗峰，他等会儿要进去选购货物，派两个引领者带他去吧。”隆厥王直接吩咐道。

“是！”

罗峰、迪伦二人转头看去，顿时惊呆了。

一眼看去，那片区域完全被货物、残骸给填满了。

“早就想象过这个场景，可真正看到整个宇宙星空被货物、残骸充斥，还是挺吓人的。”罗峰抬头看向上方，也是无穷无尽的货物。

宇宙中因为没什么引力，没有准确的上下之分。此刻，罗峰环顾四周，发现周围部分区域是空荡荡的，可以加速到光速，从而进行宇宙穿梭，其他区域全部都是货物。

“别惊讶。”隆厥王转头看向罗峰，笑着说道，“所谓族群战争，就是几大巅峰族群彼此大战，还有和一些族群联盟的战争，产生的战争垃圾自然多得吓人。神国等远远不够用来存放战争垃圾，所以专门弄出星域来存放，毋窿星域不过是其中一个垃圾星域罢了。”

罗峰微微点头。

“还有，由于里面的贵重货物不计其数，所以禁止不朽神灵进去选货物。”隆厥王笑着说道，“因为不朽神灵可以偷窃大量货物，然后通过神国传送，瞬间逃走。”

罗峰恍然大悟。

“是啊，假设一名不朽神灵偷窃大量货物，然后通过神国传送瞬间逃走，这里就可能一次性损失上亿混元单位。这可是巨额财富，封侯级不朽神灵全部身家都没这么多。

“就算不是不朽神灵，只是界主级强者、域主级强者等等，也必须拥有极高的权限，才有资格进入毋窿星域。罗峰，你是原始秘境成员，权限较高，所以能够进去。那些普通的界主级强者说不定被谁控制了，说不定其体内世界藏着一名不朽神灵，或者其世界戒指中藏着不朽神灵，所以是没资格进入毋窿星域的。”

“隆厥王，你就不担心我的世界戒指中藏有不朽神灵？”罗峰调侃道。

“你？你的权限这么高，又是原始秘境的成员，一旦偷窃，就会被整个人族追杀，你将永远无法回去，你舍得吗？”隆厥王看着罗峰。

“假设我被灵魂控制了呢？”罗峰问道。

“灵魂控制权限这么高的天才？那些组织还没蠢到牺牲这么珍贵的间谍，就为了偷窃一些货物。对个人而言，这些货物或许很昂贵，可是对一个族群而言，这根本算不了什么。”隆厥王摇头道。

这时候，两个身穿白袍的人从远处飞来。

“罗峰，那是两名引领者。”隆厥王指着那两个身穿白袍的人，“你告诉他们你的金属牌编号，他们会引领你去那些虫族战士尸身所在的准确地点。至于迪伦，就暂时待在这里。这是规矩，货物储藏区域一般是禁止不朽神灵进入的，我也不能违背。”

第674章

淘宝

罗峰微微点头，转头看了一眼身侧的迪伦，道：“迪伦，你就在这个驻点静修一段时间吧。”

“殿下独自一人可要小心啊！”迪伦提醒道。

两百多年来，迪伦一直贴身跟随，很少让罗峰脱离他的保护。

“哈哈，小心什么？”隆厥王朗声大笑道，“这里可是毋窿星域，真正的重地，哪会有什么危险？一旦有任何动静，警戒系统就会发现，而且驻守在这里的强者多的是，宇宙尊者级别的存在完全能够瞬间抵达毋窿星域的任何一个地方。”

“迪伦，听到了吧。”罗峰笑着看向迪伦，而后说道，“隆厥王，那我就先进去了。”

“哈哈，去吧，可别忘了去垃圾山淘淘宝物，说不定能大赚一笔。3000多纪元前，我们毋窿星域内部的一个成员就淘到了一块古老的宝物残片，转手就赚了上亿混元单位，发达了。”隆厥王感叹一声，“虽然各种残骸分类很仔细，可毕竟数量太过庞大，就算是机器人分类，有时候也难免出错，因此偶尔会有人找到一些宝物。”

“找到价值上亿混元单位宝物的有几人？”罗峰反问道。

“近亿年来，只有两个人。”隆厥王说道。

罗峰摇头。

九大垃圾星域的确会吸引人族的很多高层人物过来，然后派遣手下的界主级强者进去采购物品，所以每天的交易额极大。每次交易，按照交易额的大小，附赠不同的世界戒指，安排去垃圾山淘宝。可是近亿年来，只有两个人淘到天价宝物，显然淘到宝物的概率极低。

“所谓淘宝，就是淘出宝物，不过都是我们毋窿星域附赠的而已。若真想弄到宝物，除非你走大运。”隆厥王戏谑道。

罗峰淡淡一笑。

随即，他和隆厥王、迪伦告别，直接对那两个身穿白袍的人道：“两位引领者，我们出发吧。”

那两个身穿白袍的人恭敬地道：“是，罗峰大人。”

其中一个身穿白袍的人随手一挥，半空中就出现了一艘直径80米的飞碟形的宇宙飞船。

“罗峰大人，在毋窿星域内穿行，需要使用我们内部的制式宇宙飞船。其他宇宙飞船如果在里面乱闯，会遭到攻击，大人请进吧。”

“嗯。”罗峰和两个身穿白袍的人依次飞入宇宙飞船。

随即，宇宙飞船加速到光速，直接消失在星空中。

……

隆厥王、迪伦等人遥看那艘宇宙飞船远去。

“迪伦，你猜罗峰要多久才会回来？”隆厥王笑道。

“十天，最多半个月。”迪伦回道。

“我猜最起码要半年。”隆厥王笑道。

随即，隆厥王和那群前来迎接他的人飞向远处的宫殿。

制式飞碟形宇宙飞船在暗宇宙中飞行片刻，便穿梭回了原宇宙。

“罗峰大人，虽然我们仅仅在暗宇宙中飞行了一小会儿，但是如果在毋窿星域中慢慢飞行，飞到界主级虫族战士尸身所在的区域，最起码得百年。”

飞碟形宇宙飞船停在星空中，舱门开启，罗峰等三人飞了出来。

“我懂！”罗峰嘴里说着，眼睛却看向四周。

天哪！周围空荡荡的，而远处有无穷无尽的虫族战士尸身。

“购买虫族战士尸身，都是从这里开始的。”那个高一些的引领者笑道，“殿下，请告诉我你的金属牌编号。”

罗峰手一挥，空中顿时浮现200块金属牌，把旁边的引领者吓了一跳。

这两个引领者当即仔细察看起来。

“B2461-95453-13402-96289-71833，B2446-56453-13202-96226-43193……”

编号繁杂，多得吓人。看完编号后，两个引领者都低头看向手腕上的智能光脑，迅速进行查阅，很快便抬头看向罗峰。

“罗峰大人，这200块金属牌代表的那200个单位的虫族战士尸身距离这里不算远，可是单位之间还是有一些距离。按照总的路线计算，我们俩带着罗峰大人，以10万千米每秒的速度飞行，飞一遍需要十几天的时间。”那略高的引领者笑着说道，“这距离算是比较近的了。”

罗峰点点头。

对于毋窿星域这个直径达数百万光年的星域而言，仅需飞行十几天就能查清楚所有货物，距离的确算是很近了。

“我们走。”罗峰吩咐道。

“是！”

“是！”

两个身穿白袍的人同时释放出世界之力，用世界之力包裹住罗峰，随即化作一道流光迅速飞行。

界主级巅峰强者可以轻易保持亚光速的速度飞行，不朽神灵的肉身则完全能以光速来回穿梭于暗宇宙和原宇宙。

“真多！”罗峰环顾四周。

货物充斥整个星空，只有一条条隧道贯穿其中，罗峰等三人正是沿着其中一条数百千米宽的隧道在飞行。

“这里的虫族战士尸身真多啊，可惜几乎都是残缺的。”罗峰在隧道中飞行的同时，用念力扫描周围的虫族战士尸身，“这里大多都是域主级巅峰虫族战士尸身。隆厥王说得果然没错，这里面的虫族战士尸身各种各样，有顶级虫族战士尸身，有次等虫族战士尸身，价格不一。”

他们飞行了整整八天。

罗峰等三人终于抵达存放界主级巅峰虫族战士尸身的区域。

毋窿星域中一个观察点。

头上长满黑色鳞甲的清瘦男子坐在床上，抬头看着眼前的投影屏幕，上面有毋窿星域的警戒监控详图。整个星域都在监控之下，密密麻麻的光点出现在监控图的各处。

只要在毋窿星域的货物储藏区，任何人都逃脱不了被监视。

“B24号区域，放大。”清瘦男子仔细地看着，同时对智能光脑下令，“锁定那三个人影。”

“嘀——”

屏幕上显示的B24号警戒监控图上有三个光点在不断移动，其中两个是白色光点，还有一个是红色光点。

“在购买虫族战士尸身吗？

“NO.3，罗峰？”

清瘦男子盯着监控图。

作为毋窿星域内部的观察员，当然可以看到监控图。一旦星域中某一个点的监控出了问题，观察员就会发现，并且立即去修理或者重新安装。毕竟监控直径有数百万光年的星域是很难的事，需要大量的监控仪器，这些仪器也很容易出问题。

“NO.3已经进入虫族战士尸身区域两天了，可以出发了。”

“呼！”清瘦男子直接起身，同时智能光脑投影出的屏幕直接消散。

“哗！”合金门开启，清瘦男子直接朝外走。

“科斯尔。”走廊上，一个魁梧的猿人朗声笑道，“怎么，要出去？”

“无聊得很，我还有三次淘宝机会没用。我准备去淘一次宝，你去不去？”清瘦男子笑着说道。

那猿人有些羡慕，摇头，道：“我的淘宝机会早就用光了。好羡慕啊，你还有三次淘宝机会。”

“哈哈，那我去淘宝啦。你就等着祝贺我淘到宝物吧。”清瘦男子笑着朝外走。

“你就做梦吧。”猿人没好气地道。

“轰隆隆——”陨石外围看似普通的岩石直接分开。

清瘦男子朝四周看了看，一招手，凭空出现了一艘银白色的飞碟形宇宙飞船，而后他乘坐宇宙飞船，迅速加速，进行宇宙穿梭。

片刻后。

那座悬浮在星空中的宫殿外面荡起丝丝涟漪，一艘银白色的飞碟形宇宙飞船出现了。

收了宇宙飞船后，清瘦男子直接朝宫殿边缘的一个偏厅飞去，他的到来根本没有引起任何守卫的阻拦。

“科斯尔，你怎么来了？”

“我闲得无聊，准备去垃圾山碰碰运气。”清瘦男子和那些熟识的守卫聊了几句，便进入了偏厅。

偏厅内。

不少人安静地坐着。

“我来领取世界戒指，我还有三次淘宝的机会。”清瘦男子直接坐在椅子上，对面前的一名白袍人说道，“我刚刚已经在虚拟宇宙中发出了申请。”

“原来是科斯尔，好的，你等一下。”白袍人分出一丝意识连接虚拟宇宙网络，进行操作。

“好了，这是小型世界戒指。记住，淘宝结束后必须将戒指归还，你可以将淘到的宝物收进体内世界。”白袍人说道。

“放心吧，你真啰唆。我会不知道吗？”科斯尔笑道。

“那就祝你好运了。”白袍人扔出一枚黑色的世界戒指。

科斯尔笑着接过，随即悠闲地朝外走，走了一会儿，掉头，道：“我记得淘宝时间最长是一年吧？”

“对，一年。”白袍人没好气地说道。

“哈哈，这一年可就轻松了。”科斯尔得意地挑了挑眉。

……

在毋窿星域等九大垃圾星域，淘宝已经成了传统活动。历史上的确有一些走大运的人，淘到了惊人的天价宝贝，毕竟垃圾星域中的一些垃圾山不知道存在了多少亿万年，说不定就有一些遗漏的宝物。九大垃圾星域的基层人员强烈要求淘宝，以改善枯燥的生活，高层们认为在垃圾山淘到宝物本来就是碰运气的事，真正的宝物极少，所以便同意了。于是就有了一项福利——垃圾星域内部的成员每隔一万年就有一次使用小型世界戒指的淘宝机会。

第675章

生死90秒

星空中飘浮着虫族战士尸身，全部都是界主级巅峰虫族战士尸身！

“这么多虫族战士尸身啊！”罗峰一眼看去，不禁感叹起来。

他的脑海中则浮现出域外战场上数以亿万计的界主级虫族战士组成的虫海，恐怕一个合击产生的爆炸余波就很强烈，就算是宇宙尊者，一旦受到波及，也会瞬间殒身。

量变引起质变，百万名界主级虫族战士联手，就连封王级不朽神灵也得闪躲。而数以亿万计的界主级虫族战士联手，宇宙尊者也敌不过。

当然，单单一个虫族母巢，就算在漫长岁月中不断培育界主级虫族战士，也不可能培育出数以亿万计的界主级虫族战士。无数虫族母巢合力，才能培育出这么可怕的虫海大军。

虫海是无可匹敌的！

“罗峰大人，这一小片虫族战士尸身残骸能组合成10万具完整的虫族战士尸身，而这只是罗峰大人那200块金属牌对应的一个单位。”高个的引领者说道。

“哦？”罗峰眼睛一亮，立即把念力引过去。

虽然说虫族战士尸身残骸无穷无尽，但是实际上并不是全部堆积在一起，而是按照单位分散开来的，彼此之间有十几千米的距离。一个单位的虫族战士尸身残骸堆积起来，如一个直径几千米的圆球。

“螳类虫族战士3种，甲类虫族战士18种，蚴类虫族战士2种……”罗峰用念力扫过界主级巅峰虫族战士尸身残骸堆积而成的球体，根据传承记忆和在虚拟宇宙网络搜查到的详细信息，迅速判定其价值。

幸亏罗峰了解得很清楚，他很快就做出了判断。

“不错，顶级虫族战士过半，用这一个单位的虫族战士尸身大概能培育2万名界主级巅峰虎甲虫族战士。”罗峰心中暗喜，“隆厥王对我的确不错。如果其他单位的虫族战士尸身都能达到这个水准，那么只需100个单位，就能培育出200万名虎甲虫族战士。”

这简直太值了！

“继续看。”

罗峰又去看下一个单位的虫族战士尸身。

看得越多，罗峰逐渐意识到第一次见到的那个单位的虫族战士尸身算是高水准的了。

如果通过收购公司培育出100万名虎甲虫族战士，大概要花费250万混元单位。而现在的花费不到收购公司的二分之一，仅仅100万混元单位，可培育出的虎甲虫族战士就超过100万名，甚至可能超过150万名。

“罗峰大人，你看其他虫族战士尸身，明显不及大人你选的这些。”旁边矮个的引领者笑道，“隆厥王给罗峰大人安排的这200个单位的虫族战士尸身绝对属于上上品。”

“哈哈。”罗峰笑着点点头，“隆厥王待我的确不薄。”

当然，选择虫族战士尸身也是很考验眼力的。因为被冰冻的大量虫族战士尸身几乎都是残缺的，假设只根据从虚拟宇宙网络得到的资料去判断，是很难辨别清楚的。幸好罗峰有传承记忆，传承记忆中对虫族的描述非常详细，比虚拟宇宙公司公开的资料要详细多了。

罗峰这才辨别出90%以上的虫族战士尸身，并且算清每一个单位的虫族战士尸身的价值。

“我先搞定这200个单位虫族战士尸身的价值排名，然后从中选择最好的100个单位。”罗峰可不傻。

“罗峰大人，你看那边。”高个的引领者遥指远处。

罗峰转头看去，远处堆积着无数虫族战士尸身，单单肉眼看，就隐隐感觉到那种古老的气息。高个的引领者笑道：“那就是垃圾山！垃圾山分散在毋窿星域各处。罗峰大人，要不要去垃圾山淘宝？”

“淘宝？”罗峰看着远处悬浮的垃圾山，心中颇为期待，笑着说道，“不急，等我选好虫族战士尸身，再去垃圾山淘宝也不迟。”

“对，对。”高个的引领者点点头，“还是先办完正事。”

穿着制式白色战袍的科斯尔化作一道流光，在飘浮着无尽残骸的星空中疾速飞行着。

他进入毋窿星域内部的垃圾山淘宝区域已经有九天了。这九天来，他就和正常的内部成员淘宝时一样，在这座垃圾山淘一下，又飞到另外一座垃圾山淘一下，时而乘坐宇宙飞船进行宇宙穿梭，到远一点的垃圾山淘宝。

“差不多该去找NO.3了。”科斯尔心中默默地道。

他沿着宽阔的星空隧道不断飞行，不时扫视自己手臂护腕上的光脑屏幕。屏幕上显示出了毋窿星域监控图，其所处星域的监控图专门放大了。

“远处出现了三个光点。他们现在和我的距离不算远，在沿着同一条星空隧道朝这边飞，而我也在朝他们那边飞。不出意外的话，我们应该能碰上。”科斯尔迅速计算着。

“嗯，就在B2446-56453-13202-96216-43193监测点一带击杀NO.3。”科斯尔眼中寒光一闪。

罗峰等三人飞行着，忽然停下来了。

“罗峰大人，这是你能选购的200个单位中的一个。”

高个的引领者看了看手臂上的光脑屏幕，而后抬头，指着前方被一层薄冰包裹住的虫族战士尸身对罗峰说道。

“嗯。”罗峰释放出念力，仔细探察。

“咦？”高个的引领者猛地惊呼出声，“离我们这里不远的地方出现了我们的人。”

“啊，这么巧？”

矮个的引领者也看向光脑屏幕，迅速调出周围区域的监控图，很快便看到同一条星空隧道的不远处的确有一个白色光点。

“怎么回事？”罗峰转头看来。

“是我们的人。”矮个的引领者笑着说道，“毋窿星域内部进行监测、服务的基层人员是有淘宝福利的，每一万年就有一次去垃圾山免费淘宝的机会。不过他们被给予的是小型世界戒指，不能存放很多物品。我们偶尔会碰到一些来淘宝的内部成员，毕竟这里实在枯燥。这里对内部人员要求极高，禁止长时间玩虚拟游戏、修炼等，最多偶尔放松罢了，所以内部人员最喜欢做的事是淘宝。一旦获得天价宝物，那他们就不用再过这种枯燥的生活了。”

罗峰点点头。

……

科斯尔在星空隧道中疾速飞行，时刻注意着光脑屏幕上的监控图。

“嗯，他们停下来了，我得控制一下速度，或许还得改变一下击杀NO.3的地点。”科斯尔默默地道。

……

片刻后，罗峰等人继续前行。

双方之间的距离不断缩小，每一秒就能缩小数十万千米。

“就在B2446-56453-13202-96233-43193这个监测点击杀他。”科斯尔眼神凌厉。

他如闪电般飞到数万千米外悬浮的球形仪器旁。

这是一个直径大概3.9米的黑色球形仪器，正是毋窿星域监测系统最基层的小型监测点。

这种黑色球形仪器能够监测以它为中心，半径300万千米的范围。

科斯尔飞到黑色球形仪器时，在它的上边贴了一个透明贴片。贴完贴片后，他迅速飞回星空隧道。

沿着星空隧道飞行了数万千米，他停了下来，默默等待。

他仅仅等了三分钟，远处就出现了三道人影。三道人影速度锐减，最终停了下来。

“科斯尔，是你啊，我刚才还在和沃弗谈论到底是谁呢。”高个的引领者笑道，“能够在毋窿星域内碰到你真是难得啊！”

“嗯，我是发现了三个信号点，所以没急着去另外一座垃圾山淘宝，而是在这里等着，看到底是谁。哈哈，原来是你们两个。嗯？这位是……”科斯尔的目光落在罗峰身上。

高个的引领者笑道：“这位是罗峰大人，隆厥王亲自安排，让我们兄弟二人接待他。”

“原来是罗峰大人。”科斯尔恭敬行礼。

“嗯。”罗峰看着眼前同样穿着制式白色战袍的男子，“你刚说去淘宝了，收获如何？”

“还没什么收获。”科斯尔摇头。

数万千米外的黑色球形仪器突然爆炸。同时，毋窿星域监控图中的一个微小区域瞬间变成空白。

这片区域实在是太小了，虽然肉眼无法在监控图上发现这个点，警戒系统却立即发现了。

“监测点仪器已经损毁，毋窿星域有无数监测点，偶尔出现故障是很正常的，绝对不会引得宇宙尊者那等超级存在亲自跑来。”科斯尔心中一动，“按照正常的反应机制，总部会派附近一艘宇宙飞船前来维修。飞船到这儿，最快都需要90秒，90秒内务必杀了NO.3。”

同一时刻，毋窿星域警戒系统直接下令：“B2446-56453-13202-96233-43193监测点的仪器出现故障，b2446-56号宇宙飞船立即前往，进行修复！”

“b2446-56号宇宙飞船已经启动，预计98秒后抵达监测点。”

第676章

科斯尔

黑色球形仪器爆炸，因为是在星空中爆炸的，声音难以传播，加上周围存放了大量的残骸、货物，数万千米外的罗峰和两名引领者根本看不到，而且爆炸能量太弱，传递不过来，他们自然没有丝毫警惕。

“罗峰，周围的那种探测信号消失了。”巴巴塔惊叫道。

“什么？消失了？”罗峰很惊讶。

去毋窿星域挑选虫族战士尸身前，巴巴塔就告诉罗峰，它明显地感应到了清晰的探测信号，那些分散开来的探测信号完全没有掩饰。毕竟毋窿星域的警戒系统笼罩了整个星域，使用的都是较为清晰、性价比极高的监测仪器。在那仪器被破坏的同时，清晰的探测信号瞬间消失了。

“探测信号怎么会突然消失了？难道仪器发生故障了？还是……”罗峰脑海中瞬间闪过诸多念头，当即警惕起来。

“嗯？”罗峰眼睛瞪得滚圆。

就在前方，之前还和两名引领者谈笑的科斯尔手中忽然出现一道耀眼的刀光。在超近的距离下，加上没有丝毫防备，两名引领者才反应过来便被刀光击中了。刀光的能量沿着他们的颈部瞬间冲入体内，轰击在命核上。

两颗命核同时破裂。

对科斯尔威胁极大的两名引领者瞬间丧命。

“科斯尔，暗杀者！”巴巴塔的尖叫声在罗峰的脑海中响起，“快……快……快……快逃！这暗杀者的手段肯定很多，他既然能够在毋窿星域的重地下手，肯定潜伏了很久，不出手则已，一出手就不会给你逃生的机会。罗峰，快逃！”

然而，罗峰已经来不及逃了。

科斯尔眼中闪过一道光，心中暗道：“最大的阻碍已经消除，这二人一死，无人能够保护罗峰，而且无人向警戒系统发出警报，罗峰最多也只能向隆厥王发出求救邮件。隆厥王用意识连接虚拟宇宙网络，然后浏览邮件，估计需要30秒。看完后，隆厥王肯定会发出警报，安排强者过来。警戒系统收到警报后，首先就是传信给跟随罗峰的两名引领者，传信时间会持续20秒，没联系上的话，才会安排强者。因为距离遥远，仅仅施展瞬移无法抵达这里，就算是宇宙尊者，也得借助神国传送和瞬移才能在极短时间内赶到这里。我是界主级九阶巅峰强者，而他只是域主级九阶强者。他或许有一些附属生命护体，但是再怎么样都无法改变一个事实，那就是他的灵魂仅仅达到域主级九阶，我可以用精神攻击对付他。杀！”

科斯尔早就计划好了一切。

“嗖！”无形的精神攻击力瞬间冲进罗峰体内。

界主级九阶强者和域主级九阶强者单单能量层次就相差1000倍，就算罗峰有奇遇，灵魂防御力再强，也无法抵挡住1000倍精神攻击力的冲击。

“轰隆隆——”

罗峰体内的原核承载着直径超过6000万千米的超级强大的体内世界，要知道，很多金角巨兽就算使用宇宙晶进化，达到界主级巅峰时，其体内世界的直径也就3000万千米。

体内世界越庞大，原核就越强。

罗峰刚刚踏入界主级时，原核就很强大，就连界主级巅峰强者都劈不开。此刻，他的体内世界直径达到6000万千米，体内世界中的原核无比强大，远超很多选择用宇宙晶进化的界主级巅峰金角巨兽。

这颗原核是金角巨兽与生俱来的，非常神奇，不但可以抵挡物质攻击，也能抵挡灵魂攻击。当年罗峰燃烧灵魂，拼命要击杀金角巨兽，就是被原核阻碍了，硬是无法突破，最后还是呼延博留下的一道魂印燃烧所化的攻击力穿透了阻碍，由此可知原核有多神奇。

“一个界主级巅峰强者只凭借普通的攻击手段就想杀我，做梦！”

罗峰根本不想暴露自己强大的原核，便将原核内部的虚空之塔释放出来，虚空之塔从原核中冒出来，瞬间保护住了原核。

这才是强者保护原核的正常手法，但又有几个人天生就拥有体内世界，而且体内世界还大得离谱?

“轰——”

界主级六阶金角巨兽的念力纯度可以与界主级八九阶强者媲美，这念力组成的达到五层宝塔境的虚空之塔遭受强烈的精神攻击，仅仅震荡一下，便轻易地抵抗住了。

在兽神峡谷静修的一百八十几年，罗峰的法则感悟进步惊人，终于能够施展出五层宝塔境的虚空之塔。

科斯尔发现精神攻击失败，脸色微变，心中暗道：“他区区一个域主级九阶强者，怎么可能扛得住我的灵魂攻击？”

瞬间，他的身前浮现出999片刀轮，巴掌大的刀轮旋转着，令周围天地瞬间变幻，化为无尽的刀轮世界，无数的刀轮袭向罗峰。

其中，只有999片刀轮才是真正的念力兵器，其他都是世界之力变成的。

罗峰脑海中瞬间掠过诸多念头，制订了一个作战计划：“对方是界主级九阶的暗杀者，刚好用来检验我的实力，当然前提是保证自己的安全。”

“如果你只有这等实力，那就去死吧！”罗峰猛地低吼一声。

他的肩部延伸出了一根根藤蔓，藤蔓不断变粗、变长，眨眼的工夫，上万千米长的216根巨大的藤蔓缠绕住了科斯尔。

“轰！”刀轮轰击缠绕在科斯尔身上的主藤蔓，并摧毁了一些主藤蔓。

可是紧接着，那些主藤蔓又迅速恢复了。

“摩云藤！最起码达到界主级六阶的摩云藤！”科斯尔心中低吼，“据情报描述，罗峰的摩云藤最多达到界主级六阶，应该只有108到162根主藤蔓，可是这里足足有216根，实力足以媲美216个界主级八阶强者。摩云藤实力强也就算了，罗峰的灵魂防御为什么也这么强？看来，我不能奢望活着离开人族疆域了。”科斯尔拼命抵挡无穷无尽的摩云藤分支和蔓叶的围攻，同时有一种万念俱灰的感觉。

就在他费力抵挡时，罗峰的另外一个杀招也启动了。

只见包裹住科斯尔的无数蔓叶中，有一片蔓叶中藏着一把激光枪。

正是E9级激光枪！

在科斯尔抵挡摩云藤攻击的极短时间内，E9级激光枪已经蓄能完毕。

红灯灭，绿灯亮！

“摩云，开枪，杀了他！”罗峰下令。

“嘀！”蔓叶微微凹陷，一直贴在E9级激光枪按钮上的绿色叶片直接按动按钮。

一道耀眼的白色光柱瞬间射出。

以科斯尔的实力，他本来能够看清E9级激光枪射出的激光的轨迹，可是在无数蔓叶的攻击下，他根本无法分心闪躲。

“E9级激光枪！”科斯尔脸色大变，“情报的误差怎么这么大？罗峰的灵魂防御极强，甚至还有E9级激光枪。他如果是向虚拟宇宙公司购买的，虫族的潜伏者怎么没查到其购物的详细记录？一群废物！”

耀眼的白色光柱瞬间轰击在科斯尔身上，超高的温度，还有无数光粒子遭受高压后形成的可怕冲击力，令那些蔓叶化为灰烬。

第677章

罗峰的死劫

耀眼的白色光柱轰击在科斯尔身上，却没有射穿科斯尔的身体。

E9级激光枪能射杀一般的界主级九阶强者，却并不能击杀界主级九阶巅峰强者。罗峰很清楚这一点。

能够在毋窿星域内部动手，科斯尔肯定潜伏了很久，而且他怎么可能这么轻易就丧命？

“来吧，你还有什么招数？我倒要看看你能把我逼到作战计划的哪一步。”罗峰冷冷地道。

科斯尔脸色苍白，身体撞击在其身后的大量摩云藤分支上。

“摩云，杀了他！”罗峰再次下令。

无数藤蔓在星空中交错而过，疾速袭向科斯尔。

科斯尔很清楚，摩云藤是一种非常难对付的植物生命，人族中很多有背景的人都热衷培养摩云藤以保护自己，而罗峰的摩云藤显然属于上等。界主级时，216根主藤蔓极限长度可达3万千米，有300千米粗。当然，正常战斗时，没必要让摩云藤最大化。界主级六阶的高等摩云藤极其坚韧，就算是界主级九阶强者去破坏，破坏速度也比不上摩云藤自身的恢复速度。

“啊！”面对无尽的藤蔓的攻击，科斯尔变得面目狰狞，狂吼起来。

罗峰悬浮在远处，遥遥看着。

忽然，一股可怕的气息蔓延开来。

罗峰脸色大变。

与此同时，科斯尔所在处出现通天的火焰，令那一处区域好似变成了火海，长藤、蔓叶迅速被烧成灰烬。

摩云藤开始抽搐，并向罗峰发出了简单的求救意识。

……

以科斯尔为中心，三十千米范围内的一切全部化为灰烬，摩云藤的很多主藤蔓都受到重创，根本不敢再靠近科斯尔。

下一秒，火焰中出现两个人，一个是身受重伤的科斯尔，另外一个是足有12米高的男子。那人穿着古朴的黑色战甲，黑色战甲并非覆盖全身，而是露出了双臂，双臂上有茂盛的火红色体毛，脸上则有红色鬓毛，眼神凌厉，宛如火焰在燃烧。

他就是火焰系不朽神灵！

“不……不朽神灵！”罗峰震惊了。

罗峰看着火海中的不朽神灵，感觉到了极强的不朽之力，在不朽之力的压迫下，他根本无法反抗。

“这个暗杀者竟然随身携带着一名不朽神灵，他肯定将那不朽神灵藏在体内世界中了。”罗峰瞳孔一缩，“这暗杀者能够潜伏在毋窿星域内部，又有不朽神灵护身，看来我猜得没错，这种暗杀者的底牌果然很可怕。”

科斯尔的代号是6号，他之所以能在潜伏毋窿星域的“棋子”中排名第一，就是因为他的体内世界中藏着一名不朽神灵。这名不朽神灵当年身份暴露，无法继续潜伏，通过神国传送侥幸逃回了虫族。没有了利用价值后，这种被灵魂控制的异族不朽神灵一般都是用来当炮灰的。

将一名不朽神灵放在科斯尔的体内世界中，关键时刻不朽神灵即可出战。

能够击杀不朽神灵的科技类武器的价格高得惊人，而这种被灵魂控制的异族不朽神灵的性价比很高，而且，界主级强者就算拿着科技类武器战斗起来，恐怕都不如真正的不朽神灵。

这才是科斯尔真正的绝招，也是虫族组织给罗峰准备的必杀技！

“隆厥王，快来救我，有内部成员携带不朽神灵暗杀我！”罗峰立即用意识连接虚拟宇宙网络，迅速给隆厥王发送了一封邮件，并且连续发了十次。

隆厥王正在毋窿星域外围的宫殿群内谈生意。

“这是购买货物的本金，1000万混元单位，其中的10%是给隆厥王的一点小酬劳，也就是100万混元单位。”一名身穿黑色华美长袍的光头老者笑着说道。

“你想弄到价值1000万混元单位的货物，这可不容易……”隆厥王皱眉，“你应该知道，价值超过100万混元单位的货物不是我一个人能够批下的。”

只要入账，账本就会有详细记录，比如罗峰购买虫族战士尸身花费100万混元单位，这是有记录的，到时会被详细审核。这也杜绝了分批购买的可能，因为分批购买似乎能够弄到大好处。还有并非随便一个人都有资格来购买，必须是有点地位、有一定权限的人。

“隆厥王，你和我都有上万纪元的交情了，这次我是要炼制一件武器。这样吧，15%的中间费用归你，你也可以和其他四位负责人谈妥，花费多少，一律看你的。”光头老者小声说道。

“你等下。”隆厥王皱眉，心中嘀咕，“谁连续给我发了十封邮件？”

他用意识连接虚拟宇宙网络，进入虚拟宇宙雷霆岛上自己的宫殿中。

站在宫殿内，他轻轻点开虚空，空中浮现出了一面屏幕，屏幕上的一封邮件被打开了，内容是：“隆厥王，快来救我，有内部成员携带不朽神灵暗杀我！”

隆厥王大吃一惊。

“罗峰被暗杀？”隆厥王再次一点屏幕，立即调出毋窿星域的监控图，并且对警戒系统下了指令，“有人在毋窿星域内遭到暗杀，赶紧查出那人所在的位置。”

不管怎样，他得先查出准确的地点，才好派人去救援。警戒系统是用白点、红点来标明内部成员和外部成员的，可是去选择货物的内部人员不少，根本无法确定哪一个红点代表的是罗峰，只能探测哪里有战斗。

“嘀！嘀！嘀！”警戒系统把毋窿星域所有监测点都探测了一遍。

“并无战斗发生。”警戒系统回复。

隆厥王微微一愣，紧接着明白过来，吩咐道：“可有监测点损坏？”

“B2446-56453-13202-96233-43193监测点的仪器出现故障，b2446-56号在36秒前已经前往进行修复。”警戒系统回复。

实际上，罗峰发送邮件时，战斗才过去4秒。可是，隆厥王慢吞吞地打开邮件，加上警戒系统的回复，导致一下子过去了32秒。

“就是这个监测点有暗杀情况。”隆厥王连忙喊道。

“连接两名引领者。”警戒系统自动做出反应。

“我让你立即派人去救。”隆厥王急切地大吼。

“隆厥王，你的权限不够，警戒系统必须遵守规则。”

警戒系统继续联系曾出现在监测点且跟随罗峰的那两名引领者，整整持续了20秒都没能联系上，这才发送命令给一位宇宙尊者。

这就是智能，有时候做事很死板。即使是智能生命，比如巴巴塔，一旦主人下达某个命令，就死板地遵循那个命令，不会违抗。

毋窿星域的警戒系统主控智能也是如此，规则是五大势力共同设定的，那么就必须遵守。

没有规矩，不成方圆。军队有军规，警戒系统自然也有一些死板的规则，虽然规则死板，但是如果没有规则，管理就会混乱，还可能造成更大的损失。遵守死板的规则，即使产生损失，也在承受范围内。

“等宇宙尊者赶过去都过去90秒了。罗峰，希望你能活下来，如果你死了，杀害你的不朽神灵也逃不掉。即使他通过神国传送逃走了，但是神国传送会留下空间波动，传送后的60秒内，以宇宙尊者的能耐，依旧能确定神国传送后的空间坐标，肯定能为你报仇。”隆厥王心中暗道，“现在就看你到底能撑多久了。”

毋窿星域。

身处火海中的不朽神灵转头看着身侧的科斯尔。

“不朽神灵，你必须在80秒内杀了罗峰，否则人族中的超级强者就会赶到这里。”科斯尔迅速用世界之力传音。

“你可以去死了。”一道低沉的声音在科斯尔的脑海中响起。

“轰！”科斯尔顿时被蕴含法则之威的火焰烧成灰烬。

这名不朽神灵潜藏在科斯尔的体内世界，是他最后的底牌，一旦动用这张底牌，就意味着到了最后时刻。到了最后时刻，虫族是绝对不会让科斯尔活下来的，因为人类会通过搜魂探察到虫族潜伏组织的一些秘密。

“你也可以去死了！”不朽神灵转头看向罗峰，在无尽的神威压迫下，罗峰动弹不得。

“轰隆隆——”无尽的火焰猛地大涨，仿佛一条神龙，瞬间席卷上万千米范围，袭向罗峰。

第678章

金角巨兽大战不朽神灵

这是蕴含了火之法则的火焰。只有真正悟透火之法则的火焰系不朽神灵，才能轻松操纵这等火焰。火焰辐散的领域便是神的国度，是真正的法则领域。虽然这比不上真正的神国，但是至少比界主级巅峰强者的世界投影要强得多。

不朽神灵间对战，例如火焰系不朽神灵对战大地系不朽神灵，他们分别操控火焰和大地，此时他们的法则领域与金、木、水、火、土、风、雷电、光线法则这八大本源法则地位等同，所以法则领域也等同，因此不朽神灵对战时是不屑于操控法则领域的。

不过，如果不朽神灵对付界主级强者、域主级强者等，就可以直接使用法则领域。这是真正悟透完整法则的强者才能拥有的法则领域。

“嗷——”一道吼声响彻天际。

金角巨兽出现在罗峰的前方，它的身长有200多千米。当它出现时，它的身体还在不断缩小。

噼里啪啦，它全身的鳞甲缩小，筋骨缩小，密度增大，头上的五根尖角也在缩小。

瞬间，它就成了一头身长100多千米的金角巨兽。

本尊天地秘法第二层略有小成。金角巨兽的身长和高度等都缩小了5倍，而全身密度暴增了上百倍，身体力量暴增了5倍。

如果本尊天地秘法第二层大成，战斗力可以暴增9倍；如果第三层大成，战斗力则能暴增36倍。不过，修炼这套功法有因素限制，金角巨兽越小越容易修炼，实力越强，反而越难修炼。

很多金角巨兽一生仅仅练成第一层，第二层能大成的都极少。至于成功练成第三层的，那堪称传说了。

罗峰的金角巨兽已经达到界主级六阶，想要在修炼本尊天地秘法方面再进步是很难的，而且修炼条件无比苛刻，就算是罗峰，也没有办法。

……

“金角巨兽？”那火焰系不朽神灵惊讶地看着远处的金角巨兽，“好强的气息啊！这应该是界主级巅峰的金角巨兽，据说界主级巅峰的金角巨兽身长1000千米，这金角巨兽应该是施展了秘法，使得身体缩小了。”

“罗峰竟然还有金角巨兽护身，不知道金角巨兽是他控制的灵魂奴隶，还是真衍王给他安排的助手。”火焰系不朽神灵如此揣测着。

“不过，就算是界主级巅峰的金角巨兽，也得死！”火焰系不朽神灵双眸中燃烧着火焰。

法则火焰宛如一条巨大的火龙，冲向金角巨兽。

面对冲过来的火龙，金角巨兽发出一声怒吼。

“轰隆隆——”

顿时星空大变，变成了一个强大的世界投影，直接压迫那燃烧的法则火焰。那法则火焰将周围的垃圾给烧成灰烬，可是那世界投影依旧不断凝结。

法则火焰不断燃烧！

投影世界不断凝结！

这竟然成了不相上下的局面！

“怎么会有这么强的世界投影？”火焰系不朽神灵脸色一变，“竟然能跟法则领域不相上下。都说吞噬类星空巨兽的体内世界非常大，可是这世界投影未免太强了吧！”

世界投影的强弱，取决于体内世界的大小。正常情况下，一旦法则领域施展出来，界主级强者的世界投影就会如同泡沫直接破碎，毫无抵抗能力。世界投影几乎不可能与法则领域媲美。

人族界主级巅峰强者的体内世界，一般直径有1万千米左右，而罗峰的体内世界直径超过了6000万千米，比很多界主级巅峰金角巨兽的体内世界还要广大。

一般来说，那些界主级巅峰金角巨兽即使处于下风，也可施展出世界投影，而且能够勉强抵御法则领域。而此刻，罗峰的世界投影和法则领域却不相上下。

“嗷——”金角巨兽咆哮一声。

选择最难的修炼之路，当然也会有特别的恩惠。至少，无比广大的体内世界令它拥有了广大的世界投影，丝毫不畏惧不朽神灵。

“没用的！法则领域只是附属，不朽神灵彼此厮杀时，是不屑于使用法则领域的。”火焰系不朽神灵也咆哮起来。然后，他化作一道火焰流光，向金角巨兽飞去。

“嗷——”金角巨兽再次仰头咆哮起来。

它额头的五个尖角上的金色秘纹亮了起来，而后其头部、颈部、背部、四蹄、翅膀上的金色秘纹也全部亮起。不单单如此，其右蹄爪迅速改变，变得粗壮，鳞甲的颜色则变成金黄色。

“天赋秘法——强化！”

在血洛之力的驱动下，天赋秘法令金角巨兽的全身振幅提高两倍，身体力量、世界之力等皆如此。

其全身力量凝成了一股，右蹄爪爆发出11倍的力量。

本尊天地秘法振幅增强5倍，天赋秘法振幅增强2倍。

血洛之力振幅增强11倍，《无名秘典》令其身体素质振幅增强3倍。

金角巨兽那可怕的右蹄爪力量爆发，是界主级六阶金角巨兽不爆发时天赋秘法的330倍，而界主级六阶金角巨兽的实力丝毫不亚于人族的界主级巅峰强者。不过，两者相比较，金角巨兽更强的显然是身体。

世界投影能抵抗法则领域，所以金角巨兽有了公平对战的资格。

“嗷——”金角巨兽再一次咆哮起来，同时迎上朝自己杀来的不朽神灵。

它直接挥动右蹄爪，同时通过《兽神头像咆哮图》清晰地感应金之法则、空间法则等，并且循着在兽神峡谷苦修一百八十几年从而凝练出的兽神意境施展出了最强的一爪。

撕天一爪！

宇宙空间被撕裂，出现了一道巨大的裂缝，重重叠叠的空间因此破裂，形成空间乱流。

“就算是金角巨兽，也只达到界主级，竟然敢阻拦我，去死吧！”火焰系不朽神灵的手中出现了一把巨大的战刀，战刀上燃烧着熊熊火焰。

随着那肆意的一斩，宇宙空间裂开，不少夹层中的空间破碎。这一招蕴含了完整的火焰法则和部分空间法则，威力极强。不朽神灵使用这一招，攻击力无比可怕。

“轰隆隆——”金角巨兽的右蹄爪和火焰战刀直接撞击在一起。

在这右蹄爪的面前，火焰战刀仿佛牙签那般小。

……

正常界主级巅峰金角巨兽的身体力量和世界之力虽然远不及这右蹄爪的威力，却能够融入其中，使其威力提升不少。再凭借《兽神头像咆哮图》的10倍法则振幅，金角巨兽可以施展出蕴含兽神意境的可怕一爪。

这是金角巨兽的最强绝招！

那火焰系不朽神灵虽然是普通的不朽神灵，但是终究达到了不朽级，界主级金角巨兽和他还是有很大差距。只有极少数界主级巅峰金角巨兽才能与普通不朽神灵对战，大多只能选择逃命。

“轰！轰！”金角巨兽和火焰系不朽神灵同时被震得朝两旁飞去，猛烈的撞击令宇宙空间再度破碎，那可怕的冲击力直接穿过空间裂缝，进入了空间夹层中。

“如此强的金角巨兽竟然不能击败普通的不朽神灵?! ”罗峰很惊讶。

“我……我可是不朽神灵，竟然没能击败界主级的金角巨兽?! ”火焰系不朽神灵也很震惊。

随即——

“嗷——”金角巨兽咆哮着再度冲击。

“杀！”火焰系不朽神灵也发狂了。

两者疯狂厮杀。

金角巨兽身上的鳞甲裂开，金黄色的血渗出。而那不朽神灵身上的黑甲也裂开了，护甲碎片乱飞，身上的火红色体毛被扯断，肌肉被撕裂。

“轰隆隆！”金角巨兽被震飞，跌进无尽的虫族战士尸身中。

“轰！”火焰系不朽神灵也被震得撞向星空中那虫族战士尸身中。

一个是拥有直径达6000万千米的体内世界，修炼过《无名秘典》，而且融合了100颗血洛晶的金角巨兽；一个是普通的火焰系不朽神灵。后者完全领悟了火焰法则和极少部分空间法则，前者则领悟了大半金之法则和部分空间法则，而且拥有兽神意境，并且通过《兽神头像咆哮图》提高了10倍振幅。

这两者厮杀得难解难分。

“轰——”金角巨兽和火焰系不朽神灵转战至无尽的虫族尸身之中，几乎一秒钟便已交手数百次乃至上千次。

“战斗已经持续50秒了。”火焰系不朽神灵心中暗道，“据科斯尔所说，必须在80秒内杀了罗峰。可是，罗峰被金角巨兽收进体内世界保护起来了，不杀了金角巨兽，根本无法杀罗峰。时间来不及了。”

火焰系不朽神灵作为被灵魂控制的奴隶，是绝对会不惜一切代价按照主人的命令去战斗的。

“嗖！”火焰系不朽神灵再度杀向金角巨兽。

金角巨兽则咆哮着挥起可怕的右蹄爪。

二者碰触的瞬间——

火焰系不朽神灵面目狰狞，双眸发红，怒道：“金角巨兽，去死吧！”

“轰——”周围的宇宙空间受到了影响。

火焰系不朽神灵瞬间化为一个超级大的火球，仿佛超新星一般。

不朽神灵自爆！

他使出了最后一招！

为了完成任务，他不惜拼上性命！

第679章

罗峰的作战计划

“他竟然自爆了！他肯定是被灵魂控制的不朽神灵！”罗峰大惊。

“嗷——”金角巨兽痛苦地发出低吼声。

不朽神灵突然自爆，近距离下的金角巨兽根本来不及闪躲。

想要修炼到不朽级非常难，不朽神灵蕴含的能量丝毫不亚于一颗恒星。这一自爆，是他把亿万年来积累的不朽神力瞬间爆发了。

对方都自爆了，哪里还会留下不朽神力？

“轰——”

这比本源法则火焰要炽热百倍乃至千倍，连宇宙空间碎片都瞬间熔化成了带电粒子流。那好似将多颗超新星聚集在了一瞬间爆发，产生的威力简直达到了不可思议的地步，而距离最近的金角巨兽自然最先受到了冲击。

右蹄爪是金角巨兽全身最坚硬的地方。若说金角巨兽的力量整体提高了330倍，那么其实是身体其他地方的力量仅仅提高30倍，右蹄爪提高的力量则是其他蹄爪的千倍乃至上万倍，然后平均下来才是整体提高330倍。力量提高这么多的右蹄爪比很多不朽神灵的兵器还要坚硬。

在爆炸形成的可怕粒子流面前，连宇宙空间都熔化了，金角巨兽的右蹄爪却硬生生扛住了。

“嗷——”金角巨兽痛苦地吼叫起来。

离右蹄爪极近的脖颈、腹部都遭受到了冲击，这些部位的黑色鳞甲瞬间变得火红，紧跟着就变成了飞灰。

“刺刺——”能够撕裂宇宙空间的力量就是透过肌肉迸发的。

然而，在这火焰系不朽神灵自爆产生的炽热带电粒子流面前，这些肌肉几乎瞬间就燃烧成了飞灰，体内的脏腑也瞬间成了飞灰。

金黄色的骨头显然比肌肉和鳞甲要强得多，正缓缓变色，原本的金黄色逐渐暗淡。

……

自爆产生的带电粒子流，朝四面八方辐散。

金角巨兽只是处于其中一个方向，其他方向则是大量的界主级巅峰虫族战士尸身。尸身的鳞甲都无比坚硬，就算是用E9级激光枪射击，也勉强才能射穿，主要是因为这些虫族战士已是死物，并无能量融入甲壳。

真正的界主级虫族战士的防御更强，尸身虽弱了不少，却依旧不可小觑。本来爆炸余波足以辐散方圆上千万千米，奈何周围都是界主级巅峰虫族战士尸身。那无比炽热的带电粒子流轰击在那些界主级巅峰虫族战士的尸身上时，那些尸身瞬间就熔化成了灰烬，粒子流不断朝四周冲击，大量的虫族战士尸身被烧成灰烬。

此时，受到爆炸余波影响最严重的是金角巨兽。

自爆威力最强盛时是爆炸最初的0.01秒，而后威力迅速衰弱，连那受影响的宇宙空间也都自动修复了。

只见，在那逐渐衰弱的火焰下，金角巨兽悬浮着。此时的它好似一头骷髅兽，仅仅右蹄爪、尾巴尖和翅膀边缘还覆盖着一层鳞甲，而躯体的主要部分只剩下骨头，连头都只剩下头骨和五个尖角。

“太可怕了。威力如此大，就连金角巨兽都扛不住，变成了骷髅兽。”罗峰暗道。

这时，金角巨兽朝远处迅速飞去。

距离金角巨兽八万多千米处有一些摩云藤藤蔓碎片，在藤蔓碎片中，有几根藤蔓缠绕着周围数千米范围内的虫族战士尸身，这些藤蔓围绕的区域中心则是一片虫族战士鳞甲。

“唰！”鳞甲瞬间变成了地球人本尊。

“嗖！”罗峰朝远处的金角巨兽飞去。

当两者距离较近时，金角巨兽直接进入罗峰的体内世界。

没错，罗峰的原核根本就不在金角巨兽的体内。之前，他发现科斯尔的时候，就想通过这一战来检验自己。不过，他心里很清楚，科斯尔能潜伏到毋窿星域重地暗杀自己，手段肯定不一般。

他做出作战计划的时候，首先考虑的就是一旦斗不过科斯尔该怎么办。所以他施展摩云藤时，让那216根主藤蔓蔓延上万千米，那时，他就将魔杀族分身变成了一片蔓叶，将其连接在其中一根主藤蔓上，还将原核放在了魔杀族分身体内。

此外，他让主藤蔓蔓延上万千米其实还有一个目的，就是将魔杀族分身变的蔓叶直接送到上万千米外，藏在那些界主级虫族战士尸身中。进入那些虫族战士尸身的瞬间，魔杀族分身所变的蔓叶就变成了虫族战士尸身上的鳞甲，丝毫不起眼。

而后，当火焰系不朽神灵出现时，瞬间就令大量摩云藤变成了灰烬。此时的火焰系不朽神灵哪会在意上万千米外的虫族战士尸身群中的一片鳞甲？

随后，世界投影辐散开去，足足辐散上万千米，同时金角巨兽现身，地球人本尊瞬间就进入了体内世界。

……

金角巨兽对战火焰系不朽神灵，让罗峰实现了检验战斗力的目的。

如果获胜，当然是喜事。

如果被击败，那么金角巨兽会直接自爆。

此举仅仅损失金角巨兽，大不了他再多消耗一点世界之力，在体内世界中再孕育一头金角巨兽。至于右蹄爪中的血洛之力，如果事后弄到金角巨兽右蹄爪的残骸，自然是好事，将其炼化，再融入新的金角巨兽体内即可获得。如果对方将右蹄爪残骸摧毁了，大不了他再消耗100颗血洛晶，将这些融合进新的金角巨兽体内。

……

“不管是获胜还是被击败，我都立于不败之地。若金角巨兽真的战死，我可以将地球人本尊扔出去，同时将空间戒指中的一些物品扔出去，就当作是体内世界崩溃，让地球人本尊被敌人击杀，让敌人以为真的杀了我。”罗峰暗道。

这真是最糟糕的情况。

逼得金角巨兽自爆都无法杀了对手，罗峰才会走这一步。不管如何，魔杀族分身变成的鳞甲会一直躲在虫族战士尸身群中。

无论出现什么突发情况，罗峰都制订了应对的方案。事实上，凭借魔杀族分身、金角巨兽、地球人本尊、无比庞大的世界投影，他可以制订出很多应对方案。

“火焰系不朽神灵自爆的威力真强！”罗峰环顾四周。

周围一片空旷，远处有一些烧焦的虫族战士尸身残骸。之前，法则火焰燃烧、火焰系不朽神灵自爆等，最起码毁掉了附近1000个单位的虫族战士尸身。数量之所以如此庞大，主要是因为这些虫族战士尸身太集中，而且都没有了生前的能量，故而轻易就被摧毁了。

“损失这么大?! 那可是1000个单位的虫族战士尸身，而且都达到了界主级巅峰。”罗峰目光一扫，“毋窿星域的人若是发现损失了近千万混元单位，恐怕得跳脚了。”

“嗯？”罗峰心中闪过一个念头。

他立即闪身，直接飞到数百千米外，同时席卷了300个单位的界主级虫族战士尸身，将这些藏进自己的体内世界中。

“反正已经损坏了1000个单位的界主级虫族战士尸身，多损失这300个单位的虫族战士尸身，也看不出来吧。”罗峰嘀咕道。

同时，他心中暗暗窃喜。

300个单位的界主级虫族战士尸身啊，购买的话，需要付出300万混元单位，现在就这么到手了？他虽然要花费不少世界之力来恢复金角巨兽，可是那点能量加起来也就值几混元单位。

这300个单位的界主级虫族战士尸身才是他此次遭到袭击的最大收获。不过，他也不敢弄走太多虫族战士尸身，不然容易出现破绽。

“这也算补偿吧！若非我拥有金角巨兽，这次恐怕真的没命了。毋窿星域的反应机制实在太差了，我都已经向隆厥王求救了，到现在却没有一个强者赶过来。”

罗峰悬浮在宇宙星空中，什么都不做，只是默默地等待。

他和火焰系不朽神灵的战斗持续了50秒。

火焰系不朽神灵自爆的最强威力持续时间不足0.01秒。

金角巨兽回到体内世界，大概0.1秒。

随后他弄到300个单位的界主级虫族战士尸身，并且将这些收进体内世界，耗时大概1秒。

……

过程看似很慢，真正进行时，罗峰的反应速度堪比智能光脑的反应速度，瞬间达到每秒上万千米，当然是快如闪电。

做完这一切，罗峰便以一个受害者的姿态默默地在星空中等待。

“我可是受害者。”罗峰暗自嘀咕。

第680章

宇宙尊者

在毋窿星域中，族群战争结束后，各种尸体残骸、兵器、科技武器等都被做了详细的分类，悬浮储放，井井有条。唯有刚刚经历了一场不朽神灵和界主级强者生死厮杀的数万千米范围内一片狼藉，连很多早就分好类的界主级虫族战士尸身也完全乱了。

距离罗峰数万千米处，圆球形监测仪器所在的位置，一道人影凭空出现了。

此人十余米高，穿着奇异的战铠，战铠呈紫黑色，上面隐隐有秘纹，脚上套着高帮战靴，很吸引眼球。

站在星空中，此人好似伟大的主宰！

“嗯？”此人看了看身侧的一些仪器碎片，随即遥看罗峰的方向，喃喃道，“根据能量波动来看，罗峰的对手是火焰系不朽神灵。”

“嗖！”下一秒，此人就消失了。

……

罗峰看着突然出现在自己眼前的高大男子，惊愕不已。

他抬头看向眼前的男子，当他看到头盔下露出的那双暗红色眼眸时，灵魂一阵战栗，他连忙恭敬地行礼：“拜见宇宙尊者！”

凭借在混沌城的经历，罗峰也见过封王级不朽神灵，自然能够肯定能让他灵魂战栗的绝对是宇宙尊者级的人物。

“你是罗峰？”一道响亮的声音在罗峰的脑海中回荡。

“是。”罗峰恭敬地回道。

“这里到底发生了什么？你把详细的过程说出来。”宇宙尊者俯瞰着眼前的年轻小伙，冷冷地道。

之前毋窿星域的警戒系统传送信息给他，让他立即出动，同时将罗峰和另外三名内部成员的一些信息都传给了他。

“是，尊者。我是来这里购买虫族战士尸身的，之前在两名引领者的带领下，正在鉴别一个个单位虫族战士尸身的情况，却正好遇到了毋窿星域的另外一名内部成员。那人也穿着白袍，名叫科斯尔。两名引领者都认识他，能够在毋窿星域内碰到其他内部成员，这是非常罕见的情况，所以两名引领者非常开心，高兴地和科斯尔交谈。

“就在这时，我的智能光脑告诉我，它感应到周围一带的监测信号消失了。在毫无征兆之下，科斯尔突然对两名引领者下杀手。距离如此之近，两名引领者没有丝毫防备，瞬间就被击杀了。”

宇宙尊者默默地听着，没有说什么。

罗峰却很紧张。

他很清楚，自己的回答必须谨慎，否则很可能丢掉小命。

这毋窿星域是人族重地，驻扎在这里的都有堪比宇宙尊者的超级武力，是不容许任何人侵犯的。

“紧接着，科斯尔就对我出手了。”罗峰郑重地道，“不过，我达到域主级，被虚拟宇宙公司外放时，就猜到会遇到危险，所以给自己准备了一些后手。我随身携带的一方世界中有十名界主级护卫，当时我就将他们召唤出来，并且让我的辅助植物生命摩云藤协助他们，一起对付科斯尔……”

“本来已经击杀了科斯尔，可是科斯尔死前，从他的体内世界中释放出了一名火焰系不朽神灵。”罗峰缓缓地道，“我根本没想到，科斯尔的体内世界中竟然有火焰系不朽神灵，这实在是太可怕了！”

宇宙尊者继续默默地听着。

“更没想到的是，火焰系不朽神灵一出来，第一件事就是将科斯尔杀了，这令我无比惊诧。”罗峰沉声说道，“在杀了科斯尔后，火焰系不朽神灵便要杀我的十名界主级护卫。可是他并不知道，十名界主级护卫中，有一名是我的灵魂奴隶。那名灵魂奴隶的体内世界中藏着我的秘密武器，也就是机械族制造出来的科技武器，代号为V-1129的火神源晶。当时，我就是控制这名灵魂奴隶使用火神源晶对付火焰系不朽神灵的。”

罗峰很清楚，那火焰系不朽神灵自爆产生的能量波动和留下的一些痕迹，绝对隐瞒不了宇宙尊者，就连一些普通的不朽神灵都能够看出来。

他到底该怎样逃过这一劫？首先必须有周全、能经得起考证的说辞，否则的话，恐怕他就有大麻烦了。

“火神源晶？”宇宙尊者的声音再次在罗峰脑海中响起。

“是的。”罗峰恭敬地道。

火神源晶是机械族科技类武器的一种。作为整个宇宙科技最强的族群，机械族能够制造出直接击杀不朽神灵的武器，不过那些武器的价格都很高，特别是能够持续使用的武器，价格更是高得离谱。

据说一把F级激光枪价值上亿混元单位，就连封王级不朽神灵都不一定舍得买。除了激光枪这种单兵武器外，还有一些群体性武器，比如星空堡垒、神灵基地，这些都是可以运用到域外战场的无比可怕的武器，就算是封王级不朽神灵倾家荡产都不一定买得起。

当然，能击杀不朽神灵的科技类武器也有便宜的，比如火神源晶。火作为最容易爆炸的一种能量，是一次性的。火神源晶是能够击杀不朽神灵的诸多武器中较容易买到的，这是将大量的火焰系不朽神力压缩在一颗晶球中，然后瞬间引爆，让火焰系不朽神力直接爆炸，有火焰系不朽神灵自爆的效果。

火神源晶的原理简单，科技含量却极高，毕竟要将惊人的火焰系不朽神力不断压缩，压缩成不朽晶后还要继续压缩，直至压缩成比不朽晶浓度高千万倍的源晶，这对技术的要求太高了。

V-1129型号的火神源晶属于低档产品，爆炸的威力相当于普通火焰系不朽神灵自爆的威力。

作为一次性用品，如果有渠道购买的话，一颗低档火神源晶的价格在100万到150万混元单位之间。

“我的灵魂奴隶使用火神源晶，瞬间爆炸。在我的十名界主级护卫对付科斯尔的时候，我就迅速逃开了。当那火神源晶被引爆时，我已经到了数万千米外。”罗峰再次恭敬地说道，“火神源晶爆炸，令那火焰系不朽神灵丧命了，也让我逃过一劫。”

……

事实上，为了隐瞒金角巨兽的存在，在战斗结束时，靠着世界投影，罗峰将分散在四周的金角巨兽鳞甲迅速收入体内世界。

仔细思虑后，他才想出这么一个借口——他控制的界主级灵魂奴隶用火神源晶击杀了火焰系不朽神灵——解释这一切。

……

罗峰恭敬地待在那里，等候宇宙尊者发话。

“嗯。”宇宙尊者终于点点头，“我会将你所说的一切记录下来，而后发送给毋窿星域的警戒系统。关于你的事，等另外五名封王级不朽神灵商量后再决断。”

就在这时——

远处空间荡起丝丝涟漪，片刻后，一艘宇宙飞船出现了。

罗峰的眼睛一亮。

这正是隆厥王的宇宙飞船。

“哗！”舱门开启。

隆厥王带着迪伦，化作一道流光，瞬间来到他们面前。

“尊者。”隆厥王恭敬地行礼。

迪伦也连忙恭敬地行礼。

“这里的事就交给你们五人处理了，关于罗峰所说的一切，还有我自己做出的判断，我都已经提交给毋窿星域的系统智能了。”宇宙尊者冷冷地道。

随即，他一闪身，直接消失了。

这片区域只剩下罗峰、隆厥王、迪伦三人了。

“殿下，你没事吧？”迪伦连忙问道，脸上有自责的神色，“师祖让我保护你，可是……”

“迪伦，这不怪你。”罗峰摇摇头。

隆厥王接着说道：“此事的确不怪迪伦，也不怪罗峰，要怪只能怪毋窿星域内部出现了问题，看来是混进了异族奸细。”

一般来说，出现人族超级天才被刺杀的事件，大多会说是异族奸细干的，其实有些天才被杀，是因为人族内部的仇怨。可只要没查出来，便一律推给异族奸细。

“是谁下的杀手？”隆厥王看向罗峰。

“毋窿星域内部成员科斯尔。”罗峰说道。

“嗯。”隆厥王点点头，环顾四周，无形的不朽之力直接蔓延开来，他扫过远处一些虫族战士尸身的残骸，又说道，“竟然还有不少摩云藤藤蔓的碎片！”

“摩云藤是我的辅助植物生命。”罗峰道。

“这次损失不小。”隆厥王皱眉，“竟然损失了上千单位的界主级虫族战士尸身。如果损失的是域主级虫族战士尸身，损失肯定小多了。现在损失了上千万混元单位，那么这件事情就麻烦了。”

“麻烦？”罗峰疑惑地看向隆厥王。

“嗯。”隆厥王看向罗峰，点点头，“虽然是你通知我说有人要杀你，但是跟随你的两名引领者和杀手科斯尔都死了，那就是死无对证。如果能够活下一人，还能通过搜查其灵魂得到事实真相，可是他们都死了，那就没法确认事实真相了。假设此次毋窿星域的损失小，不足100万混元单位，我一个人就能处理。可是，现在损失很大，就得五位负责人联手处理此事。因为死无对证，罗峰你可能会有一些麻烦。”

第681章

魔烛王

“罗峰殿下这次在毋窿星域遭到刺杀，是因为毋窿星域内部管理不力。”迪伦恼怒地说道，“罗峰殿下能够活下来，算是幸运的了，还会有麻烦？什么麻烦？”

“迪伦！”隆厥王眉头微皱。

“隆厥王勿怪。”迪伦微微躬身，随即直起腰，郑重地道，“师祖派我保护罗峰殿下，我是信任毋窿星域内部的安全系统，所以才没跟着罗峰殿下。可是，我离开罗峰殿下身边才多久啊，他就遭到了刺杀，而且您现在还说罗峰殿下会有麻烦，我如何忍得下这口气？师祖对我一再嘱咐，说要保护好罗峰殿下，我却失职了！”

隆厥王长叹一声，道：“我也是虚拟宇宙公司的，当然也向着罗峰。不过，这件事得由五个负责人共同商议才能决断。

“我们毋窿星域的事务处理是有详细规定的，商品交易、内部小事等一律是由五位负责人共同处理的。如果遇到一些大事，我们才会麻烦高高在上的宇宙尊者。”

罗峰、迪伦都点点头。

“我向着罗峰，可是另外四位负责人分别属于其他四大势力，不一定会向着罗峰。五大势力虽是合作关系，但其实暗中会较劲。”隆厥王缓缓地说道，

“待会儿，另外四位负责人就会来到这里。对了，即将到来的四位负责人中，你们最应该恭敬对待的是魔烛王。”

“魔烛王？”罗峰一怔。

“嗯，魔烛王来自巨斧斗武场，背景惊人。在毋窿星域的管理层中，他一直是最霸道的，我和其他三人都得让着他。”隆厥王沉声说道，“所以，你们千万别惹恼了他，否则就麻烦了。”

罗峰点点头。

……

罗峰等三人在此处闲谈，而数万千米外的星空中荡起了丝丝涟漪，一艘艘宇宙飞船接连出现，前后相隔不足半分钟。待四艘宇宙飞船全部到齐后，舱门这才开启。

“哗！哗！哗！”

大量人影从四艘宇宙飞船中飞出，足足上百人，其中大半是不朽神灵。

毋窿星域储藏区是禁止不朽神灵进入的，可是遇到一些特殊情况时，还是可以让他们进入的。

“怎么回事？”

“看看这里，怎么这么乱？”

四位负责人率领一大群人飞来。

飞在最前面的是一个穿着华美白袍的美男子。他有一头飘逸的银色长发，皮肤白皙，五官完美，额头上有淡淡的秘纹，浑身散发一股神秘的气息，让人不禁心生好感。

这么一个绝世美男子站在那里，其他三位负责人仿佛成了陪衬。

“跟我来。”隆厥王传音吩咐罗峰和迪伦。

三人当即迎了上去。

那四位负责人率领的一大群人停在星空中。

“罗峰，我来给你介绍一下。”隆厥王指着旁边头发卷卷的、皮肤泛绿的瘦高男子，“这位是宇宙第一银行的达撵王。”

“达撵王。”罗峰恭敬地行礼。

“罗峰，这次是我们毋窿星域内部管理不力导致的，还请见谅。”达撵王笑着说道。

隆厥王朗声大笑，道：“还好还好，罗峰没事。罗峰，这位是来自宇宙星河银行的驓雨王。”

那是一个有四条手臂和四只眼睛的人形生物，身上散发着冰冷的气息。

看到罗峰，驓雨王只是点点头。

“这位是来自宇宙佣兵联盟的隐戈王。”隆厥王继续介绍。

罗峰当即看了过去，隐戈王的容貌和地球人很相似，只是体毛更加茂密，眼神凌厉。

隐戈王笑着朝罗峰点了点头。

“至于这位，也是极具传奇性的绝世天才，当年突破成为不朽神灵时，就拥有了封侯级巅峰实力，他……就是魔烛王！”介绍这位时，隆厥王的声音都变得高亢了，显然他对魔烛王热情得多。

“魔烛王。”罗峰恭敬地行礼，心中则很惊讶。

天哪！宇宙中竟然有这么绝美的男子，堪称罗峰见过的最美的人。就算是幻灵王等极具魅惑力的以及虫族母皇那种天生高贵的绝美生命，都无法和眼前的男子相比。

魔烛王额头上的秘纹散发出神秘的气息，让人很想要和他亲近。

魔烛王伸出白玉似的手指，轻轻地摩挲下巴，审视着罗峰，道：“罗峰，你是真衍王的弟子？我怎么没听说过此事？”

罗峰恭敬地听着。

“这次事件的详细情况到底是什么样的，没人知道。”魔烛王声音轻柔，让人如沐春风，“宇宙尊者向管理毋窿星域的系统智能提交的内容，我刚刚看过了，只能确认最后是火焰系不朽神力引起的爆炸。”

“可是，事实到底是什么样的？”魔烛王轻轻摇头，“那三个内部成员都死了。”

罗峰心中一动。

“魔烛王，”隆厥王朗声笑道，“此事其实很简单。罗峰是我们虚拟宇宙公司的绝顶天才，在那些异族的暗杀排名榜中绝对排在前十。这次遭到暗杀，罗峰能够活下来，已经很幸运了，我们对虚拟宇宙公司高层也可以有个交代了。”

魔烛王看了一眼隆厥王，冷冷地道：“隆厥王，我们不是要向虚拟宇宙公司交代，而是要给五大势力一个交代。”

“三名内部成员全部丧命，这可不是小事！”魔烛王眼中寒光一闪，指着罗峰，“罗峰说是有内部成员要暗杀他，可是那三人都死了，根本死无对证。这还不是任由他随意编造？”

“或许，这是罗峰早就计划好的，杀了三名内部成员，然后弄走大量的界主级虫族战士尸身。”魔烛王冷笑一声，“那可是价值上千万混元单位的巨额财富，足以让罗峰这个域主级的小家伙冒险了，而且他有绝世天才身份当护身符，自然认为是万无一失的。”

罗峰脸色大变。

“魔烛王。”罗峰开口了。

“闭嘴，我和隆厥王说话，还轮不到你插嘴。”魔烛王皱眉，厌恶地看了罗峰一眼。

罗峰站在一旁，虽然怒火中烧，却没有再说任何话。

“魔烛王，”隆厥王眉头一皱，“你没必要这么……”

“有必要！”魔烛王打断他的话，冷冷地道，“这件事情很严重。首先，这让我们毋窿星域损失了上千万混元单位。其次，这或许真是一场暗杀行动，最后的爆炸威力足以与普通的火焰系不朽神灵自爆媲美。不管怎样，都得认真查下去！”

“不管是我们毋窿星域内部有奸细，还是罗峰故意布下一个局，我们都得弄清楚真相！”魔烛王看向其他负责人，“你们的意见呢？”

达撵王、黯雨王、隐戈王三人彼此对视一眼。

“魔烛王说得有道理，此事很严重，的确应该认真查一查。”达撵王微微点头。

“嗯。”黯雨王也点点头。

“确实。查清楚比较好，但也不可让罗峰蒙冤。”隐戈王淡淡地道。

“那是当然。”魔烛王随即看向罗峰，严肃地道，“罗峰，现在由我来问你话。”

“是。”罗峰恭敬地应道。

旁边的隆厥王却露出焦急的神色，同时传音给罗峰：“罗峰，你可千万别惹恼魔烛王，尽量恭敬一些，忍着点。”

迪伦也传音给罗峰：“殿下，我现在就通过虚拟宇宙网络将这一切禀报给师祖。师祖出马的话，这种小事一定能很快解决。”

收到迪伦和隆厥王的传音，罗峰顿时安下心来。

“我问你，之前你和宇宙尊者所说的可是真的？”魔烛王紧紧地盯着罗峰，一脸严肃。

“是真的。”罗峰回道。

“你敢放开你的灵魂保护，让我来搜查你的灵魂吗？你放心，我绝对不会伤害你的灵魂。”魔烛王继续说道。

“不行。”罗峰皱眉，恭敬地道，“搜查灵魂，需要完全放开灵魂保护，让别人深入灵魂探察，一不小心，记忆就会被破坏，轻则失去记忆，重则成为白痴，乃至灵魂崩溃，直接丧命。”

“你不相信我的能力？”魔烛王看着罗峰。

“魔烛王，”罗峰恭敬地回道，“我并非不信你的能力，而是不敢赌，不喜欢将自己的命运交到别人的手上。”

罗峰即便心中没什么秘密，也不敢这么玩。假设魔烛王心存恶意，故意使坏，让罗峰成了白痴，到时候，魔烛王可以说自己是不小心的，只会受到一些惩罚，而罗峰却成了白痴，无法挽回。

更何况，罗峰心中确实藏有不少秘密，怎么可能让别人来搜查自己的灵魂？

“魔烛王，人人都有一些秘密，岂能让外人随便查看灵魂？更何况，罗峰是我们虚拟宇宙公司的天才，又怎么能容许这等危险的事情发生？”隆厥王皱眉道。

如果是虚拟宇宙公司内部的普通成员就算了，可是罗峰这样的天才堪称人族的宝贝，不容许乱来。

“好。”魔烛王点点头，“既然你不敢接受灵魂搜查，那我换个方式问你。之前，你和宇宙尊者说最后是你让你的灵魂奴隶引爆火神源晶，杀了火焰系不朽神灵，那你是从哪里购买到火神源晶的？宇宙第一银行和宇宙星河银行可有扣款证明？”

“没有证明。”罗峰摇头。

“这都拿不出证明，”魔烛王看着罗峰，“你说的话完全可能是捏造。没有事实依据，你让我们怎么相信你？”

“魔烛王，拥有一些宝物，并非一定是购买的，比如这个……”

话音刚落，罗峰一翻手，手中便出现了一把E9级激光枪。

“你能查到我这把E9级激光枪是在哪里买的吗？你能查到我的扣款证明吗？查不到。我同样没有扣款证明，你也找不到我的购物渠道，可我就是拥有一把E9级激光枪！”

罗峰再一翻手，手中出现了一片紫宸百络叶。

“魔烛王，你能找到我购买紫宸百络叶的证据吗？”

一片紫宸百络叶的价格是200万混元单位左右。

一颗火神源晶（低档）的价格在100万至150万混元单位之间。

一把E9级激光枪（0.1秒蓄能，属极品武器）的价格则在50万至100万混元单位之间。

"同样的道理，我拥有火神源晶不足为怪！"

第682章

关押

魔烛王看着罗峰手中的紫宸百络叶和E9级激光枪，不由得眉头一皱。以他的地位，他不至于眼馋这两种宝物，令他感到惊讶的是域主级九阶的罗峰所拥有的财富和能力。花钱购买宝物是一种能力，不花钱并能收到别人赠予的宝物更是一种能力。

“你倒是很会狡辩。”魔烛王轻笑一声，“好吧，火神源晶的事，我就不再为难你了。我再问你，你控制的灵魂奴隶到底是谁？叫什么名字？来自哪个宇宙国的哪个星域？”

罗峰心中一惊，这倒真是个漏洞。

“当年我购买了大批宇宙级奴隶，其中就有一个名叫泰焐的。”

罗峰的意识反应速度不愧能与智能媲美，他瞬间就判断出以自己现在的修为级别，收服某个奴隶很容易被查出问题。

“泰焐的天赋极高，他很优秀。魔烛王，你应该知道，当年的我还只是恒星级九阶强者，根本无法强行收服宇宙级强者为奴仆，但可以收服宇宙级奴隶，所以……”

罗峰购买的宇宙级奴隶的确不少。之后，在数次战斗中，这些奴隶死了不少。比如，遭到虫族母巢毒气侵袭的那次，好多宇宙级奴隶都死了。

总之，那些都是很久以前发生在地球上的事，就算是再厉害的人物，也查不出来什么。

“泰焐身为奴隶，没有任何资源，修炼的方法也很粗鄙，却能达到宇宙级九阶。后来我传给他一套秘法。在虚拟宇宙公司期间，我不断地给包括泰焐在内的几名优秀的界主级奴隶提供极好的资源。”罗峰笑道，“泰焐悟性很高，很快就达到了域主级。作为我的灵魂奴隶，我更是不想浪费他的时间，直接让他从域主级一阶达到九阶。随后他运气极好，竟然迅速跨入界主级。我当然也是大力栽培他，将他带在身边，毕竟很多事情由灵魂奴隶去做是最方便的。”

魔烛王听了，眉头一皱。

在询问前，他查到了不少关于罗峰的信息。罗峰还未通过天才战崛起之时，还只是地球领主，加上地球又处于虚无区域，的确没有任何情报。而且，那些底层的奴隶交易更是混乱。

“哦？”魔烛王看着罗峰，“那时候你就懂得灵魂控制之法？”

“是的。”罗峰恭敬地道。

“什么秘法？”魔烛王继续追问。

他必须不断地追问，这样才能让罗峰露出破绽。事实上，灵魂控制秘法稀少。罗峰加入虚拟宇宙公司之前，拥有什么灵魂控制秘法呢？

“魂印秘法。”罗峰回道。

“这是什么秘法？有这么一门秘法吗？”魔烛王眉毛一挑。

旁边的隆厥王笑道：“魔烛王，你得到的情报资料中应该有关于罗峰的陨墨星号宇宙飞船的吧。那艘飞船就是当年颇有名气的陨墨星主人呼延博的宇宙飞船。”

人族疆域中的不朽神灵虽然很多，但是稍微有点名气的都能轻易地被记住，神灵们的记忆力可是极强的。

“罗峰当然是得到了呼延博的传承。”隆厥王微微一笑，“而呼延博当年有九大不朽级奴仆，不少人都知道此事。他手下的一个奴仆铁剑侯还曾惹得不少人艳羡呢！呼延博用来控制九大不朽级奴仆的秘法便是魂印秘法。”

魔烛王眉头一皱。

“罗峰，你说当时召唤出了十名界主级护卫，其中一名是你的灵魂奴隶，另外九名是谁，他们的名字、身份、详细来历，一一说出来吧！”魔烛王说道。

“魔烛王，你到底想要问什么？”罗峰眉毛一挑。

“我刚刚问你的话，你没听清吗？你只要回答，没资格反问我。”魔烛王冷冷地道。

罗峰恭敬地行礼，道：“回禀魔烛王，另外九名界主级护卫是我受邀前往金角族时，金角族赠送给我的九名界主级金角族人，是用来暗中保护我的。”

“金角族？”魔烛王顿时怒气上涌。

金角族是独立于人族之外的。他们虽然是附属族群，但是可以独立管理族群、培养后代等，人族是不会插手的，所以金角族家乡拉斯奥世界内部发生的任何事，魔烛王根本就没法查。

“所有人听令。”魔烛王猛地转头看向身后的上百个手下。

上百个穿白袍的人和紫袍的人恭敬地等候命令。

“给我仔细探察周围战斗后的痕迹，找出蛛丝马迹，查明真相！”魔烛王下令。

“是！”穿白袍的人、穿紫袍的人瞬间朝四面八方散开，仔细探察四周。

“我暂时不再盘问你，等得到他们探察战场后的结果再说。”魔烛王看了罗峰一眼，不再多说。

罗峰没有吭声。

罗峰看了隆厥王一眼，传音道：“隆厥王，这个魔烛王是不是和我有仇，为什么针对我？”

“他的确是在针对你，至于原因，我也不知道。据我了解，以他的性格，很可能会找你的麻烦。可他这么针对你，实在有点过了。”隆厥王传音回道，“对了，你将此事告诉你的老师真衍王了吗？”

“迪伦刚刚传信给了我的老师，待会儿我的意识会进入虚拟宇宙，去见老师。”罗峰传音回复。

随即，罗峰转头看向远处的星空。

那些穿白袍的人、穿紫袍的人都疾速闪身，在一处处仔细探察。

罗峰、迪伦和五位负责人则默默地看着。

……

“你放一块火焰系不朽神灵的兵器残片进去，就当是你发现的可疑物品。”魔烛王传音给远处正在搜查的一名身穿紫袍的不朽神灵。

这名身穿紫袍的人正是火焰一脉的不朽神灵。

那不朽神灵听到魔烛王的命令，连忙传音回复：“是，大人。”

……

片刻后，上百名穿白袍的人和穿紫袍的人都飞了回来，各自的双手中都捧着一些物品。

“大人。”穿白袍的人和穿紫袍的人都恭敬地行礼。

“周围应该都是界主级虫族战士尸身，而这些都不是虫族战士尸身碎片。”魔烛王指着各种各样的物品，“你们看，这兵器残片蕴含火焰法则，显然是火焰系不朽神灵常用的兵器。难不成此次并非火神源晶爆炸，而是火焰系不朽神灵的攻击造成的？还有，这些物品都不是界主级虫族战士尸身的残骸，显然是外来的，这些东西都是什么来历？罗峰，你怎么解释？”

罗峰眉头一皱，恭敬地道：“回禀魔烛王，死去的有多个界主级强者，界主级强者一死，其体内世界崩溃，当然会有大量物品飞出来。我怎么知道这些物品的来历？”

“哼！”魔烛王冷哼一声，“你倒是推得一干二净。照你所说，所有有价值的证物都是在那些界主级强者死亡，他们的体内世界崩溃后，从他们的体内世界中飞出来的？”

“我发现你一直在狡辩，所说的话都无法查证。来人，将罗峰直接押送到第一星域牢狱。”魔烛王喝令道，“把他关进第一星域牢狱，到时他什么都会招出来。”

旁边的隆厥王等四人都大吃一惊。

第一星域牢狱可是人族疆域中较为严酷的监狱之一。

传说，人族疆域有上九大监狱和下九大监狱。上九大监狱是第一星域牢狱到第九星域牢狱，一般的不朽神灵都是知道的。下九大监狱则是第十星域牢狱到第十八星域牢狱，很多不朽神灵都不知道。

十八星域牢狱，也就是传说中的十八地狱。

即便是封王级不朽神灵，一旦被扔进第十八星域牢狱，恐怕都活不了。第一星域牢狱虽然危险度最低，但那也是相对而言。对于罗峰来说，那里是很可怕的。

“魔烛王！”罗峰怒了。

“闭嘴，没你说话的分儿。”魔烛王大喝一声。

“我来到你们毋窿星域购买货物，却遭到暗杀。你们派人来救我，援救速度却极为缓慢，如果不是我自己留有后招，恐怕早就死了。”罗峰根本不顾魔烛王的呵斥，恼怒地道，“我还没怪你们毋窿星域保护不力，你竟然一而再再而三地责问我，现在还要把我关进第一星域牢狱！”

“我一直在应对你的询问，你却总是找碴。哼，你真以为我们虚拟宇宙公司的人好欺负！”罗峰冷冷地道，“我会立即将此事告诉我的老师真衍王，并且将此事上禀九剑尊者和对我有恩的天蚀宫主。我倒要看看，你们巨斧斗武场的人有何能耐，竟敢随意处置虚拟宇宙公司原始秘境的成员！”

魔烛王闻言，顿时脸色涨红。

其他人听了，心中一惊。

九剑尊者!

天蚀宫主!

魔烛王等人都是封王级不朽神灵，之所以能当毋窿星域的负责人，是因为一个个背景都很强大，自然也不畏惧真衍王。可是，九剑尊者就不一样了，堪称超级强者。而罗峰提到的天蚀宫主更是传奇性人物，比九剑尊者还要可怕。

“天蚀宫主！”魔烛王心中一惊。

就算魔烛王的后台很硬，他也不愿招惹那个怪物啊！

天蚀宫主可是能够震慑整个血洛世界的超级强者，比很多宇宙国主都要强大很多。当年，虚拟宇宙公司的人在血洛世界中死伤惨重，天蚀宫主却能够震慑血洛世界，其实力强大可想而知。

“哼！不管怎样，罗峰的嫌疑没有解除，怎么能容许他安然离开？”魔烛王再次下令，“来人，将罗峰关押在丝雨殿，严加看守！”

“是。”那些身穿紫袍的不朽神灵飞了过来。

隆厥王等人不再多嘴。

所谓关押，其实就是软禁，倒是不严重。

“魔烛王！”罗峰恨恨地看着魔烛王，“你是巨斧斗武场的人，果然蛮横！你们毋窿星域管理不力，令我遭到刺杀，现在还这般待我！我定会将此事上禀虚拟宇宙公司高层，还要上禀九剑尊者、天蚀宫主！”

再次听到天蚀宫主的名字，魔烛王不由得嘴角抽搐。

“押走！”魔烛王大喝一声。

罗峰被两名不朽神灵押解着，而后乘坐一艘紫色的制式宇宙飞船，去了毋窿星域中的一座宫殿，被软禁在一个大殿之中。

至于迪伦，他根本不敢有任何异议，在魔烛王等强者面前，他根本没有办法反抗。

第683章

蚀火尊者

丝雨殿本是一座专门供人修炼的宫殿，后来渐渐成为关押人的地方。

整个丝雨殿高约百米，长宽各有数百米，大殿内空荡荡的。

罗峰盘膝坐在丝雨殿内。

“殿下，我就在殿外。”迪伦让不朽神力穿过殿厅给罗峰传音，“那魔烛王太过分了，纯粹是找碴。他们内部出现了问题，不仅不向殿下道歉，还来找殿下的麻烦，太无耻了。不过，殿下不必担心，事情一定会很快得到解决的。”

“没事。”罗峰盘膝坐着，“也就一点小挫折，算不得什么。”

忽然罗峰低头看向光脑屏幕，屏幕显示出一则通话邀请。

“是老师发来的！”罗峰连忙用意识连接虚拟宇宙网络。

虚拟宇宙，雨相山，原始区，罗峰的庄园内。

穿着一身金色铠甲的真衍王坐在大厅。

罗峰忽地出现在庄园内，而后飞入一楼的大厅，恭敬地行礼：“徒儿拜见老师。”

“坐。”真衍王笑着说道。

罗峰当即乖乖地坐下。

“关于你的事，我已经知晓，刚刚查阅了一下毋窿星域那边的记录。”真衍王看向罗峰，“你对宇宙尊者所说的可属实？科斯尔真的要刺杀你，并且释放出了火焰系不朽神灵来杀你？”

“是的。”罗峰恭敬地道，“弟子对宇宙尊者所说的基本属实，只有一些不一样，弟子不想说出来。”

罗峰说的的确算是基本属实。因为牵涉重要秘密，他只编造了极少部分——抵挡科斯尔靠的并非十名界主级护卫，而是灵魂虚空之塔，击杀火焰系不朽神灵靠的不是火神源晶，而是金角巨兽。

“嗯。”真衍王点点头，不再追问。

作为已生存了亿万年的存在，真衍王知道宇宙中的超级天才几乎都有一些特殊际遇，他的弟子罗峰肯定也有一些特殊际遇。得到魔音神将传承就是一种特殊际遇，在得到魔音神将传承之前，他猜测罗峰还有其他特殊际遇。

不过，人都有秘密。他没有必要知道罗峰的所有秘密，他只须确认罗峰做的事没有触及他这个老师的底线，便绝对不会多管。

“既然你的确遭到了刺杀，那么就没问题了。”真衍王笑着说道，“不管怎样，你可是我们虚拟宇宙公司的天才，那魔烛王就算再霸道，也没资格决定虚拟宇宙公司成员的命。”

罗峰暗松一口气。

“你将你和魔烛王的对话说给我听听。”真衍王说道。

“是，老师。”罗峰立即将之前的一系列对话说了一遍。

真衍王听完，顿时笑了。

“哈哈，你倒是会拉大旗作虎皮。你提到九剑尊者就算了，毕竟将来你成为不朽神灵后也会归到九剑尊者的手下。没想到，你竟然提到了天蚀宫主。哈哈，听到天蚀宫主的大名，那魔烛王肯定吓了一跳。”

“天蚀宫主这么厉害？”罗峰低声问道，“他难不成比九剑尊者还要厉害吗？”

“天蚀宫主坐镇天蚀宫，震慑血洛世界已经亿万年了。”真衍王脸上露出敬仰的神色，“他可比宇宙国主、宇宙尊者要强得多，是我们虚拟宇宙公司的最高层。当年他能够指点你，的确是你走了大运。”

罗峰心中暗惊：“老师都这么说了，看来天蚀宫主果真了不得。”

“对了，老师，魔烛王为什么这么针对我？”罗峰疑惑地道，“之前我可从未见过他。”

“主要是为师的缘故。”真衍王眼中有一丝不屑之色，“论悟性、资质、天赋，那魔烛王只能算是一般。如果没有什么人指导他，他自己修炼的话，想要成为界主级强者都很难。可是，他有一个实力很强大的父亲，正是巨斧斗武场的绝世天才，也是现如今巨斧斗武场的蚀火尊者。”

“蚀火尊者？”罗峰闻言一怔。

“嗯。”真衍王点点头，“那才是真正的绝世天才，不比为师提过的科谛差。达到界主级巅峰时，他就可以击杀封侯级不朽神灵，当他突破成为不朽神灵时，直接就是封王级不朽神灵了，而后过了数十万年，更是成了宇宙尊者。”

“蚀火尊者就这么一个独子，为了培养他，可以说是花费了无尽的资源和心力。”真衍王感叹道，“魔烛王停留在界主级九百多万年，是因为蚀火尊者让魔烛王不要急着突破成为不朽神灵。”

罗峰大吃一惊。

之前，隆厥王说魔烛王是天才，魔烛王刚踏入不朽级就直接是封侯级巅峰不朽神灵。现在罗峰听真衍王一说，才知道魔烛王竟然在界主级停留了九百多万年。要知道，人族的界主级强者寿命极限才1000纪元。

“那蚀火尊者拥有一个极为珍贵的宝物，甚至让其他宇宙尊者都眼馋，而他宁可自己不用，给了他儿子魔烛王。”真衍王说道。

“什么？”罗峰惊愕。

“你看到魔烛王额头上的秘纹了吗？那是那件宝物被他炼化后留下的痕

迹。”真衍王说道。

罗峰回忆起初见魔烛王时，看到魔烛王额头上的确有秘纹，那秘纹散发着神秘的气息。

“无尽的资源，还有连宇宙尊者都眼馋的宝物，都被用在了当时仅仅达到界主级的魔烛王身上。”真衍王感叹道，“魔烛王单单身体就被他的父亲用宝物硬是增强到了堪称完美的地步，所以他才美得动人心魄。在界主级苦修九百多万年，加上无数宝物辅助，他怎么可能不强？”

“在成为不朽神灵时，他便是封侯级巅峰不朽神灵了，这也非常正常。”真衍王摇头，“就算是普通的不朽神灵，只要得到那件至宝，也能成为封侯级巅峰不朽神灵。”

“啊！”罗峰惊诧。

这么一说，那魔烛王根本就不是什么天才。

“他的成功纯粹是因为他有一位无比强大的父亲。”真衍王嗤笑一声，“至于他个人，完全就是一个被他父亲宠坏的心胸狭隘的家伙。他一直嫉妒真正的天才。当年我崛起的时候，他就跟我斗上了，不过被我狠狠地揍了一顿。我可不怕他！”

罗峰笑了。

“他总是跟我斗，却一直输。我又不可能遭到欺压不还手，所以我们就成了死敌。”真衍王摇摇头，“此人心胸狭隘，找你的麻烦，一点也不奇怪。一来，你也是天才；二来，他恨我入骨，却拿我没有办法，所以就拿我重视的弟子出气。其实，我算是给他面子了。他几次丢脸的事，我都没有公开，主要是不想得罪他的父亲。他的父亲是一个枭雄，亿万年来，实力极强，在巨斧斗武场的地位极高。”

罗峰点点头。

不足万年，蚀火尊者就成了封王级不朽神灵；数十万年后，他就成了宇宙尊者；亿万年后，他的实力肯定更惊人了。

“难怪隆厥王、达撵王等同样有背景的强者，都不得不让着魔烛王。”罗峰心中暗道，“他纯粹是被他的父亲硬捧成封王级不朽神灵的。他父亲付出的代价还真大，宝物自己不用，都要给他用。”

“这件事你暂且忍着。”真衍王笑道，“那蚀火尊者再强，也是巨斧斗武场的人。巨斧斗武场的人如果敢明目张胆欺压我们虚拟宇宙公司的人，我们虚拟宇宙公司当然不可能低头。”

罗峰点点头。

“魔烛王再不甘心，最后也必须放了你。”真衍王又道，“不过，你得耐心等待，等到高层发话。”

罗峰心里也明白，魔烛王背后撑腰的乃蚀火尊者，而他的老师真衍王只是实力接近宇宙尊者的存在，和修炼了亿万年的蚀火尊者相比，地位相差还是很大的。就这件事而言，单单靠着老师真衍王的面子恐怕还真不够，毕竟魔烛王恨真衍王入骨，可不会给真衍王面子。

毋窿星域，一座豪华的宫殿内。

“真衍王的徒弟竟然敢在我的面前叫嚣！”魔烛王脸上的表情有些扭曲，眼中满是恨意。

他回忆起了当年和真衍王一次次交锋的情景。真衍王真是嚣张，根本没把他这个蚀火尊者的独子放在眼里。

魔烛王当年完全被真衍王压制住了，如果真衍王不是顾及蚀火尊者的面子，恐怕当年就杀了魔烛王。

“哼，真衍王，没想到你的徒弟和你一样嚣张。我记住他了，就算他这次逃掉，以后有的是对付他的机会。”魔烛王眼中闪过寒光。

这么多年来，除了他的父亲严惩过他以外，没有第二个人像真衍王那般对他。

当年魔烛王被真衍王压制得很惨，还歇斯底里地吼过他的父亲蚀火尊者：

“杀了真衍，杀了他！他若不死，我就死！有他没我，有我没他！”

然而，蚀火尊者直接将魔烛王扔到了第九星域牢狱。一千年后，魔烛王从第九星域牢狱出来了，变得乖顺很多，虽然做事依旧心狠手辣，可已经不像当年那般无法无天了。

第684章

直指本心

罗峰被关押的当天，虚拟宇宙雷霆岛的一座黑色宫殿内发生了一些事。

大殿之内。

隆厥王恭敬地跪在地上。

“魔烛一直在找真衍的麻烦。”一道浑厚的声音回荡在宫殿中，“魔烛对付不了真衍，就找真衍弟子罗峰的麻烦，实在是愚蠢！罗峰毕竟是虚拟宇宙公司的绝世天才，这件事情无凭无据，他们就想让罗峰获罪，真是可笑。”

大殿之上，一个通体有黑色鳞甲、长着一对黑色犄角的生命端坐在王座上，其右爪锋利无比。他的右爪随意地划过王座的扶手，便发出一阵刺耳的声音。

“传令，释放罗峰。”

“是。”隆厥王依旧跪着，不敢抬头。

“嗖！”下一秒，隆厥王就消失了。

毋窿星域，魔烛王居住的宫殿迎来了一位客人——隆厥王。

“田睘，你来干什么？”

魔烛王正躺在宫殿第九层大厅中的椅子上，两名貌美的幻灵族少女在给他揉肩、捶腿。

他坐在椅子上，即可遥望外界无垠的星空，甚至能够看到远处充斥货物的区域。

“魔烛王，”隆厥王走过来，沉声说道，“奉上面的命令，释放罗峰。”

“上面，哪个上面？”魔烛王抬头，瞥了他一眼。

“我的直属上司，幽魔尊者。”隆厥王说道。

魔烛王心中一惊。

浩瀚宇宙，宇宙国主、宇宙尊者的产生都是无比艰难的。岁月流逝，宇宙国主、宇宙尊者也就那么一些，但即使同为宇宙尊者、宇宙国主，也是有高低之分的。

天蚀宫主隐身天蚀宫，亿万年来都未曾出手，单单名字就能让人惊惧，若说他是一个传说，那幽魔尊者就是一个神话。幽魔尊者生性残酷，其可怕的身体并非天生，而是他自创秘法修炼后，自身自然而然演变成最有利于杀戮的身体结构，他绝对是虚拟宇宙公司内部杀戮之神一般的存在。

“我知道了。”魔烛王皱眉道。

“魔烛王。”隆厥王笑笑，同时挥挥手。

那两名幻灵族少女立即退下。

魔烛王看向隆厥王。

隆厥王笑道：“你和我共事也有很久了，我很少驳你的面子。可是，罗峰毕竟是我们虚拟宇宙公司这一代绝世天才中极受器重的。这次我们才损失1000多万混元单位，若想靠着这个扳倒罗峰这个人族绝世天才，是不可能的事。”

“多谢。”魔烛王眼睛一亮。

他听得出来，隆厥王这是在暗示他，没有很大把握的话，还是别对付罗峰，否则会惹怒虚拟宇宙公司的高层。

“哈哈，那我就先走了。”隆厥王笑着说道。

魔烛王当即起身，送隆厥王离开。

片刻后，魔烛王回到了大殿中，又坐在了铺着妖族九蒙兽兽皮的椅子上。

“隆厥王倒是圆滑，两边做好人。”魔烛王低声说道。

五大负责人分别代表五大势力。一旦交易额超过100万混元单位，就得五人共同审批。长久以来，这五人在处理事情方面达成了共识。

比如，魔烛王强势，五大负责人便让着一点。一般来说，他们不会去招惹魔烛王。

而对付罗峰之事，隆厥王是有底线的。比如魔烛王要将罗峰押送到第一星域牢狱，他便坚决不同意。只要不踩到他的底线，他自然是睁一只眼闭一只眼。再怎么样，罗峰和他的交情终究很浅，只要魔烛王不踩到他的底线，那就随魔烛王折腾了。

可是，一旦牵涉到大额交易，谁都不可能手软，特别是牵涉背后势力时，更是不能退缩。

关押罗峰是小事，可若是将罗峰押送到第一星域牢狱，那就是真正丢颜面的大事了。

“可惜没找到一点证据。”魔烛王恨恨地道，“如果能够诬陷是罗峰设局杀了那两名引领者，并偷盗了价值上千万混元单位的虫族战士尸身，那么罗峰就完了，真衍王一定会气得跳脚。”

“哼！真衍王，先别得意，”魔烛王的表情有些扭曲，“我有的是耐心。我一定会让你痛苦，要你的命！只要能实现这个目标，我死都心甘！”魔烛王不甘心地道。

他一直顺风顺水，无人敢惹，在父亲的震慑下，就连那些强大的存在对他也颇为友善。上千万年来，他是何等嚣张、恣意，直到遇到真衍王，他才遭受到了沉重的打击。

他一次次卷土重来，却一次次被压倒，甚至差点崩溃，陷入疯魔状态。当他对父亲歇斯底里地要求杀了真衍王时，父亲却将他送进了第九星域牢狱。

在第九星域牢狱，他度过了噩梦般的一千年，所以更加怨恨真衍王，认为这一切都是真衍王造成的，一切的源头就是真衍王。

当从第九星域牢狱出来后，他虽变得隐忍，但心中对真衍王的恨意更深了。

"让真衍王痛苦，杀了真衍王！

"我要让真衍王恐惧、后悔、不甘！

"实现这一切，即便我死也甘愿！"

……

"维尼恩。"魔烛王躺在铺着柔软的九蒙兽兽皮的椅子上，轻声说道。

一道鬼魅的身影出现。

"主人。"

"你去罗峰的家乡，地球。"魔烛王下令，"你不用做什么，只要将我的一块不朽晶潜藏在地球即可，你现在就出发。"

"是，主人。"

"嗡——"一道道碧绿的光芒笼罩周围，空间荡起涟漪。

一条空间通道出现，转瞬就消失了。

那鬼魅身影通过神国传送离开了毋窿星域。

"真衍王，我是不朽神灵，有的是时间对付你和你的弟子，咱们慢慢来吧！"魔烛王冷笑道。

丝雨殿。

罗峰盘膝静坐，意识则进入了体内世界。

广大的体内世界中，罗峰的魔杀族分身悬浮在海洋上空。

"虫族岛屿，凝！"

黑衣罗峰遥指下方的海洋，顿时海水翻涌起来，随即化为一股股纯净的世界之力。这些世界之力不断凝聚，化为连绵的山石。

天空中的世界之力也不断涌入。

片刻——

一座直径有10万千米的岛屿诞生了，岛上有泥土、草木、山丘、峡谷、湖泊，俨然就是一个世界。

“伊琳娜，从今天起，你就居住在这里。”黑衣罗峰吩咐道。

他手持一枚世界戒指，虫族母皇伊琳娜就在里面。

“是，主人。”伊琳娜和虫族母巢同时落在这个岛屿上。

“这是300个单位的界主级虫族战士尸身，据我估计，应该能制造出由300万名界主级虎甲虫族战士组成的军团。”黑衣罗峰说道。

同时，他将大量的虫族战士尸身从世界戒指中释放出来。

就算在体内世界中，罗峰也做不到瞬移，自然不能将原本在中央大陆上的虫族战士尸身直接挪移过来，必须通过储存工具运送过来。

“300个单位？”伊琳娜疑惑。

“每个单位都有10万具界主级巅峰虫族战士尸身。”罗峰解释道。

“啊！”伊琳娜双眸发亮，显得很激动。

“你培育界主级巅峰虎甲虫族战士的速度怎样？”罗峰问道。

“我一天能培育出10名界主级巅峰虎甲虫族战士。”伊琳娜说道，“毕竟是界主级巅峰虎甲虫族战士，每一名都蕴含极强的能量，所以培育的速度慢。如果是培育恒星级的虫族战士，完全可以不间断地从我的虫族母巢的各个洞口涌出。”

“1天10名，1年就是3000多名界主级巅峰虎甲虫族战士，300年才能培育出由100万名界主级虫族战士组成的军团。嗯，反正我修炼也得很久。”罗峰微微点头，“那你现在就开始吧。”

“是，主人。”伊琳娜很期待。

“嗖！”伊琳娜当即飞入虫族母巢中，随即虫族母巢直接凌空飞起，一下子便进入了那座由界主级虫族战士尸身堆成的山中。

伊琳娜开始孕育虫族战士。

黑衣罗峰默默地看着。

过了两个多小时，那座由虫族战士尸身堆成的山微微晃动，随即一名十层楼高的虫族战士爬了出来，它全身覆盖着无比厚实的甲壳。

当这名彪悍的界主级巅峰虎甲虫族战士看到罗峰时，它直接一跃，轰隆一声砸落在地面上。

它在罗峰面前显得很恭敬。

“第一名虎甲虫族战士！”罗峰脸上露出一丝喜色。

“由百万名界主级虫族战士组成的军团！”罗峰仿佛看到了由百万名界主级虎甲虫族战士组成的军团，既激动又期待。

培育界主级虫族战士军团的虫族战士尸身是从毋窿星域弄到的，对此，罗峰没有丝毫愧疚、不安。

罗峰的修心境界已达到极高的程度，他早就“明心见性、直指本心”，看清一切虚妄，根本不会轻易被蒙蔽本心。

罗峰很清楚自己的本心，自从离开地球、闯荡宇宙以来，作为地球的最强者，看到宇宙中的尔虞我诈，看到那些古老的家族相继破灭，看到一些星球被奴役，特别是看到金角族都成了人族的附属族群，以及金角族人骨子里的自卑、不甘，他心中就有一种强烈的危机感。

“我必须变强！我得尽最大的努力，守护地球。地球是我的根，根若死，叶子岂能活？”

当年，罗峰不惜和金角巨兽同归于尽时，就已经将地球当作了自己的根。如今他变得极其强大，早就不局限于地球而是在宇宙中闯荡了，可是他的根在地球。如果有一天地球灭亡，所有同胞丧命，那他一个人孤零零地活着，又有什么意义？

罗峰深知自己的本心，当他燃烧灵魂不惜和金角巨兽同归于尽时就已经知道了。

他要守护自己的家乡——地球！

“前进，我必须不断前进！我要不断变强，我一定会拼尽全力！”罗峰坚定地道。

明确本心，做事时便可以干脆果断。

只有坚定本心，不为外在因素影响，修炼者才能在漫长的修炼路途上走得越来越远。

但是，即使明心见性，强者之路依旧充满着危险，比如这次，罗峰就差点殒身。

“咚咚咚！”一连串敲门声响起。

“罗峰，你可以出来了。”隆厥王的声音响起。

罗峰睁开眼睛，眼中有丝丝笑意。

第685章

报复

“轰隆隆——”两名界主级看守者用力转动巨大的齿轮，殿门终于缓缓朝两侧分开。

穿着银色战铠的罗峰笑着走了出来。

“罗峰，这次让你受苦了。”隆厥王走了过来。

“还好。”罗峰淡淡一笑，“魔烛王不过是巨斧斗武场的人，我不信他能一手遮天。”

“哈哈……”隆厥王朗声大笑，笑声回荡在廊道中，“你这话倒是说得没错，再怎么说，你也是我们虚拟宇宙公司的人。而且，这次是你遭遇刺杀，你可是受害者，魔烛王还那般对你，的确过分。”

罗峰看了身侧的迪伦一眼，道：“迪伦，我准备再去一趟。”

“还去？”迪伦一怔。

“我都付了100万混元单位，难道不去取货物吗？那我岂不是亏了？”罗峰道。

旁边的隆厥王点点头，道：“取货物是理所当然的，这一次我亲自陪你去，我给你当一次引领者。”

“这怎么行？”罗峰有些意外。

“怎么不行？”隆厥王反问道，“你准备什么时候去取货？”

“我不想浪费时间，现在就出发吧。”罗峰道。

“好，那我们现在就出发。”

隆厥王带领两名白袍强者，陪罗峰一起乘坐宇宙飞船，前往毋窿星域内储藏了无穷的界主级虫族战士尸身的区域。

“嗖——”空间荡起丝丝涟漪。

随即，一艘宇宙飞船出现了。

舱门开启，罗峰、隆厥王以及两名穿白袍的人飞了出来。

“咦，这就是我遭遇刺杀的地方吧？”罗峰看了一眼光脑屏幕上显示的宇宙空间坐标，惊讶地道，“我们为何直接宇宙穿梭到了这里？我记得，上次我来这里，那两名引领者带着我先是抵达空旷区域，然后才慢慢飞过来的。”

“引领者必须遵守规矩。”隆厥王摇摇头，“我不必遵守。”

毋窿星域储藏区禁止不朽神灵进入，上次罗峰遭遇刺杀，隆厥王却直接将迪伦带了进来。

隆厥王等五人地位尊贵，是有特权的。

“啧啧。”罗峰环顾四周。

当初火焰系不朽神灵自爆造成周围一片狼藉，如今这里已经恢复了正常，大量界主级虫族战士尸身井然有序地摆放着。罗峰道：“隆厥王，这里的办事速度真快，这才一天时间，已经大变样了。”

“哈哈。”隆厥王大笑一声，而后问道，“那200个单位的虫族战士尸身，你看了多少？”

“看了大半。”罗峰回道。

“那我就带你继续看，看完200个单位的虫族战士尸身后，你再选择。”隆厥王说道。

罗峰一翻手，200块金属牌顿时悬浮在面前。

他心念一动，便将这200块金属牌分成大小两堆。

“这一小堆金属牌对应的虫族战士尸身，我都没看过。”

“哦？”隆厥王目光一扫，很快就确定了一条最快的浏览路线。

“那我们现在就出发吧。”隆厥王说道。

于是，隆厥王带着罗峰等人，在毋窿星域星空内的隧道中飞行。

半天的时间，罗峰就将剩下没看的一些单位虫族战士尸身看完，略一思索，对200个单位的情况进行了分析，在心中排出了前100名。

“虽然我现在拥有300个单位的虫族战士尸身，可来路终究见不得光，现在再购买100个单位的虫族战士尸身，倒是不惧什么了。”罗峰心中暗道。

而后，他转头看向隆厥王，笑着说道：“隆厥王，我已经看完了，确定了购买哪100个单位的虫族战士尸身。”

“哦？”隆厥王看向罗峰，“哪100个？”

“这些。”罗峰一翻手，直接取出了100块金属牌。

隆厥王目光一扫，迅速和他手里的内部资料一对照，惊诧地看向罗峰：“厉害，这些界主级虫族战士尸身几乎都是残缺的，很难辨别。你选择的几乎都是最优质的。”

就算是内部资料，也不可能列得无比详细。他们毕竟根本没有精力调查海量的界主级虫族战士尸身，只能对它们做基本的级别判断，把他们分为极品、上品、中品、下品。

这是隆厥王下属整理出来的资料，他以此可以赚一些好处。罗峰将上品虫族战士尸身全部选了，其余则是部分中品虫族战士尸身。

隆厥王给罗峰的100块金属牌中主要是上品、中品和下品这三种虫族战士尸身。

“难道隆厥王舍不得了？”罗峰笑道。

“当然不是。”隆厥王随手将罗峰选择的金属牌扔给两名属下，“你们分别将50个单位的虫族战士尸身取来。”

“是。”两名穿白袍的人恭敬地行礼，随即化作两道流光，分开去收集了。

“罗峰，我们静候片刻。”隆厥王说道。

“嗯。”罗峰皱眉道，“隆厥王，我想知道，你查到暗杀我的科斯尔的相关信息了吗？到底是谁指使他暗杀我的？”

“查到了一些，不过还在侦察中。”

隆厥王一挥手，半空中出现了一艘宇宙飞船，舱门自动开启。

“我们进入宇宙飞船后再聊。”

罗峰点点头，跟着隆厥王飞入了宇宙飞船中。

此刻。

遥远的泰金宇宙国兰海星域境内，一颗普通的生命星球伯莫星的外太空中荡起丝丝涟漪，一艘黑色的飞碟形宇宙飞船出现了。

宇宙飞船的舱门自动开启，三道人影飞出。

三人中，为首的是一名穿着紫色战铠的老者，其身上隐隐散发着让人心悸的法则波动。

他一挥手，将宇宙飞船收起，同时沉声下令：“必须抓住目标人物，不能让他逃了！”

“是！”两名黑甲战士恭敬地应道。

“出发！”老者一声令下，当即带着两名属下迅速飞入伯莫星。

伯莫星是一颗直径18219千米的行星，空气中的氧气比例达到36%，整个星球昼夜温差很大，同一个地方，晚上是零下30摄氏度，白天就可能是50摄氏度、60摄氏度。

好在这里的人类的适应力很强。

伯莫星拥有约两百亿人口。

今天，一名雷电系不朽神灵、两名界主级巅峰强者进入了这颗普通的生命星球。

“虚拟宇宙系统已经确认联系网络地点。”老者站在一座摩天大楼的顶层平台，俯瞰这座城市，下令道，“目标人物就在这座城市中，寻找目标人物，将其捉拿并带来见我。”

“是，队长。”两名界主级强者领命。

同时，两人都释放出了世界之力，轻易将这座城市给笼罩住了，城市里发生的一切都在他们的监视之中。

“锁定目标人物！”

“锁定！”

两名界主级强者同时确定目标人物的位置。

城市中，一座旧式高楼的一个房间内，一名绿发男子戴着意识感应器，用意识连接虚拟宇宙网络。

“嗖！嗖！”

两名界主级强者同时化作流光，瞬间穿过数十千米距离，到了那里，轻易抓获了绿发男子。

“队长，已经抓获。”其中一名界主级强者传音道。

忽然——

一股凶猛的力量突然从这座城市的地底爆发。

“轰隆隆——”这座城市瞬间就崩塌了。

紧接着，那凶猛的能量几乎是一瞬间就席卷了伯莫星，不管是海洋还是陆地，全部被摧毁。

整颗生命星球一瞬间便灭绝了！

外太空。

“轰！轰！轰！”三道人影瞬间冲天而起，遥看伯莫星。

无尽的尘埃四散而去，地表被摧毁了。

伯莫星的原住民最强实力仅仅是恒星级九阶，根本逃不过这一劫。

“队长。”两名界主级强者嘴角有血迹，身体在迅速修复。

“目标人物死亡，线索断了。”老者俯瞰着伯莫星，“我们走吧。”

两名界主级强者回头看了一眼伯莫星，只是低叹一声。

他们乘坐宇宙飞船离开了。

伯莫星上的人无一幸存！

毋窿星域。

在界主级虫族战士尸身区域，一艘宇宙飞船停在星空隧道中。

“罗峰，罗峰。”隆厥王跑到一个休息舱门前。

“哗！”舱门开启。

“隆厥王？”罗峰疑惑地看向隆厥王。

“刚刚得到消息。”隆厥王表情凝重，“我们虚拟宇宙公司在查科斯尔在虚拟宇宙网络上的一切，如邮件、通话等，总算从中发现了一些蛛丝马迹，然后出动人马准备控制一个重要的目标人物。不过，在捉拿目标人物的时候，那人所在的星球发生了大爆炸，星球上的人全部死亡。”

“什么？”罗峰脸色一变。

“嗯。”隆厥王点点头，“是的，按照我们和异族交手的情况来看，如此狠辣，应该是虫族的潜伏组织做的。”

“虫族?!”罗峰心中一惊。

“嗯。”隆厥王点点头，“虫族擅长灵魂控制，所以虫族的潜伏组织非常难对付。而且，一旦某个棋子出现问题，它们就会将这条线完全舍弃，并且还会进行报复。让一颗星球灭绝，这是一种报复。不过，我们明知可能被报复，也得查下去，即使失败百次乃至千次，只要成功一次，便能令虫族耗费无数资源建立的潜伏组织遭到重创。”

罗峰深吸一口气：“那么多人就这么死了！”

族群间的战斗的确残酷。

“你必须小心。显然，你的名字已经在虫族的暗杀名单上了。”隆厥王郑重地道。

第686章

再次淘宝

“我明白。”罗峰点点头，“没想到，我才得到一个虫族母巢，转眼就遭到虫族的暗杀。”

当然，二者并没有因果关系。

“不管是谁，想要我死，简直是做梦。即便是死，我也会让他受到重创。”罗峰思索起来，“面对虫族等一些异族的暗杀，到底该怎么办？”

他有能够与智能光脑媲美的运算速度，当即思索起了各种方案。

他可以让魔杀族分身等携带原核留在某个安全之地，让地球人本尊出去闯荡。这个方案看似是最安全的，他却直接否决了这个方案。

假设在某个时刻，地球人本尊被杀，肯定会令很多人认为罗峰已死，虚拟宇宙公司也会知道此事。这时候，他的体内世界会再度凝聚出一个地球人本尊。

若罗峰再次冒出来，傻子都知道这个罗峰肯定有问题，一个域主级强者根本不可能有不死之身。

“只有一直随身带着原核，才能应付各种情况，可这样也会有危险。”罗峰心中暗道。

片刻——

他又想出了一个方案，这是他现如今能想到的最好方案。

“嗯，就这么办。”罗峰点点头。

……

罗峰和隆厥王聊了一会儿，隆厥王便回了自己的休息舱。那两名穿白袍的人要收集100个单位的虫族战士尸身，大概需要三天时间，罗峰和隆厥王当然不可能一直闲聊，自然要回休息舱内歇息。

休息舱内。

罗峰坐在椅子上，分出一丝意识，连接虚拟宇宙网络。

雨相山，原始区，罗峰庄园的书房中。

罗峰坐在书桌前，看着面前的笔记本电脑，点击“宝库”，屏幕上出现了秘法类、兵器类、珍奇宝物类、科技武器类、材料类、工具类、生物类、其他特殊类这八个大类的文件夹。而后，他直接点开“珍奇宝物类”，很快就找到了一方世界。

一座世界庄园，0.02~0.1混元单位；

一座世界之屋，0.1~0.3混元单位；

一条世界腰带，0.3~3混元单位；

一枚世界戒指，0.5~10混元单位。

这是带有一方世界的物品，里面对各种物品都有详细的分类，体积越大就越便宜。当年罗峰第一次参加宇宙佣兵考核时进入的那方世界，就是在一座别墅内。

整个世界都融于一座别墅中。

要承载一方世界，体积越小的物品就越难承载。

一条腰带能承载的一方世界，假设要融入一枚戒指内，那么这枚戒指所用材料的昂贵程度就远远超过这条腰带。

因此制造世界的代价并不算高，界主级强者都能制造一方世界，只是制造出来的世界有大有小而已。要制造出一枚世界戒指，那才是最贵的，就算是在虚拟宇宙公司宝库中最便宜的世界戒指，也要0.5混元单位。

0.5~10混元单位，价格不同，代表戒指的空间范围不同。

最小的是内部空间长、宽、高都达1万千米的世界戒指。

最大的是内部空间长、宽、高都达1亿千米的世界戒指。

而罗峰在毋窿星域中被赠送的戒指，长、宽、高都达到了10万千米，这枚世界戒指本身价格大概1混元单位。对于购买了价值上百万混元单位货物的客户，被赠送一枚世界戒指当然不算什么，毕竟这里的垃圾山多得无法处理。

世界戒指要比空间戒指昂贵得多，因此人们很少会有世界戒指。不过，空间戒指几乎宇宙级强者都有，就连不少恒星级强者也有。

可是，一名界主级巅峰强者平均资产大概有10混元单位，一般他们会花费大半资产在修炼上面，例如购买兵器、铠甲、秘法，部分资产花费在宇宙飞船上，要让他们花费十分之一的资产在世界戒指上几乎不可能。

他们最多使用自己的体内世界制造出一座世界屋，等将来成为不朽神灵后，再用更加珍贵的材料将世界屋融入其中，化为世界戒指。

所以，不朽级以下的修炼者几乎很少有人使用世界戒指，除非是有背景、拥有巨额财富的。

“购买一枚世界戒指，F10型号，长、宽、高都达1亿千米的。”罗峰迅速点击。

原始秘境成员可以享受七折优惠，只需花费7混元单位即可买到。

“罗峰殿下，请确定你所在位置是毋窿星域，之后马上会有人送到。”一道温柔的女声响起。

“暂时不必，等我需要你们送货，你们再送来。”罗峰回道。

“是，罗峰殿下。”

关了笔记本电脑屏幕，罗峰脸上露出一丝笑容。

“一枚超大型的世界戒指到手了。等离开毋窿星域储藏区，拿到世界戒指，我的计划就能开始实施了。虫族想要杀我？做梦！哼，宁可蛰伏百万年，我也绝对不会像科谛那种绝世天才那样，我绝不会重蹈覆辙！”罗峰暗道。

绝世天才修炼中途殒身的概率很高，一是修炼之路本来就危险；二是绝世天才容易遭妒，会被异族暗杀、被族内势力倾轧。

经此一役，罗峰更加谨慎了。

第四天，那两名去收集虫族战士尸身的穿白袍的人终于回来了。

宇宙飞船的舱门外。

“大人。”两名穿白袍的人悬浮在空中，恭敬地向隆厥王行礼。

“已经带来了？”隆厥王看向他们。

“是的，大人。”两人同时将收集到的虫族战士尸身取出。

顿时，旁边空荡荡的区域瞬间出现了两座由虫族战士尸身堆成的小山。

罗峰看着这两座小山，微微点头。

他瞬间便将这两座小山直接纳入体内世界。纳入体内世界和纳入世界戒指的方式是一模一样的，都是一股世界波动。当初，罗峰直接将虫族母巢纳入体内世界，现在又将虫族战士尸身纳入体内世界。

“罗峰，虫族战士尸身已经到手，没问题吧？这可是你选择的那100个单位？”隆厥王笑着看向罗峰。

“哈哈，当然没问题。”罗峰笑着点点头。

至于100块金属牌，罗峰已经还给了隆厥王。

“现在，虫族战士尸身到手，你还准备去垃圾山淘宝吗？”隆厥王对罗峰问道。

其实，他之所以要陪罗峰去，完全是因为会做人。但凡有潜力的人物，他都不会去惹恼，陪罗峰几天算不了什么。假设罗峰要去垃圾山淘宝，那时间恐怕就长了。

罗峰当然看得出隆厥王的心思，笑道：“难得来一趟，又有你们赠送的世界戒指，我当然得去垃圾山淘一次宝。不过隆厥王，这几天你都陪我待在这里，已经够麻烦你了。接下来，我自己去垃圾山淘宝，有这两名引领者跟随我即可。”

“嗯，也好。”隆厥王点点头。

“你们二人跟随罗峰，记住，一旦通过监控图发现有其他人靠近，立即避开，不要让任何人向你们靠近。”隆厥王郑重下令。

“是，大人。”两名穿白袍的人恭敬地应命。

“那我就走了，预祝你能够在垃圾山获得天价宝物。”隆厥王笑着看向罗峰，“之前，你在毋窿星域遭到刺杀，这也是上亿年难得一回的遭遇，这可比在垃圾山获得宝物的概率要低多了。”

罗峰也自嘲道：“确实，我都能遭遇刺杀，看来也能获得天价宝物。”

“哈哈，那我就先回了。”隆厥王微微点头。

随即，他乘坐的宇宙飞船迅速化作一道流光，消失在货物星空隧道远处。

那两名穿白袍的人则恭敬地站在罗峰的身侧，其中一人道：“殿下，这毋窿星域到处都有垃圾山，不知道殿下打算从哪里开始寻宝？”

“我们先进行宇宙穿梭，随便指定一个地点。”罗峰笑道，“在这个区域遭到过刺杀，应该不是我的好运区。”

……

进入制式宇宙飞船后，罗峰随便指定了一个地点。

宇宙穿梭后，罗峰就随便找了一两座垃圾山淘宝。不淘不知道，一淘吓一跳，垃圾山几乎都是些根本不值钱的废料、残骸。当然，这些东西再不值钱，也比地球上的钻石等要好多了，毕竟是族群战争遗留下来的东西。

可是，这些东西就算放满世界戒指，恐怕都未必值0.1混元单位。不过，0.1混元单位都能购买一个普通的星系了。

“淘宝果真是要看运气的。我们走，继续进行宇宙穿梭。”

罗峰的心情颇好，丝毫没有被遭到暗杀，还有被魇烛王找麻烦影响，这也是心境开阔的一种体现。

……

“到最近的停靠点。”罗峰下令。

“是，罗峰殿下。”两名穿白袍的人应道。

宇宙飞船立即进行宇宙穿梭，回归原始宇宙。周围的很大一片区域都是空荡荡的，再远一点的区域就是无穷无尽的货物，货物之间偶尔有一座庞大的垃圾山，垃圾山的体积可比货物的体积要大得多。

“嗯？”罗峰眉头微微一皱。

他隐隐感觉到了召唤。

“怎么回事？”罗峰遥看远处。

那个方向仿佛有什么东西在召唤他。

第687章

召唤

在那个莫名事物的召唤下，罗峰感觉全身隐隐发麻，身体战栗。

“罗峰殿下，我们去哪个方向？周围有好多垃圾山。”其中一名黑皮肤的穿白袍的人问道。

“那里。”罗峰指着远处的垃圾山。

“是！是！”两名穿白袍的人恭敬地应命。

随即，他们操控世界之力包裹住罗峰。

三人直接化作一道流光，迅速朝远处的垃圾山飞去。

那座垃圾山看起来很近，实际上距离非常遥远。他们以10万千米每秒的速度飞行了三个多小时，才抵达那座垃圾山。

“殿下可以进入垃圾山寻宝，我们就在这里等候。殿下寻宝完毕，再叫我们即可。”黑皮肤的穿白袍的人恭敬地道。

“嗯？”罗峰却眉头一皱。

他感觉那股召唤的力量并不强烈，当即化作一道流光飞向垃圾山。垃圾山体积很大，类似一颗超大型的行星，直径应该有数十万千米。

他绕着垃圾山飞了小半圈，飞到垃圾山的后面。

他背对着垃圾山，遥看远处的星空。

“还在那个方向，召唤我的力量不在这座垃圾山，而在更远的地方。”罗峰疑惑地看着远处。

远处的货物极多。

罗峰隐约能够看到一座垃圾山，却并不能确认召唤他的神秘物品是否就在那座垃圾山。不过，他能确定是在那个方向。

“嗖！”罗峰飞回那两名穿白袍的人的身边。

“殿下淘宝结束了？”两人惊愕地看着罗峰，“这未免太快了吧！”

“我不想在这座垃圾山寻宝。”罗峰指向远处，“我们继续往那个方向前进，我想凭感觉找一个喜欢的垃圾山淘宝。”

“这些绝世天才的脾气果然古怪，凭感觉找垃圾山淘宝？可他刚才还说要在这座垃圾山淘宝，转眼又要换，真是难伺候！不过，谁让他是隆厥王大人的贵客呢！”两名界主级巅峰引领者心中不满，表面上却依旧很恭敬，“是，罗峰殿下。”

世界之力被释放出来，再度包裹住罗峰。

三人化作流光，朝远处飞行。他们飞到一座垃圾山，罗峰确定不是这里发出的召唤，于是三人继续往前飞行。

他们飞过一座又一座垃圾山，足足飞行了十六天。两名引领者更加不满了，腹诽罗峰这个绝世天才真的很难伺候，选座垃圾山淘宝，竟然要求这么多。可是，他们又不敢违逆，既然是隆厥王命令他们跟着罗峰，他们就得照做，只能跟着罗峰不断飞行，继续去往下一座垃圾山。

“轰——”罗峰环绕着眼前这座垃圾山飞行了一圈，那股无比强烈的召唤令他全身血液流速加快，似乎每个细胞都在沸腾。

“就是这儿！”

“我要在这儿寻宝！”罗峰飞到两名穿白袍的人的身后说道。

两名穿白袍的人对视一眼，暗松一口气：“老天，这位罗峰殿下总算选择了一座垃圾山。”

他们可整整连续飞行了十六天，且一直保持10万千米每秒的速度，他们俩容易吗？

“我二人就在这儿等候殿下。”黑皮肤的白袍人说道。

“嗯。”

罗峰再也忍不住，直接飞向这座垃圾山的内部。

看着罗峰迅速朝垃圾山靠近，化作一个小黑点，进入庞大的垃圾山后，两名穿白袍的人这才放松下来，开始活动活动筋骨。另外一个绿皮肤的白袍人说：“我们这次算是倒霉了，他这次寻找一座垃圾山都这么麻烦，估计下次寻找垃圾山也会这么麻烦。”

“还是抓紧时间放松休息吧，我准备去玩虚拟游戏。”黑皮肤的白袍人站在虚空中，分出一丝意识连接虚拟宇宙网络，开始玩虚拟游戏。

垃圾山直径有数十万千米，有各种各样的残骸，有些已经腐朽。罗峰好似穿山甲，不断地往里面钻。

“近了！近了！”

他越往里面钻，越能清晰地感觉到那股强烈的召唤，这让他热血沸腾。

又钻了数万千米深，罗峰皱起眉头。他隐隐感觉到召唤是散乱的，有的是左前方传来的，有的是从右前方传来的，有的是从正前方传来的，而且强弱程度不一。

“似乎不止一件物品。”罗峰略一停顿，思考了一下，便朝着有最强召唤力的方向飞去。

同时，他那无形的念力将周围大量的残骸垃圾硬撑开来，撑出了一条通道。

大概前进了三万千米，罗峰终于停了下来。

前方悬浮着一片铠甲碎片，周围其他物品都被罗峰的念力给挤压开了。

一股股召唤力从铠甲碎片中传出。

“这是什么？”罗峰仔细地打量。

这片铠甲碎片的大小相当于普通书籍的大小，通体呈黑色，就这么悬浮在那里。

罗峰小心翼翼地靠近。当他离铠甲碎片大概五米时，原本悬浮着的铠甲碎片仿佛忽然有了生机，开始一阵晃动，而后如闪电般朝罗峰飞来，瞬间扑向罗峰的右手，直接碰到罗峰的皮肤，想要钻入罗峰的体内。

“哧！”罗峰的右手立即浮现出一层青色的薄膜。

正是摩云战衣。

摩云战衣硬是将黑色铠甲碎片给阻拦了。

“嗯？”

罗峰操控念力想要将铠甲碎片给逼退，却惊讶地发现铠甲碎片拼命地想要钻过自己的皮肤。单单靠自己的念力，他竟然无法抵挡铠甲碎片的力量。

当即，他的手指中延伸出了一根很细的藤蔓，正是216根主藤蔓之一。

这根纤细的青色藤蔓瞬间缠绕住铠甲碎片，藤蔓上的蔓叶紧紧地包裹住铠甲碎片。

铠甲碎片拼命地挣扎，却硬是被这根摩云藤主藤蔓给控制住了。

“这到底是什么？乍一看是死物，可是当我靠近时，它却仿佛活了，拼命地要钻进我的体内。”罗峰皱眉思索着，“而且，它还能发出神秘的召唤。很显然，来到毋窿星域的其他人感受不到这种召唤，如果能够感受到召唤，他们肯定会循着召唤来到这里，发现这片铠甲碎片，即使不知道其中的奥秘，也会将其带走的。”

亿万年的岁月，这里有很多腐朽的物品。显然，垃圾山深处堆积的物品是经历了漫长的岁月的。也有很多人来毋窿星域淘过宝，却没人带走这片铠甲碎片。

“怪事。为什么单单我感受到了召唤，别人就感觉不到？”罗峰皱眉，“我也没比别人特殊啊。难道是因为我拥有血洛之力？不对，虚拟宇宙公司中，融合了血洛晶的不少。难道是因为我在地球上发现了神秘金属板上残缺的《无名秘典》？还是因为我有地球人的基因？”

原因无法确认，罗峰也不敢随意让这玩意儿融入自己体内。有益处还好，若是没有，一旦出现大麻烦，他后悔都来不及。

“嗯。”罗峰把手一翻，取出了一枚银白色的世界戒指。

这是隆厥王给他的，戒指里面的一方世界极大，长、宽、高都达10万千米。他在垃圾山所携带的物品最多只能装满世界戒指，不能携带更多物品，毕竟毋窿星域的监控系统是能查到所有物品的。

罗峰取走的物品都会被系统计算，一旦体积超过世界戒指的容积，自然会被记录在案。

“让原核暂时待在这一方世界内，即使地球人本尊出了问题，大不了我再凝聚出一个肉身。”

罗峰一翻手，手中出现了一块黑色石头。

这是魔杀族分身所变的石头，石头内包含了那颗原核。

他心念一动，便将这块石头扔进了这枚银白色的世界戒指内。

之前寻宝时，这枚世界戒指就被罗峰融入了精神印记，认他为主了。

“好了，原核已经进入世界戒指。”罗峰看着前方悬浮的黑色铠甲碎片，“来吧。”

那根主藤蔓迅速松开黑色铠甲碎片。一松开，黑色铠甲碎片便立即冲向罗峰的手指。一碰到其手指的皮肤后，黑色铠甲碎片便化作黑色液体，迅速融入其皮肤。刚刚融入，他就从这神秘的黑色铠甲碎片中得到了一些基本信息。

“这铠甲碎片竟然这么奇妙！”

罗峰心念一动，手臂上立即浮现出了一层黑色甲壳，这层黑色甲壳的面积和之前的黑色铠甲碎片是一样的。

这黑色甲壳可缩小、变大，不过最大就是甲壳本身大小，覆盖范围相当于护臂的保护范围。

“好强的力量！”

罗峰感觉自己的右臂有无比强大的力量，一拳的力量足以与界主级九阶强者的战斗力媲美。

这正是黑色甲壳附身后所赠予的力量。

这种力量虽然是黑色甲壳赠予的，却好像和罗峰融为了一体。不像摩云藤的力量，只有摩云藤本身才能发挥出来。

这黑色甲壳完全是以罗峰为主！

“单单一片碎片的力量就能够与界主级九阶强者的战斗力媲美?！”罗峰震惊。

他顾不得多想，当即去寻找另外的召唤源头。

他在垃圾山中钻着，去寻找一件又一件物品，都是一些铠甲碎片。

片刻后，他便将垃圾山里所有的特殊物品集齐了。

“加上一开始找到的，一共是18片黑色铠甲碎片，还有1片是银色的铠甲碎片。”

那18片黑色铠甲碎片完全融入罗峰的身体中。

铠甲碎片所化的黑色液体形成的护甲，也就是一件黑色背心，它赠予罗峰的力量足以与二十多名界主级九阶强者的战斗力媲美。

“这黑色铠甲碎片到底是什么特殊的物品？”罗峰看着身上的黑色背心，心中震撼不已，“它竟然赠予了我这么强大的力量，这还只是残缺的黑色铠甲，至于那片银色铠甲碎片……”

罗峰定定地看着手掌大小的银色铠甲碎片。

他已经尝试过了，只有将体内所有的黑色铠甲碎片逼出体外，才能融入银色铠甲碎片。仅仅巴掌大小的银色铠甲碎片，就让罗峰拥有了五名界主级巅峰强者的力量。

“银色铠甲碎片的效果比黑色铠甲碎片的效果要好得多，显然层次更高。不过，两者互不相容。”罗峰暗自思忖。

罗峰站在垃圾山深处，看着被逼出体外的黑色铠甲碎片和手臂上的银色护臂，双眸泛光。

第688章

兵

“这些铠甲碎片被弃在垃圾山中，不知道多久了。”罗峰看着黑色铠甲碎片，“它们竟然能够召唤我，不是我拥有地球人基因的缘故，就是我得到《无名秘典》的缘故。”

他仔细思量一番，自己只有这两点是最特别的，这正是来到毋窿星域的其他人不具备的。

毫无疑问，他是第一个来到这里的地球人。此外，他得到了一块神秘金属板，上面蕴含的秘法所用的文字就是焱神族文字，焱神族是明显独立于人族之外的一个强大族群。

不同的族群，自然会有不同的修炼体系、战甲体系等，而他可能是因为修炼了《无名秘典》中的秘法，才与铠甲碎片有了关联。

“这一切都只是猜测，需要将来验证。”

罗峰的体表立即浮现出摩云战衣，外表是青色铠甲。

而后，他将体内的银色铠甲碎片也逼出来了，将它和那些黑色铠甲碎片一起收进体内世界。

……

飞出垃圾山，罗峰悬浮在星空中，默默凝神，仔细感应，看是否还有那种召唤。

“嗯，果真还有召唤！”罗峰眼睛一亮，看向另外一个方向，“我猜得没错，这些铠甲碎片估计来自某个久远时代的一场域外战场的族群战争，然后被直接归类到这里。机器人根本发现不了这些铠甲碎片的特别之处，经过扫描，认为这并非人类知晓的一些珍贵金属，便直接将其淘汰，归类到垃圾山。这里，垃圾山多得很，这些碎片可能分布在不同的垃圾山。”

他感觉到左前方那股召唤很微弱。

“罗峰殿下。”两名穿白袍的人看到罗峰过来，连忙恭敬地行礼。

“我们出发。”罗峰说道。

“去哪里？我们是去停靠点继续进行宇宙穿梭，还是去另外的垃圾山淘宝？”两名穿白袍的人都疑惑地看向罗峰。

他们最怕走冤枉路。往回飞十多天，再乘坐宇宙飞船，进行宇宙穿梭，之后再飞行，还不如在一些较近的垃圾山上一次性将物品全部搜集好。

这样一来，他们才轻松。

“去下一座垃圾山。”罗峰说道。

“是！”

“是！”

两人心中一喜。

“前往那个方向。”罗峰遥指远处。

两名穿白袍的人当即释放出世界之力，携着罗峰继续前行。

往前飞行了三四天，他们才知道高兴得太早了。

这位罗峰殿下实在是太难伺候了。飞过一座座垃圾山，罗峰都没有进去，他们只能跟着罗峰不停地赶路，同时分出一丝意识连接虚拟宇宙网络，去虚拟宇宙放松。

足足飞行了二十一天，罗峰才叫他们停下。

围绕着一座悬浮的垃圾山飞了一圈，罗峰才确定就是这座垃圾山里传出的召唤。

“你们俩待在这里。”罗峰嘱咐，而后便进入垃圾山，开始淘宝。

片刻后。

罗峰得到了9片黑色铠甲碎片和1片银色铠甲碎片，还弄到了一些金属、合金残骸等等。

他总得拿些金属之类的装装样子，否则单单搜集铠甲碎片，怎么可能装满世界戒指呢?

随即，他又让那两名穿白袍的人继续带领自己，去下一座垃圾山寻找铠甲碎片。

时间飞快流逝。

两名穿白袍的人自认遇到罗峰算是他们倒霉，因为罗峰纯粹凭感觉选择垃圾山淘宝。他们经常会飞行十多天，罗峰才选中一座垃圾山淘宝。随后，三人乘坐宇宙飞船进行宇宙穿梭，随机停在毋窿星域内的某一个地方，稍微逛逛。罗峰若不满意，他们又继续进行宇宙穿梭，到下一个地点。

“你们俩待在这里。”罗峰说完后，直接飞进前方那座悬浮着的垃圾山。

垃圾山内。

罗峰循着召唤的来源，轻易地找到了8片铠甲碎片，分别是7片黑色铠甲碎片和1片银色铠甲碎片。

“累计起来，我已经得到118片黑色铠甲碎片、6片银色铠甲碎片以及1片破裂的刀片。”罗峰当即从体内世界中取出这些物品。下一秒，他的面前悬浮着大量的黑色铠甲碎片、极少的银色铠甲碎片以及1片破裂的刀片。

罗峰仔细地观察这些物品。

黑色铠甲碎片和银色铠甲碎片的作用他都已经有所了解，唯有那片破裂的刀片，他知之甚少。那破裂的刀片也具有召唤力，估计和那些铠甲碎片来自同一个地方，他却没找到使用刀片的方法。

滴血?

碰触皮肤？

精神念力？

罗峰尝试了听说过的所有控制兵器的办法，可是对这刀片都无效。

这好像是一片没有任何价值的破裂的普通刀片，就连锋利度也都一般。唯一特别的是，它也能够产生那种召唤，所以罗峰才找到并留着它。

“不管它了，现在我手里的黑色铠甲碎片已经有118片了。上次，黑色铠甲碎片形成的战甲差一点就能覆盖全身，这次多了7片黑色铠甲碎片，它们形成的战甲估计能完全覆盖全身。”

罗峰心念一动，摩云战衣迅速回到体内。

“嗖——”118片黑色铠甲碎片疾速飞向罗峰。

它们碰到罗峰的一瞬间迅速化为黑色液体，融入罗峰的皮肤中，在罗峰体内汇聚。

这些神秘的黑色液体轻易地和罗峰的身体融为一体。

当这些黑色液体彼此接触时，会迅速汇聚，以至于黑色液体越来越多。

“轰——”剧变突然产生了。

“什么？”罗峰大吃一惊，当即仔细地感应身体。

他发现，当这些黑色液体汇聚到一定程度产生剧变时，多余的黑色液体会被逼出体外，这纯粹是黑色液体自发做出来的。

只见罗峰的胸口缓缓地浮现出两片黑色甲壳，随即这两片黑色甲壳脱落。

他体内的黑色液体已经达到了饱和的状态，已经无法再汇聚更多的黑色液体了。

“我知道，黑色液体不可能一直这么增长，总有一个极限，现在果然饱和了。”罗峰仔细地感应着身体发生的变化。

那些黑色液体汇聚，达到极限后，发出了“轰”的声音。

罗峰清楚地听到了那个声音。

剧变结束。

“这是？”罗峰的胸膛上面出现了黑色的神秘文字。

那是很复杂的文字，罗峰却认识这种文字，正是焱神族文字。

那是一个很简单的字——兵！

“兵？”罗峰看着胸口上的印记，疑惑不已。

随即，这个印记自动消失。罗峰虽然用肉眼看不到，但是能感应到胸口处有一个兵之印记，之前那些黑色液体的能量完全融入了印记中。

之前罗峰每次融合黑色铠甲碎片时，一旦逼迫黑色液体离体，黑色液体都会自动分离成铠甲碎片的形状。

可此刻它们完全变成了兵之印记。

“兵？”罗峰眉头微皱，喃喃道，“焱神族的文字？看来，它们果真和《无名秘典》有关。这个兵之印记，指的是焱神族或者某个神秘族群军队中的底层士兵？”

“既然如此，我就称这神秘战甲为兵甲吧。”罗峰暗道。

他心念一动，催动胸口的兵之印记，印记顿时分出道道黑色丝线，瞬间遍布其全身。

片刻，罗峰的体表出现了黑色铠甲、头盔、战靴，整整一套，无比雄浑的力量在罗峰全身蔓延，这套铠甲和罗峰的肌肉、皮肤好似一体。

这力量好似罗峰本身的力量。

以罗峰的感觉，估计有八九十个界主级巅峰强者的力量汇聚一体！

“好难受。”笼罩在神秘兵甲中的罗峰却感觉身体剧痛。

成为兵甲的主人后，他知道了一些基本的信息。

“当形成兵之印记后，这才是真正的完美兵甲，可大可小，大则无限大，小则无限小。不过，它变大变小，都需要我的身体来推动，身体的负荷会很大。我现在仅仅拥有一般界主级的实力，身体太弱，根本无法催动这套神秘兵甲的所有力量。”

兵甲本身便蕴含力量。单单罗峰地球人本尊，就催动了堪比八九十个界主级巅峰强者加起来的力量，可这仅仅是兵甲力量的一部分。罗峰的身体太弱，因此根本无法催动兵甲的全部力量。

不过，罗峰能变多大，兵甲就能变多大。当然，兵甲的大小是受其身体催动的。

“我的身体很弱，金角巨兽的身体却很强，金角巨兽也修炼过《无名秘典》上面的秘法。”罗峰心中一喜。

当即，他将体内的兵甲给逼了出来。

瞬间，一颗黑色兵甲珠飞了出来，上面隐隐有焱神族的文字。

罗峰心念一动。

这颗兵甲珠便消失不见，进入了其体内世界。

罗峰的体内世界。

已经恢复好的金角巨兽正趴在草原上，一颗兵甲珠凭空出现了。

“嗷——”金角巨兽低吼一声。

它伸出右蹄爪，右蹄爪落在兵甲珠上，兵甲珠顿时化为液体，融入金角巨兽的体内。

因为这是一颗完整的兵甲珠，所以金角巨兽胸腹鳞甲处隐隐浮现出焱神族文字“兵”的印记，随即消失不见。

金角巨兽站起身来。

它仰头，发出一道高亢的吼声，同时催动兵之印记。

“刺刺——”它胸腹位置的兵之印记射出万千黑色丝线，缠绕在其身体的每一处。

顿时，金角巨兽身体上面的所有鳞甲，包括尖角、利爪都覆盖了一层很薄很薄的黑色甲壳，令其通体呈现黑色。

就连那金色秘纹都被黑色丝线给覆盖住了。

“嗷——”

金角巨兽感觉到身体中有无比强大的力量，不由得激动地欢呼起来。

它丝毫感觉不到身体有多大负担，反而觉得非常痛快。

它有一种感觉，这应该是将这具兵甲的力量催发到极致了。

此刻，它的力量增长实在是太惊人了，已然催发出了约1000倍界主级巅峰强者的力量。

这才是兵甲应有的实力！

第689章

两年

“本尊天地！”金角巨兽一声低吼，直接施展出了本尊天地秘法。

它那庞大的身躯开始不断缩小，缩小的速度非常快，眨眼的工夫，它就变成了一头身长一百多千米的金角巨兽。

因为骨骼密度、肌肉密度、鳞甲密度等都增大了，金角巨兽的身体也变得更加强悍。融入鳞片和利爪的黑色甲壳很薄很薄，其蕴含的力量在金角巨兽的体内蔓延。

那是一股非常蛮横的力量！

“果然和我预料的一样。”大草原上，黑衣罗峰站在庞大的金角巨兽脚下，仰头看着，“刚才金角巨兽已经将兵甲能力催发到了极限，即使施展出本尊天地秘法，催发出的兵甲力量大概是界主级巅峰强者力量的1000倍，这应该是神秘兵甲的极限了。”

“嗯！不过，这已经很强大了！单纯从力量角度来看，穿上兵甲的金角巨兽应该可以与比较厉害的不朽军主级神灵媲美了。”黑衣罗峰嘀咕道。

上次罗峰凭借金角巨兽和那火焰系不朽神灵交战，对于不朽神灵的实力有了大概的认识。那火焰系不朽神灵属于普通的不朽神灵，单单不朽神体的力量，堪比界主级巅峰强者力量的100倍，而金角巨兽当初爆发时，是界主级巅峰强者力量的330倍。

不过，火焰系不朽神灵毕竟掌握了完整的火焰本源法则，而罗峰虽然掌握了一丝兽神意境，但还是很浅显，感悟本源法则的时间也太短，和真正掌握一种完整本源法则的不朽神灵相比，实力差距不小。

他虽然在本源法则感悟方面与对方有很大的差距，但是靠着基础压过对方一头，双方才会不相上下。

普通不朽神灵爆发，结合不朽神力，其力量是界主级巅峰强者力量的100倍；若是接近封侯级的不朽神灵，其力量就该是界主级巅峰强者力量的1000倍。

黑衣罗峰站在草原上，摸着下巴，思考着："封侯级巅峰不朽神灵接近封王级不朽神灵，单单身体力量就应该是界主级巅峰强者力量的1万倍，而封王级巅峰不朽神灵的力量更强。如此推算，若金角巨兽达到了不朽级，一旦全力爆发，就该是界主级巅峰强者力量的10万倍的水准。"

对于不朽神灵，罗峰还是了解不少的。虽然传承记忆中关于不朽神灵的信息很少，但是单单以原始秘境的成员身份，他就能查阅到很多信息。

不朽神灵之间实力差距很惊人，单单不朽神体就有很大的差距。因为在漫长的岁月中，不朽神灵会不断淬炼神体，首先达到不死之身状态，这也是很多不朽神灵的追求。

随着实力的提升，不朽神体不断变强，达到真衍王的层次，这时候单单不朽神体就强悍无比了。

再配合本源法则，不朽神灵的确有纵横宇宙的资格。

100~1000倍界主级巅峰强者的力量，是普通不朽神灵的力量。

1000~10000倍界主级巅峰强者的力量，是封侯级不朽神灵的力量。

1万~10万倍界主级巅峰强者的力量，是封王级不朽神灵的力量。

罗峰嘀咕道："这仅仅是我的猜测，不过据我得到的诸多信息来看，我这些推理的准确度应该超过60%。"

罗峰的意识计算速度惊人，逻辑推理能力当然也很强，通过虚拟宇宙网络查阅到的很多资料，还有和老师真衍王、迪伦的接触，再加上和那火焰系不朽神灵的一次交手，最后才让他得出这个结论。

当然，上述都只是最基本的神力爆发，属于基础，而法则属于技巧。

封王级、封侯级、军主级这三个层次的不朽神灵，不管是在最基本的不朽神体，还是在法则感悟方面，差距都很大，所以才会造成实力差距惊人。

“如果我的推理是正确的，封王级初期，单单不朽神体爆发的力量也是一两万倍界主级巅峰强者的力量。”罗峰心中暗道，“我拥有由百万名界主级虫族战士组成的军团后，一旦合力一击，就算是封王级初等不朽神灵，恐怕也不是对手。”

能得到这套神秘兵甲，罗峰很欣喜。

离开这座垃圾山后，他又继续去寻找其他铠甲碎片。

暗宇宙中，一艘制式宇宙飞船正在向前飞行。

在宇宙飞船的控制室中，两名穿白袍的人乖乖地站在那里，只是偶尔看向罗峰的眼神中有一丝无奈。

“就在这里停吧，去最近的停靠点。”罗峰意气风发地下令道。

“殿下，不能停了。”黑皮肤的白袍人沉声说道。

“嗯？”罗峰转头，疑惑地看着他。

两名穿白袍的人都看着罗峰。

“怎么回事？”罗峰皱眉问道。

绿皮肤的白袍人先恭敬地行礼，然后才慢吞吞地道：“罗峰殿下，我们二人已经陪殿下在毋窿星域的垃圾山中淘宝长达一年，而按规定在垃圾山淘宝最长时间是一年。”

“啊！”罗峰闻言一怔，“到期了？”

“刚刚我们接到了毋窿星域管理系统的指令，让我们带着罗峰殿下离开。”绿皮肤的白袍人慢吞吞地说着，脸上有疲惫的神色。

他们能不累吗？

整整一年时间，他们根本就没怎么歇息过。罗峰寻找垃圾山淘宝纯粹是凭感觉，时而让他们带着连续飞行十几天，时而突然停下去某一座垃圾山淘宝，而他进入垃圾山内淘宝不足半个小时，便要再度出发，前往更加遥远的垃圾山。

一年来，他们都没好好休息过。

他们是第一次遇到这么难伺候的客人。

罗峰点点头，道："那我们回去吧。"

两名穿白袍的人对视一眼："终于解脱了！"

"对了，你们这边应该有垃圾山淘宝业务吧？"罗峰问道，"我之前和隆厥王聊天时，听隆厥王提到过，除了购买货物，赠送世界戒指外，修炼者也可以单独来这里淘宝，好像是1混元单位就能购买1枚小型世界戒指，10混元单位能购买1枚中型世界戒指，100混元单位能购买1枚大型世界戒指。此外，淘宝时间也可以购买，有1年、10年，甚至100年。"

两名穿白袍的人脸色大变。

罗峰说得没错。

这里的确有淘宝业务。因为垃圾山根本没多少利润，而且处理垃圾本身的代价也不小，所以管理者们干脆设立了淘宝业务，让许多想要碰运气的人来消耗垃圾。这样，他们还能额外得到金钱，何乐不为？

"嘿——"黑皮肤的白袍人脸色更黑了，"是有垃圾山淘宝业务的。"

他们不敢撒谎。

"哦。"罗峰笑着点点头，"回头我再专门购买世界戒指和淘宝时间。你们二人做事的确很认真，我下次再去垃圾山淘宝，还得请两位继续帮忙带路，不知道两位可愿意？"

两名穿白袍的人脸色一变。

这种根本没有休息、总是要疾速飞行的日子可太难过了，难道还要继续下去？这可比平常的一些监察工作要辛苦千百倍。

"哈哈哈……"罗峰朗声大笑起来，"我开玩笑的。我们几乎飞行了整整一年，谁都会很累的。到时候，我会请另外的引领者带路。”

两名穿白袍的人听了，顿时松了一口气。

“罗峰殿下。”两人连忙行礼，心中略感惭愧。

“人毕竟不是机器，你们不用多说，我都懂。”罗峰笑道。

这一年，罗峰得到了132片黑色铠甲碎片、7片银色铠甲碎片以及1片破裂的刀片。其中，116片黑色铠甲碎片组合成了一套完美的兵甲。

“金角巨兽拥有了一套兵甲，我的地球人本尊也得弄一套兵甲。”罗峰暗道。

之后，他购买了一枚中型世界戒指，又购买了一年淘宝时间，毋窿星域那边的管理层自然给他安排了另外两名引领者。

“罗峰，你现在正处于域主期，正是修炼的重要阶段。”隆厥王看着罗峰。

本来，他知道罗峰在垃圾山淘宝已到期，所以亲自来送行。没想到，罗峰还要继续去垃圾山淘宝。

“垃圾山淘宝也就是一个乐子，可别在这上面花费太多时间。”

“我明白。”罗峰笑着点点头。

“若你有大收获，可得告诉我。不管你淘到什么珍贵的物品，我都可以帮你转手卖掉，我一定帮你卖出高价。”隆厥王说道。

“一定。”罗峰和隆厥王说了几句后，就带着两名引领者进入毋窿星域内部的垃圾山淘宝去了。

……

罗峰仔细研究过兵甲，兵甲非常神奇，本身就蕴含力量。

不过，寄主必须身体足够强大才能催发兵甲的全部战力，而且正常力量的消耗取决于寄主的身体。

除了这一点外，兵甲的材质很特别，具有阻拦虚化念力、世界之力的效果。也就是说，精神攻击力要穿透兵甲，估计得损失九成的威力。

至于虚化的不朽神力，也就是不朽神灵的灵魂攻击力，是否会被阻拦，罗峰暂时还不清楚。罗峰不是不朽神灵，无法测试这一点。

“催发兵甲的全部战力，需要拥有界主级巅峰强者的身体素质。”罗峰心中暗道，“显然，这套兵甲是给界主级巅峰强者准备的。”

“界主级巅峰强者穿上这套兵甲，就能够对战普通的不朽神灵。不过，对于不朽神灵的灵魂攻击，界主级巅峰强者一般是抵挡不住的，因此这套兵甲估计也有削弱灵魂攻击的效果。只有这样，它才能让穿上这套兵甲的界主级巅峰强者与不朽神灵媲美。”罗峰心中暗道。

这到底是哪个神秘族群制造出来的神秘兵甲？

单单兵甲的威力就这般夸张，材质更高级的银色铠甲碎片组合而成的战甲岂不是更强悍？

由此可见，绝对不能小瞧宇宙中的任何一个族群。

“人族是宇宙中的巅峰族群之一，估计也有一些底牌。只是，我的地位较低，很多东西都不知道。”罗峰暗道。

转眼，又一年过去了。

罗峰终于决定，离开毋窿星域，回到地球。

（本册完）

更多精彩尽在《吞噬星空 典藏版15》！